AF216111

Ellen Heinzelmann

BLUTSVERWANDT

aus der Markgräfler Buchreihe

Das Buch

›BLUTSVERWANDT‹ ist eine Kriminalgeschichte, nicht nach herkömmlichem Schema: Straftat, Opfer, unbekannter Täter, polizeiliche Ermittlung und Lösung des Falles.

In diesem Roman kennen wir die Täter. Wir lernen das Opfer und dessen Leben kennen. Von der Polizei wird der Fall jedoch nie vollends aufgeklärt.

Über den Inhalt

Mit dreißig Jahren entdeckt der bei Waldshut lebende Boris Petrow per Zufall, dass Ilja, sein verstorbener Zwillingsbruder mit Down-Syndrom, gar nicht sein Bruder war. Sein wirklicher Zwillingsbruder mit Namen Eric, von dem er bei der Geburt getrennt wurde, wuchs 60 km entfernt in einer anderen Familie auf ... und er lebt. Durch seine Recherchen gerät Boris in große Gefahr, denn Erics Vater, Adrian, will mit allen Mitteln ein Treffen zwischen den beiden Brüdern verhindern. Er setzt einen Berufsverbrecher auf ihn an.

Die Autorin

Ellen Heinzelmann, Fachfrau für Marketing und Kommunikation, wurde 1951 im Kreis Waldshut geboren. Während ihrer langjährigen beruflichen Tätigkeit – zuletzt als Marketing- und PR-Verantwortliche in einer Organisation des öffentlichen Rechts in Basel – übersetzte sie Texte vom Deutschen ins Französische und Englische, wirkte als Dolmetscherin bei Vertragsverhandlungen in Paris. Sie schrieb viele Artikel in Fachzeitschriften und Heimatbüchern, war Redakteurin eines offiziellen, branchenbezognenen Vereinsorgans, entwarf Broschüren und Werbematerialien und organisierte umfangreiche geschäftliche Events. Sie lektorierte Fremdtexte und wirkte als Ghostwriterin. Die geschriebene Sprache hatte schon in früher Kindheit große Faszination auf sie ausgeübt. Heute, nach dem Ausstieg aus dem Berufsleben, ist sie ihrer Berufung gefolgt. Mit ihrem Debütroman ›Der Sohn der Kellnerin‹, eine nicht alltägliche Geschichte, startete sie 2011 ihre Schriftstellerlaufbahn und nahm ihre Leser gleich mit auf eine emotionale Reise.

www.ellen-heinzelmann.de

Ellen Heinzelmann

BLUTSVERWANDT

aus der Markgräfler Buchreihe

Bibliografische Information der Deutschen Nationalbibliothek

Die Deutsche Nationalbibliothek verzeichnet diese Publikation in der Deutschen Nationalbibliografie; detaillierte bibliografische Daten sind im Internet über dnb.d-nb.de abrufbar.

Fotomaterial: Christopher Allen
Covergestaltung: Ellen Heinzelmann und BoD

Herstellung und Verlag: BoD - Books on Demand, Norderstedt, www.bod.de

ISBN: 978-3-7448-1679-3

Vorwort

In meinem Buch kommt neben dem Begriff Down-Syndrom auch immer wieder mal die veraltete Bezeichnung ›Mongoloide‹ oder ›mongoloid‹ vor. Obwohl dieser Begriff in der medizinischen Fachsprache heute nicht mehr verwendet wird, habe ich ihn insbesondere in der wörtlichen Rede angewandt, zumal sich der Volksmund immer noch dieses Wortes bedient. In der Umgangssprache wäre die korrekte Anwendung auch viel zu umständlich, zumal das Wort Down-Syndrom kein Adjektiv kennt.

Ich betone hier ausdrücklich, dass ich mit diesem im ursprünglichen Gebrauch angewandten Wort die Angehörigen des mongolischen Volkes nicht mit einer Rasse assoziiere, die aufgrund einer angeborenen Genmutation eine Störung der geistigen und körperlichen Entwicklung aufweist. Auf keinen Fall ist die Bezeichnung ›Mongolismus‹ abwertend gemeint und soll auch nicht als abwertend verstanden werden.

Ellen Heinzelmann

*E*igentlich hätte Dr. Christoph Kirchhofer an diesem Wochenende keinen Dienst gehabt. Da er aber der persönliche Arzt seiner Schwägerin war, und diese just am Freitagabend mit unregelmäßiger Wehentätigkeit ins Lörracher Krankenhaus kam, hatte er mit Dr. Hafner getauscht und übernahm den Wochenenddienst. *›Es wird schon nicht so viel los sein dieses Wochenende‹,* dachte er, *›schließlich sind wir hier ja nicht in einer Großstadt, wo am Laufband geboren wird.‹* Das waren noch Zeiten, erinnerte er sich, als er in Hamburg am Klinikum sein Praktikum absolvierte. Da ging am Wochenende immer der Bär ab. Doch inzwischen war er auch hier an diesem kleinstädtischen Krankenhaus der Erschöpfung nahe, denn bei seiner Schwägerin ging es nicht vorwärts und im Kreißsaal daneben lag seit einer guten halben Stunde eine zweite Gebärende; eine Zwillingsgeburt, wie aus deren Unterlagen hervorging. *›Na, das hat mir gerade noch gefehlt‹,* wurmte es ihn, zumal er die zweite diensthabende Hebamme, die sich krank fühlte, nach Hause geschickt hatte. Zu diesem Zeitpunkt war ja noch alles sehr ruhig und mit Komplikationen war nicht zu rechnen. Judith, seine um dreizehn Jahre jüngere Frau, die ihm nun alleine als Hebamme assistierte, hatte er zur Zwillingsgebärenden geschickt, da er sie im Moment hier nicht brauchte. Er blickte voll Mitgefühl auf seine Schwägerin, die seit gestern Abend schon kämpfte. Angelika war blass und wirkte erschöpft. Ihr schweißnasses rotbraunes Haar klebte an Stirn und Wange. Aus ihren grünbraunen Augen blickte die nackte Sorge: ›*Dieses Mal muss es klappen. Es darf nichts dazwischen kommen. Jetzt haben wir es doch schon so weit geschafft.*‹ Im Stillen betete sie: ›*Bitte, lieber Gott, lass' es gut gehen. Bitte lass mein Kind leben.*‹

Immer wieder hörten die Wehen auf und der Geburtsvorgang kam zum Stillstand. Immer wieder versuchte Christoph mit Oxytozin, einem Wehen fördernden Medikament, die Wehentätigkeit anzuregen. Sein Bruder, Adrian, saß am Kopfende bei seiner Frau und wischte ihr das nasse Haar aus der Stirn. Sein Gesicht wirkte aschfahl und er war müde und abgespannt. Er blickte sehr besorgt drein, denn es war bei seiner Frau die fünfte Schwangerschaft. Drei Mal zuvor verlor sie ihr Kind innerhalb der ersten sieben Schwangerschaftswochen und einmal war es eine Totgeburt fast am Ende der Schwangerschaft. Danach hatte er leider immer vergeblich versucht, sie zu einer Adoption zu überreden. Doch sie weigerte sich, ein fremdes Kind aufzuziehen. Auch er betete im Stillen. Diesmal durfte es einfach nicht schiefgehen. ›*Angelika*‹, so dachte er, ›*würde es seelisch nicht verkraften.*‹ Es war auch der letzte Versuch, denn seine Frau war inzwischen 38 Jahre alt. Christoph tätschelte seinem Bruder kurz auf die Schulter, nickte ihm Mut machend zu und sagte dann, dass er für einen Moment zum anderen Kreißsaal hinübergehe, um dort nach dem Rechten zu sehen.

»Wie geht es Ihnen Frau Petrowa?«, fragte er die ebenfalls erschöpft wirkende Kreisende. Judith nickte ihrem Mann zu, um zu signalisieren, dass es bis jetzt keinen Grund zur Besorgnis gab.

»Es tut särr viel weh, aber geht noch«, antwortete die bildhübsche, hochgewachsene schwarzhaarige Gebärende in gebrochenem Deutsch mit dem typisch für den russischen Akzent rollenden ›R‹. Tamara Petrowa kam vor drei Jahren als Frau eines so genannten Russlanddeutschen, dessen Vorfahren einmal Peters hießen, nach Südbaden, wo sie sich in Bad Bellingen-Bamlach niederließen.

Christoph tätschelte ihren Arm, blinzelte ihr freundlich zu und meinte: »Morgen werden die Schmerzen vergessen sein. Dann überwiegt die Freude.«

»Nu, ich wäiß nicht. Ich glaube, habe ich märr Respekt vor große Aufgabe, als im Moment große Freude. Zwei Kinder auf einmal. Ist viel Verantwortung. Habe Angst, ob ich wärrde machen alles richtig.« Ihre dunkelbraunen, fast schwarz wirkenden Augen blickten gleichzeitig ängstlich und hilflos.

Erneut tätschelte Dr. Kirchhofer ihre Hand und sprach ihr Mut zu: »Es wird alles gut werden, Frau Petrowa. Glauben Sie mir, man hat sich schnell an eine neue Situation gewöhnt und vor allen Dingen, wenn sie die kleinen hilflosen Würmchen vor sich liegen haben, wird nur ihr liebender fürsorglicher Instinkt geweckt. Automatisch macht man dann alles richtig. Das hat die Natur so eingerichtet«

Frau Petrowa lächelte: »Danke, Doktor. Aber trotzdem wäre ich froh, mein Mann könnte sein hier bei mir. Leider kann ärr nicht. Musst arbeiten. Ist in Norddeutschland im Moment.«

»Sie packen es schon Frau Petrowa«, Christoph blinzelte ihr zu und lächelte. Es klopfte an die Tür. Christoph öffnete und Adrian stand kreidebleich davor. »Chris, es scheint weiterzugehen, komm schnell«, sagte er ganz aufgeregt.

»Judith, kommst du?«, bat Christoph, der es längst bedauerte, die zweite Hebamme nach Hause geschickt zu haben, seine Frau. Zu Frau Petrowa gewandt sagte er, dass sie den Klingelknopf neben sich auf der Liege betätigen solle, wenn etwas sein sollte. Er und die Hebamme seien nur nebenan und würden aber immer von Zeit zu Zeit bei ihr reinschauen und schon verschwanden sie in den angrenzenden Kreißsaal.

Angelika kämpfte, sie hechelte, sie presste, hechelte wieder. Beim Pressen unterstütze Adrian sie, indem er ihren Rücken stützte.

»Ein letztes Mal noch, Angelika, dann hast du's geschafft«, sagte Christoph und versuchte zu lächeln. Angelika presste und ein schwarzes Köpfchen wurde sichtbar. Der Rest war dann nur noch eine Kleinigkeit. Christoph griff den kleinen Körper, der noch mit Resten einer cremig-weißen Käseschmiere überzogen war. Feine Spuren von Blut vermischten sich mit der Schmiere. Vom Fruchtwasser noch ganz glitschig lag der, mit seinen nach erstem Augenschein geschätzten etwa 2000 g, etwas klein geratene Neugeborene in den Händen von Christoph, dessen Gesichtszüge sich in dem Moment verdüsterten, als er in das Gesicht des Kindes blickte.

Angelika, die nur einen kurzen Blick von ihrem Baby erhaschen und sich überzeugen konnte, dass es lebte, das war der Moment, als ihr Schwager den Kleinen hochhob und ihm den Rücken leicht klopfte, damit er den ersten Schrei tat, legte sich erschöpft zurück und Adrian strich ihr die schweißnassen Haare aus dem Gesicht. »Du hast es geschafft, meine Liebe. Wir haben einen Sohn«, lächelte er. Angelika schloss vor Erschöpfung aber dennoch zufrieden die Augen.

Adrian war Christophs düsterer Blick natürlich nicht entgangen und er blickte ihn besorgt fragend an. Christoph blickte auf den Kleinen und wieder zu Adrian. Auch wenn Adrian als Ökonom mit Medizin nichts am Hut hatte, so sah er doch die augenfälligen Gesichtszüge des kleinen Jungen: die Epikanthus-Falte über dem Augenlid, die flache Nase; unverkennbare Zeichen, dass sie soeben ein Kind mit einer Genommutation zur Welt gebracht hatten, ein Kind mit dem so genannten Down-Syndrom.

Er hatte sich mit dieser Anomalie eingehend befasst, weil er wusste, dass sich die Wahrscheinlichkeit für ein Down-Syndrom bei Spätgebärenden drastisch erhöht. Und er wusste auch zu gut, was dieser genetische Defekt bedeutete: verzögerte körperliche und geistige Entwicklung, schlaffer Muskeltonus, wahrscheinlicher Herzfehler, möglicherweise früher Tod. Dennoch kam eine Fruchtwasseruntersuchung bei Angelika nicht in Frage, da sie bei so vielen Fehl- und Totgeburten eine Risikoschwangere war. ›Wir müssen ja nicht gleich vom Schlimmsten ausgehen‹, tröstete Chris ihn damals, als Angelika schwanger geworden war. ›Außerdem ist Angelika ja noch nicht so alt. Ich habe viele *über Vierzigjährige entbunden, die alle ein gesundes Kind zur Welt brachten.‹*

Und nun? Genau das war eingetreten. Adrian sah verzweifelt aus und er blickte mit flehend verzerrtem Gesicht zu Christoph als erwartete er, dass sein Bruder in dieser Situation helfen könne.

Zur Erschöpfung der vergangenen durchwachten Nacht gesellte sich bei Christoph nun auch noch der Druck, der durch Adrians Erwartungshaltung auf ihm lastete. Christoph war blass. Er blickte von Judith zu Adrian und wieder zu Judith. Der Blick schien fast beschwörend und gleichzeitig unruhig. Er kämpfte innerlich.

Die erschöpfte Angelika bekam von der ganzen lautlosen Kommunikation nichts mit. Dann reichte Christoph Judith den Jungen, blickte zur Tür zum nächsten Kreißsaal, doch er sagte nichts. Judith verstand und machte ein erschrockenes Gesicht. Doch auch sie sagte nichts, sie nahm den Winzling und verschwand, gefolgt von Adrian, in das ebenfalls angrenzende Untersuchungszimmer, um das Neugeborene zu versorgen.

Der Kleine brachte gerade mal 2200 Gramm auf die Waage. Dann legte sie das Kind zunächst einmal in Adrians Arme und verschwand in den zweiten Kreißsaal, wo bei der Russin sich nun die Wehen langsam in regelmäßigerem Turnus von fünf Minuten wiederholten, um ihr bei der bevorstehenden Geburt behilflich zu sein. Es ging auch nicht lange, bis Christoph, nachdem er Angelika abschließend versorgt hatte, zur Zwillingsgebärenden kam.

14

1

Eric liegt auf seinem Sofa und ist eingenickt. Das Buch, das er gerade liest, ist auf den Boden gerutscht. Sein Atem geht regelmäßig und laut, sein ebenmäßig geschnittenes Gesicht zuckt von Zeit zu Zeit, ein Zeichen also, dass er träumt. Das plötzlich schrillende Telefon schreckt ihn auf. Sein Herz klopft wie wild. Er ist noch ganz benommen, als er den Hörer abnimmt. »Kirchhofer«, meldet er sich verschlafen.

»Oh, störe ich Eric«, vernimmt er eine Stimme, die er erkennt, auch wenn die Anruferin ihren Namen nicht nennt.

»Ich bin nur eingenickt und noch nicht ganz wach, aber du störst nicht Agnetha«, erklärt er, »was gibt's?«

»Ich wollte dich eigentlich nur fragen, ob du Lust hättest, mich am Samstag zum Presseball in Freiburg zu begleiten? Ich weiß ja, dass du kein Freund großer Veranstaltungen bist, aber …«

»Wie könnte ich meiner liebsten aller Freundinnen einen Wunsch ausschlagen«, unterbricht er ihre Anfrage, »was muss ich denn da anziehen?«

»Nichts Besonderes. Komm einfach ganz schlicht, wie zu einer royalen Hochzeit«, witzelt Agnetha.

»Oh, dummerweise musste ich in Ermangelung passender, etikettgerechter, Kleidung meine Teilnahme an der letzten royalen Hochzeit absagen.«

»Okay, Dein einziger Anzug, den du besitzt ist passend genug. Such' im Nachhinein jetzt nicht nach Gründen, mir eine Absage zu erteilen, sonst ...«, Agnetha legt bewusst eine Kunstpause ein und wie erwartet nimmt Eric den Faden des abgebrochenen Satzes auch prompt auf:»Sonst ... womit willst du mir drohen?«

»Tja, sonst bleibt mir nichts anderes übrig, als meinen Kollegen Martin zu fragen«, versucht sie ihn zu reizen und hat Erfolg, denn sein Kommentar folgt auf den Fuß:»Der Schleimbeutel!«

»Wieso, der ist doch nett«, kontert sie amüsiert.

»Damit er dich wieder so ungalant schnöde anbaggern kann. Das ist doch ein richtig schlüpfriger Gockel«, erklärt er abfällig.

»Na ja Darling, ich bin ja schließlich noch zu haben, oder?«

»Nein, bist du nicht«, widerspricht Eric energisch.

»Erklär mir das doch bitte mal näher. Hat diese Feststellung etwas mit dir zu tun?«, fordert sie ihn heraus.

»Mit wem denn sonst?«

»So wie ich verstanden habe, bin ich bis jetzt ja nur die liebste all deiner Freundinnen«, foppt sie ihn.

Agnetha kennt Eric nun schon seit drei Jahren. Sie lernte ihn beim Uni-Abschlussball ihrer besten Freundin Nicole kennen. Er gefiel ihr, weil er alles andere als ein Aufschneidertyp ist. Er wirkte auf sie eher zurückhaltend und dennoch nicht schüchtern oder gar verklemmt. Er ist ein Realist mit trockenem Humor, also alles andere als ein Romantiker und doch ist er ein lieber, ehrlicher Kerl mit treuem Dackelblick. Man könnte dahin schmelzen, wenn er einen mit seinen dunklen, unergründlichen Augen ernst fragend anschaut, wenn man ihn mal eben mit einer unerwarteten vielleicht auch beißenden Bemerkung konfrontierte. Er ist so anständig, ohne Falsch und Tücke. Und Schleimerei ist ihm widerwärtig. Kein Wunder kann Eric mit einem Typen wie Martin nichts anfangen. Im Gegenteil, solchen Typen geht er gerne aus dem Weg.

»Eben genau, wie du sagst, die *liebste* aller … na ja. Also hör zu, ich begleite dich selbstverständlich gerne auf den Presseball am Samstag und ziehe eigens dazu meinen einzigen Ausgehanzug an«, eine mittelschwere Untertreibung, wenn man bedenkt, dass er als Unternehmensberater einen Schrank voller Anzüge besitzt, »und … hm, ich will nicht verhehlen, dass ich mich geehrt fühle, mit einer solch tollen, liebenswerten, klugen und schönen Frau auszugehen«, sagt er Agnetha definitiv zu und mit der Frage, »na ist das eine Antwort, mit der du dich für den Moment zufriedengeben kannst?«, beendet er seine leicht überspitzten Ausführungen zu Agnethas Frage, ob sie nun noch zu haben sei oder nicht.

»Ja«, schmunzelt Agnetha, »vollkommen zufrieden«, und ergänzt nach dem Bruchteil einer Sekunde,

»… für den Moment«

Ja, sie kann sich tatsächlich damit zufrieden geben, denn was er hier eben bekannte, hat viel größere Bedeutung, als wenn Martin sagen würde, dass sie die Frau seines Lebens sei, die er über alles liebt und mit der er am liebsten auf einer einsamen Insel glücklich werden wolle. Erics Geständnis war wirklich im Moment, so von Telefon zu Telefon, das äußerste, was er an romantischen Gefühlen in Worten gefasst preisgab. Dass er diese Gefühle durchaus kennt, schließlich ist er ja nicht aus Holz, das bezweifelte Agnetha nie. Sie weiß aber, dass er kein Mann vieler Worte ist und wenn er einmal romantisch wird, braucht es für ihn schon auch die passende Umgebungsatmosphäre oder einfach einen bestimmten Moment und nicht von Telefon zu Telefon. Es ist eben genau das, was ihr an Eric so gefällt. Sie weiß, dass wenn er sich zu jemandem bekennt, man sich hundertprozentig auf ihn verlassen kann, und dass er auch ein treuer Freund ist.

»Holst du mich am Samstag um sechs Uhr ab?«, fragt sie zum Abschluss.

»Sehen wir uns vorher nicht mehr?«, fragt er leicht enttäuscht.

»Leider nein. Ich habe ziemlich zu tun diese Woche und Freizeit kann ich mir da abschminken«, bedauert sie ehrlich. Agnetha ist eine sehr erfolgreiche Journalistin und hat im Moment zwei wichtige, interessante Projekte. Das wichtigste dürfte wohl das Ganzjahresprojekt ›International Heliophysical Year‹ sein, bei dem es auch noch im 2008 einige Veranstaltungen geben wird. Über das IHY wird sie zusammenfassend berichten. »Eigentlich könnte ich gar nicht am Presseball teilnehmen, weil ich nämlich ursprünglich im Max-Planck-Institut in Garching zum Vortrag ›Die Sonne und das Weltraumwetter‹, der am gleichen Tag stattfindet, sein sollte. Aber ich kann ja nicht jedes Jahr beim Presseball absagen und so hat sich meine Kollegin Iris dieses Mal bereit erklärt, für mich nach Garching zu reisen und dem Vortrag im MPI beizuwohnen.«

»Okay, ich hole dich Samstag ab«, verspricht Eric und will das Gespräch beenden, als ihm plötzlich noch etwas einfällt: »Ach, nun fällt mir doch noch etwas ein. Agnetha, denkst du bitte daran, dass wir am Sonntag zum 70sten Geburtstag meines Vaters eingeladen sind?«

»Gut, dass du mich daran erinnerst. Ich muss zugeben, dass ich nicht mehr daran dachte. Nicole hatte vorgeschlagen, am Sonntag mal einen Weibertag abzuhalten, das heißt wir vier Sandkasten-Freundinnen treffen uns bei Nicole und diskutieren über interessante frauenrelevante Themen, ohne durch nicht kompetente Zwischenrufe männlicher Wesen, unterbrochen zu werden«, sagt sie mit ihrem berühmt zynischen Humor. Eric kennt Agnethas Ansichten und auch ihre manchmal recht beißenden Kommentare, denn sie und Eric führen oft in ihren Diskussionen den kleinen, unbedeutenden Geschlechterkrieg. Zwar nicht tierisch ernst, dennoch, so meint Agnetha, gäbe es zu diesem Thema noch einige Hausaufgaben zu erledigen.

»Ha – ha!«, kommentiert Eric das eben Gesagte, »… und hast du schon zugesagt beim Weibertag?«

»Nee, ich versprach Nicole, ihr bis Mittwoch, also morgen, Bescheid zu geben. Nun, müssen wir den Weibertag halt verschieben. Natürlich begleite ich dich zum Jubeltag deines Vaters. Wollte ihn sowieso einmal kennenlernen.«

Nachdem Eric das Telefon auf die Basis zurückgestellt hatte, holt er seine elektronische Agenda, um seine Termine nachzutragen.

Er schenkt sich ein Glas Wein ein, lehnt sich zurück und lächelt Gedanken verloren. Agnetha Hakonsen ist eine Frau, die er sehr bewundert. Sie ist mit ihrem platinblonden Haar und ihren strahlenden blauen Augen nicht nur eine deutsch-skandinavische Schönheit, ihr Vater ist Norweger und ihre Mutter Deutsche, sondern sie hat Charme, ist ziemlich intelligent, hat Humor, ist erfolgreich in ihrem Beruf und ist eine hervorragende Gesprächspartnerin mit Niveau. An ihr stimmt einfach alles – innen wie außen, vom Scheitel bis zur Sohle. In Gedanken spielt er durch, wie es wäre, wenn er und Agnetha zusammenzögen und vielleicht … na ja vielleicht in ein, zwei Jahren heirateten. Sie sind beide dreißig Jahre alt, also in einem Alter, in dem man nicht von Überstürzung reden könnte, und schließlich sind sie ja auch schon drei Jahre zusammen – na ja, mehr oder weniger. Er gesteht, dass er eigentlich von dreijähriger enger Freundschaft reden müsste. ›Du bist doch ein Idiot Eric‹, denkt er vorwurfsvoll, als er an das Gespräch dieses Abends zurückdenkt, ›Agnetha wartet doch nur darauf, dass du ihr mal ganz klar andeutest, dass *ihr ein Paar seid.*‹ Er überlegt sich, wann wohl der günstigste, für einen solchen Anlass würdige Moment da sei, ihr seine waghalsigen Ideen feierlich zu unterbreiten.

Es ist mittlerweile spät geworden. Er steht auf, stöpselt die halbleere Weinflasche, stellt sein Glas in die Küchenspüle und verschwindet ins Bad, um sich bettfein zu machen. Er blickt in den Spiegel und angesichts seines müden Anblicks sagt er kritisch zu seinem Spiegelbild: »also ich rate dir ernsthaft: morgen schaust du besser aus, sonst rasiere ich dich nicht und ich nehm' dich auch nirgendwohin mehr mit.« Er lächelt und sagt wieder laut: »Ach Eric, was bist du heute wieder ein närrischer Schäker?« Kurz später kuschelt er sich wohlig in sein Bett mit der Seidenbettwäsche. Es geht auch gar nicht lange und er befindet sich in Morpheus' Armen.

2

Eric steht pünktlich um sechs vor Agnethas Wohnung und klingelt. Er war am Morgen noch beim Friseur und hat sein dichtes dunkles Haar ziemlich kurz, aufgeräumt in Façon schneiden lassen, denn er will neben Agnetha schließlich eine gute Figur abgeben. Als er vor dem Spiegel letzten Augenschein von sich nahm, konnte er sich ohne Eitelkeit selbst eingestehen, dass er in seinem dunklen Anzug mit Fliege, seinem olivfarbenen Teint eine stattliche Erscheinung ist.

Agnetha, die gerade den Telefonhörer am Ohr hält, öffnet die Tür, macht mit der Hand eine einladende Bewegung und läuft voraus ins Wohnzimmer, während sie telefoniert: »Suzanne, beruhige dich, bitte! Nein, das habe ich nicht gesagt, zumindest nicht so, wie du es wiedergibst.« Sie hört in den Hörer und schaut zu Eric auf, rollt genervt mit den Augen, will gerade eine anerkennende Miene zu Erics Erscheinung machen, als sie wieder loslegt: »Suzanne, du schiebst deine Interpretation der Dinge anderen Leuten unter, stellst bewusst verfängliche Fragen und formulierst daraus ungerechtfertigte Vorwürfe und wenn deine Gesprächspartner richtigstellen wollen, klemmst du ab mit ›ach lassen wir das, für mich ist die Sache gegessen.‹ Ich glaube einer Journalistin nicht erklären zu müssen, dass diese Methode unter der Rubrik unfaire Dialektik rangiert.«

Während Agnetha wieder aufmerksam ihrer Gesprächspartnerin lauscht, beobachtet Eric sie und genießt ihre aparte Erscheinung. Sie trägt ein samtrotes Körper betonendes langes Kleid. Ihre Haare hat sie zu einem Dutt zusammengenommen, der von einem Samtnetz im selben Rot wie ihr Kleid zusammengehalten wird. Plötzlich hebt sie ihre Stimme und in einem jetzt etwas schärferen Ton antwortet sie ihrer Gesprächspartnerin: »Suzanne, ich rate dir, einmal über deine eigenen Bücher zu gehen. Was du mir eben erzählt hast, ist nichts anderes als deine eigene Personenbeschreibung. Erkenne dich endlich selbst, bevor du für dich in Anspruch nimmst, andere zu kennen. So, ich muss gehen. Ich werde eben abgeholt. Vielleicht reden wir ein andermal weiter, wenn du nicht mehr so explosiv bist. Ich bin gerne dazu bereit, wenn du die Dinge wieder nüchterner siehst und dann das Ganze auch sachlicher beurteilen kannst. Schönes Wochenende, tschüss.«

Sie trennt das Gespräch, zieht die Luft tief durch die Nase ein, stößt sie ebenso geräuschvoll wieder aus, lächelt gewinnend und stellt mit dem ihr eigenen Charme bewundernd fest: »Gut schaust du aus. Mit dir gehe ich wirklich gerne zum Ball.«

»Danke. Jetzt bist du mir glatt zuvorgekommen. Ich wollte mich gerade schwärmend über dich auslassen. Das Kleid ist klasse, du bist klasse, einfach alles ist klasse«, bringt er sein Gegenkompliment hervor und umarmt sie, um ihr endlich den Begrüßungskuss aufzudrücken. Sie schmiegt sich für einen kurzen Moment an ihn und genießt diesen Augenblick der Nähe. Dann löst sie sich von ihm und meint: »Wir müssen los. Wir brauchen eine gute Stunde bis nach Freiburg.«

»Wer war das eben?«, fragt er, während sie ihre dunkle Stola vom Sofa aufnimmt.

»Ach, das war Suzanne Heller, eine Journalistin, die eine sehr hohe Meinung von sich selbst hat. Wohl ist sie die einzige, die diese Meinung vertritt. Vielleicht bin ich jetzt auch ungerecht. Sie hat mich halt einfach genervt, tja und da ist man schnell mal dabei, abfällig über jemanden zu reden.«

»Und was wollte sie von dir?«

»Ich denke, es stinkt ihr noch immer, dass ich das IHY-Projekt habe, während sie sich mit Geschichten wie ›Knut der Eisbär‹, ›die Internationalen Jubiläums-Flugtage – 100 Jahre Flugplatz Freiburg‹ oder die Oscar-Verleihung für den Film ›Das Leben der Anderen‹ abgeben musste. Sie will einfach wichtigere, geschichts-trächtigere Ereignisse. Wobei ich nicht der Meinung bin, dass diese Geschichten, insbesondere Letztere, uninteressant oder gar unwichtig sind.«

»Das finde ich auch, zumal gerade die Oscar-Verleihung für Furore sorgte, weil der Regisseur die Haupt-darstellerin nicht mit zur Oscar-Verleihung mitnahm und stattdessen seine Frau teilhaben ließ. Da konnte sie sich doch richtig ins Zeug legen.«

Agnetha ist überrascht über Erics genaue Kenntnis dieser Preisverleihungsgeschichte und antwortet: »Eben, das meine ich auch. Diese Sache war ihr wie auf den Leib geschnitten«. Sie macht eine kurze Pause, zieht ihre Augenbrauen hoch. »Aber sie wollte halt diese große Story des IHY. Und natürlich hätte sie gerne auch noch den G8-Gipfel in Heiligendamm vom Juni gehabt. Dummerweise habe ich diesen auch bekommen. Na ja, egal, jetzt lass' uns gehen«, will Agnetha das leidige Thema Suzanne Heller endlich beenden.

»Aber sag, was ich nicht verstehe. Macht sie dir jetzt deswegen Vorwürfe, weil du etwas erhalten hast, das sie wollte?«

»Nein, darüber verliert sie kein einziges Wort. Sie ist seither einfach nur stinkig und lässt keine Situation aus, sich mit mir und mit anderen anzulegen. Und jetzt ist sie auch noch krank und somit für eine gewisse Zeit aus dem Rennen und meint vom Krankenlager aus, ihre Fäden ziehen zu müssen. Sie ist eine streitsüchtige Nudel. Lass uns das Thema Suzanne jetzt endlich beenden. So wichtig ist sie nun wirklich nicht.«

Kurz darauf befinden sich beide auf dem Weg zum Auto. Mit einem Blick gen Himmel meint Agnetha, »das sieht ziemlich düster aus. Ich glaube wir kriegen heute noch Regen. Hast du einen Schirm dabei?«

»Ja im Auto«, beruhigt Eric sie und hält ihr die Beifahrertür zu seinem weißen Mercedes Benz E350 auf.

Eric und Agnetha betreten den festlich geschmückten und hell erleuchteten Ballsaal des Freiburger Konzerthauses.

»Stars mit Rang und Namen und alle fein herausgeputzt«, stellt Eric belustigt fest, »sehen und gesehen werden, die Devise.«

»Ja, und schau dort drüben, unser liebster Freund ist auch da«, sagt Agnetha, mit ihrem Kopf auf einen Mann in etwa zehn Metern Entfernung rechts von ihnen, weisend.

Eric folgt ihrem Blick und entdeckt den Anvisierten. »Oha, Martin! Wieder mal bei seiner Lieblingsbeschäftigung«, stellt er abschätzig fest. Ja da steht er, der gute alte Martin, mit brav gescheiteltem blondem Haar, wie ein überreifer Pennäler, der schon seine diversen Ehrenrunden gedreht hat, in hellem Sakko und dunkler Hose und baggert mal wieder, was das Zeug hält. »Aber Geschmack hat er, das muss man ihm lassen«, bemerkt Eric anerkennend beim Anblick der schönen Brünetten an Martins Seite.

»Das ist Jeannette, eine französische Kollegin. Was meinst du, sollen wir ein gutes Werk tun und sie vor schnöder Anmache retten?«, fragt Agnetha amüsiert, ohne es wirklich ernst zu meinen und schon im nächsten Moment: »Schau mal da drüben, Jochen und seine Frau. Lass uns hinübergehen.«

Jochen Altmann ist der Leiter der Nachrichten- und Presseagentur Südbaden und Agnethas Arbeitgeber, der sehr große Stücke auf sie hält. Er ist eine stattliche Erscheinung. Sein kurzes leicht lockiges, graues Haar und der ebenso gepflegt gestutzte melierte Bart geben ihm ein bisschen das Aussehen von Sean Connery. Die Frau an seiner Seite ist eine echte Lady. Hochgewachsen, mit edlen Gesichtszügen, kurzem, gewelltem, aus der Stirn gekämmtem, blondem Haar.

Im nächsten Moment sind sie, Agnetha und Eric, mit dem Ehepaar Altmann in ein angeregtes Gespräch verwickelt. Claire Altmann erzählt von ihrer Arbeit als erste Vorsitzende des gemeinnützigen Vereins zur Förderung der beruflichen Bildung. Sie scheint sehr engagiert zu sein und ebenso scheint es, dass ihr diese Arbeit viel Freude bereitet. Aus- und Weiterbildung junger Menschen sind ihr ein echtes Anliegen.

Jochen gibt Agnetha ein erstes positives Feedback zu ihrem Zwischenbericht über das IHY. Dabei kündigt er schon die nächsten Pläne für das Jahr 2008 an:

»Es ist wieder einmal ein Ganzjahresprojekt, und zwar geht es um das äußerst brisante Thema ›Sprachen‹. Die UN-Generalversammlung wird – mit der UNESCO als die federführende Organisation der Vereinten Nationen – das Jahr 2008 vermutlich zum ›Internationalen Jahr der Sprachen‹ erklären. Es ist noch nicht offiziell, aber so wie es aussieht, steht es zu 99% fest. Es soll die Bedeutung der sprachlichen und kulturellen Vielfalt hervorheben und mit weltweiten Projekten fördern. Dabei soll ganz speziell auf den Umstand hingewiesen werden, dass durch das zunehmende Verschwinden, insbesondere von Minderheitssprachen, die Vielfalt kultureller Ausdrucksformen bedroht sein wird.«

»Darüber habe ich noch gar nicht nachgedacht«, kommentiert Eric erstaunt dieses hochinteressante Thema.

»Eben, genau deswegen soll es zum Jahr 2008 gekürt werden, um die Menschen hellhörig zu machen. Haben Sie zum Beispiel gewusst, dass es gegenwärtig rund 6000 Sprachen gibt und mehr als die Hälfte dieser Sprachen von weniger als 10'000 Menschen und ein

Viertel von weniger als 1000 Menschen gesprochen wird?«

»Nein, das habe ich nicht gewusst«, staunt er stirnrunzelnd.

»Und nun stellen Sie sich vor, dass jedes Jahr etwa zehn Sprachen aussterben«, fährt Jochen fort, »dann können Sie sich ungefähr ausmalen, was der Untergang einer Sprache jeweils bedeutet, wenn damit ein unwiederbringlicher Verlust des Wissens einer Kultur einhergeht. Und deshalb ist es so wichtig, dass man sich dieser Sache annimmt. Regierungen und UN-Organisationen sowie Bildungs- und Kultureinrichtungen sind dazu eingeladen ihre Anstrengungen für die Erhaltung der sprachlichen Vielfalt, also den Schutz gefährdeter indigener Sprachen, auszubauen.« Jochen scheint richtig in Fahrt zu sein. Schließlich zu Agnetha gewandt fragt er lächelnd: »Na, habe ich dich auf das Thema hungrig gemacht?«

»Und wie«, lächelt Agnetha zurück.

Plötzlich lauscht sie dem Orchester, denn eben spielt es den Tennessee Waltz, Agnethas Lieblingslied zu ihrem Lieblingstanz. Da hält es sie nicht mehr am Rand. Da braucht sie das Parkett unter ihren Füßen und nach einer kurzen Entschuldigung bei Jochen und seiner Frau, sieht man die beiden leichtfüßig übers Parkett schweben.

»Da wird deine Freundin Suzanne aber eine Freude haben, wenn du diesen Fisch ›Jahr 2008‹ wieder an Land ziehst«, sagt der hervorragend tanzende Eric neben ihrem Ohr.

»Sag nichts, Eric, daran habe ich auch gedacht. Aber soll ich ablehnen, nur um Suzanne nicht zur Feindin zu haben?«

»Nein, du schwimmst im Moment einfach auf einer guten Welle. Da empfiehlt es sich, mit den Schwimmzügen nicht aufzuhören, sonst gehst du unter.« Agnetha schaut ihn an und gibt ihm einen flüchtigen Kuss. Sie ist glücklich, unendlich glücklich. Im Moment stimmt einfach alles.

Als sie zur Getränkebar hinübergehen, um etwas gegen ihre trockenen Kehlen zu tun, werden sie von der Seite angesprochen. »Hallo, Agnetha«, wird sie von einer angenehmen sonoren Männerstimme begrüßt. Agnetha wendet sich in Richtung der Stimme und stellt erfreut fest: »Mein Gott, Stefan, bist du auch mal wieder im Land?« Sie begrüßen sich mit Küsschen links und Küsschen rechts und stellen sich gegenseitig vor.

»Eric, das ist Stefan Kiefer, seines Zeichens Auslandsjournalist, auf der ganzen Welt zu Hause und ein Wunder, wenn man ihn mal hier im Lande antrifft. Tja Stefan, und das ist Eric Kirchhofer, mein …«, sie stockt und schaut für einen Moment zu Eric hoch, der lächelt und das Wort aufnimmt, »Agnethas Freund, der es aber nicht lange bleiben will, …«, Agnetha schaut ihn überrascht mit gerunzelter Stirn an und Eric fährt fort, »… weil er sie demnächst fragen will, ob sie es sich vorstellen könne, seine Frau zu werden. Leider hat er bis jetzt noch nicht den Mut dazu aufgebracht und ist selbst erstaunt, über das soeben leichtzüngig Hervorgebrachte.« Mit einem Lächeln blickt er zu Agnetha, die dieses Lächeln erwidert.

»Wow, bin ich jetzt zufällig Zeuge einer Heiratserklärung geworden«, lächelt Stefan amüsiert, reicht Eric die Hand und begrüßt ihn mit einem »sehr erfreut«.

Er nimmt Agnethas Hand, haucht einen Handkuss darauf und gratuliert ihr zum eben ausgesprochenen Heiratsantrag. Agnetha bedankt sich zwar, widerspricht aber lächelnd: »Das war kein Heiratsantrag. Der kommt erst noch. Eric hat schließlich gesagt, dass er mich demnächst mal fragen will …«, und mit einem schelmischen Blick zu Eric fügt sie fragend hinzu, »hast du schon ungefähr eine Ahnung, wann ›demnächst‹ sein wird?«

»Soll ich euch mal eben alleine lassen?«, feixt Stefan, doch bevor er sich davonschleichen kann, wird er von Agnetha festgehalten. »Nix da, wir gehen jetzt an die Bar, um endlich unsere trockenen Kehlen anzufeuchten und du erzählst uns etwas über deinen letzten Auslandseinsatz. Der war ja nicht so ganz ohne. Warst du nicht im Irak?«

Mit dieser Frage nimmt das Gespräch eine Wende. Mit dem gebotenen Ernst, den dieses Thema erfordert, erzählt Stefan von seinem letzten dramatischen Auftrag, den er wegen der Gefährlichkeit vorzeitig abgebrochen hatte. Die Agentur hatte ihn zurückgepfiffen, denn die Zahl getöteter Journalisten und Medienassistenten, die sich per heute auf gut über 100 beläuft, rechtfertigt den Einsatz so nahe am Geschehen in einem Kriegsgebiet nicht mehr. Stefan berichtet von nächtlichen Bombenexplosionen in Bagdad und Kriegsopfern, deren Zahl beinahe täglich nach oben korrigiert werden musste. Zum Zeitpunkt seiner Ausreise, Anfang Oktober, ließen knapp 4'000 US-Soldaten ihr Leben. »Aber lass' uns heute Abend nicht von diesem Elend sprechen«, versucht Stefan seine Berichterstattung zu beenden, »es gibt bei weitem Schöneres heute Abend.«

»Du hast Recht Stefan. Es war schlimm genug für dich, den Tod so nah zu spüren«, stimmt Agnetha zu und so gehen sie in alltägliches Plaudern über.

Tanzen und Small Talk wechseln sich ab unter anderem auch mal kurz mit Martin, der jetzt eine Blondine an der Seite hat. Schließlich will Agnetha ja nicht unhöflich sein. Außer, dass er ein ewiger Baggerer ist, ist er ja eigentlich kein übler Kerl. Man kann ihm nichts Böses nachsagen. Er ist ein fairer Zeitgenosse, fügt niemandem böswillig Schaden zu und ist auch da, wenn man ihn braucht. Nur die Anmache geht einem mit der Zeit auf den Geist.

Gegen zwei Uhr in der Früh zeigen sich bei Agnetha dann doch allmählich erste Ermüdungserscheinungen und zwanzig Minuten später verlassen sie und Eric das Konzerthaus. Als sie ins Freie treten sehen sie Agnethas Wetterprognose vom frühen Abend bestätigt. Es schüttet aus Kübeln. Eric spannt den Schirm auf, doch vermag dieser den Wassermassen, die sich da über ihn entladen, nichts entgegenzuhalten.

»Warte hier, ich hole das Auto«, schlägt er vor und schon kämpft er sich durch die Wassermassen, die von oben und unten auf ihn einströmen. Ein paar Minuten später, steht der Mercedes beim Eingang des Konzerthauses und Agnetha steigt, im Schutz des Regenschirms eines Türstehers, ein.

»Übernachtest du heute hier bei mir?«, fragt Agnetha, als der Wagen vor ihrer Wohnung anhält.

»Ich hab …«, beginnt Eric und wird, kaum dass er mit seiner Rede begonnen hatte, von Agnetha unterbrochen: »Ich hab eine Zahnbürste, keine Sorge, und rasieren kannst du dich morgen auch. Habe immer Einwegrasierer hier.«

Er zieht die Augenbrauen hoch und grinst sie an, »für alle Eventualitäten gewappnet, wie?«

»Ja klar, ich kann auch mit einem Schlafanzug dienen. Martin hat seinen das letzte Mal bei mir vergessen«, spöttelt sie und korrigiert das Gesagte auch gleich wieder, denn Eric soll wissen, dass Martin das Letzte wäre, was sie bei sich über Nacht haben wollte: »Nicht ernst nehmen, war nur Spaß. Also kommst du nun?«

»Na wenn du so lieb und romantisch fragst, kann ich ja fast nicht nein sagen«, antwortet Eric ironisch und fügt in humorvollem Befehlston hinzu: »Also, komm schon, worauf warten wir. Würde gerne vor Sonnenaufgang im Bett liegen.«

»Das war nun aber auch äußerst romantisch«, lächelt Agnetha zurück, drückt ihm einen Kuss auf und schon öffnet sie die Beifahrertür, bevor Eric seiner Kavalierspflicht nachkommen kann. Auf Anstandsgepflogenheiten besteht sie im Moment überhaupt nicht, denn auch wenn es jetzt nicht mehr ganz so stark regnet, beeilt sie sich, flugs durch den Regen zum Eingang zu kommen.

3

Kurz vor ein Uhr am Sonntagmittag erwacht Eric. Er blickt auf die Uhr und erschrickt. ›Oh mein Gott, schon so spät. Um drei Uhr sollten wir bei meinem Vater sein und wir liegen noch immer im Bett‹, durchzuckt es ihn. Er blickt zu Agnetha, die neben ihm immer noch selig schläft. Er beugt sich sachte zu ihr hinüber und küsst ihr Gesicht, beginnend mit Stirn, Augen, Nase und als er beim Mund ankommt, schlingt sie ihre Arme um ihn und küsst in leidenschaftlich.

»Du hast dich schlafend gestellt, du …du … Heuchlerin«, spielt er den Entrüsteten und fängt an sie zu kitzeln. Sie trollen sich lachend im Bett, bis Agnetha vor Lachen keine Luft mehr bekommt. »Stopp, stopp ruft sie unter Lachen … ich kann nicht mehr, stopp.« Erschöpft legen sie sich zurück und atmen hechelnd, als hätten sie soeben Schwerstarbeit geleistet.

»Wir müssen uns sputen, es ist schon spät«, sagt Eric, nachdem er sich halbwegs erholt hatte, und will aufstehen. Agnetha hält ihn zurück.

»Sag mal, Eric, wie ernst war es dir gestern damit?«, fragt sie in nun ernstem Ton.

»Womit?«

»Na, das, was du mir ›demnächst‹ sagen wolltest«, umschreibt sie die Frage nach dem Heiratsantrag.

›Das ist ein guter Moment‹, denkt er und laut sagt er: »Stimmt, du wolltest wissen, wann ›demnächst‹ ist.« Er macht ein theatralisches Gesicht und fährt fort: »tja, ›demnächst‹ meine liebe Agnetha, ›demnächst‹ ist … einen Moment bitte …«, er steht auf, geht zum Stuhl über dem sein Jackett hängt und greift in die Tasche, um etwas herauszuholen. Agnetha schaut ihm gespannt nach. Er kommt zurück zum Bett und sagt halb liegend auf einen Ellbogen gestützt, »… ›demnächst‹, liebste Agnetha, ist ›jetzt, genau in dieser Minute‹«. Er öffnet ein kleines Schmucketui und reicht es Agnetha. Diese bringt für einen Moment den Mund nicht zu, als sie den wunderschönen Fingerring erblickt. Es ist ein roségoldener Ring gekrönt mit einem weißgoldenen Reif. Dieses goldene Zusammenspiel ist mit zwölf funkelnden Diamanten verziert.

»Ich bin sprachlos Eric«, sagt sie mit vor Rührung schwacher Stimme. »Er ist wunderschön.« Eric löst den Ring aus dem Etui, steckt ihn ihr feierlich an den Finger und schaut sie mit schwärmerischen Augen an.

»Und wie lautet deine Antwort?«

»Ja«, sagt sie bedächtig von liebenden Gefühlen übermannt, umarmt ihn und küsst ihn wieder leidenschaftlich.

Die innere Stimme mahnt ihn wieder, dass es jetzt wirklich an der Zeit wäre, sich aufzumachen und so löst er sich allmählich aus der innigen Umarmung und drängt, dass sie endlich gehen müssten, denn er muss ja noch nach Hause, sich umziehen.

Auf dem Weg zu Erics Eltern schaut Agnetha immer wieder ganz ungläubig auf den Ringfinger ihrer linken Hand. Sie kann es immer noch nicht fassen. So lange gewartet, so lange gehofft … und jetzt kam es so plötzlich und doch irgendwie überraschend. Sie fühlt sich glücklich, wie im Traum.

Kurz nach drei Uhr passieren sie mit dem Auto das große Eisentor der Villa Kirchhofer am Leuselhardt in Lörrach. Eric stellt den Mercedes auf dem mit hellem Kies belegten Platz ab und zusammen gehen sie auf die Freitreppe zu. Die Villa ist in zartem Gelb, während die leicht hervorstehenden Ecken in Weiß gehalten sind. Agnetha verharrt einen Moment vor dieser altehrwürdigen, herrschaftlichen, aber modern renovierten Villa, die gemäß Erics Erklärung, nach der Gründerzeit um die Jahrhundertwende erbaut wurde. »Sehr beeindruckend«, stellt sie staunend fest, »bist du da aufgewachsen?«

»Mein Vater kaufte die Villa, als ich zwölf Jahre alt war«, erklärt er, ergreift dann ihren Arm, um sie zur Treppe zu führen. »Komm«, sagt er, »wir sind schon spät dran.« Agnetha folgt brav.

Eric drückt auf den Klingelknopf und sofort ertönt der Türsummer und schon befinden sie sich beide in der hohen, Stuckaturen verzierten Eingangshalle. Eine schwere Holztüre öffnet sich und Dr. Adrian Kirchhofer, ein stattlicher, gut aussehender, und immer noch rüstig wirkender 70jähriger Herr mit schütterem Haar und grauem Spitzbart kommt forschen Schrittes auf die beiden zu. Seine braunen Augen blicken aufmerksam und intelligent durch eine silbrig umrandete

Brille. Er lächelt erfreut, reicht Agnetha die Hand und sagt, »Sie sind also Agnetha Hakonsen, die Journalistin, von der man immer recht Interessantes zu lesen bekommt. Freut mich, Sie kennenzulernen.«

»Herzlichen Glückwunsch zum Geburtstag, Herr Kirchhofer«, erwidert sie dessen Begrüßung. »Die Freude ist ganz auf meiner Seite. Danke für die Einladung.«

»Danke, dass Sie dieser gefolgt sind«, antwortet er und wendet sich Eric zu, der ihn um gute Kopfeslänge überragt, um ihn zu umarmen: »Hallo mein Junge. Wie geht es dir? Wie laufen die Geschäfte?«

»Gut Papa, sehr gut.«

*

Eric hat die Unternehmens- und Finanzberatungsfirma seines Vaters vor drei Jahren voll übernommen und davor arbeitete er zwei Jahre mit seinem Vater zusammen. Großes Know-how hat er sich auch während eines zweijährigen Auslandsaufenthaltes erworben.

*

Zusammen betreten sie den Salon und Erics Mutter kommt freudig auf sie zu. Sie hat sehr weiche Gesichtszüge, ihre grünbraunen Augen blicken warmherzig, ebenfalls durch eine silbrig umrandete Brille. Freundlich begrüßt sie Agnetha, und ihren Sohn umarmt sie ganz innig. Man spürt, dass sie ihn über alles liebt und dass sie sehr, sehr stolz auf ihn ist. Diese Geburtstagsparty ist, so scheint es Agnetha, eine reine Familienfeier zu sein.

»Das, liebe Agnetha, das ist mein Onkel Chris. Er hat mir vor dreißig Jahren ins grelle Licht der Welt geholfen«, stellt Eric Agnetha seinen Onkel vor.

Chris reicht Agnetha die Hand und ergänzt lachend Erics begonnene Geburtsstory, »ja und ich kann nur sagen, Eric war ein harter Brocken. Wollte einfach nicht kommen, auch mit gutem Zureden nicht. Er hatte es seiner Mutter nicht gerade leicht gemacht. Aber ich denke, sie hat es ihm längst verziehen.«

Agnetha pufft Eric mit dem Ellbogen in die Seite und meint schmunzelnd: »Du wieder. Nicht wie alle anderen braven Babys. Nein, es muss mit Flattieren und Täterä sein.«

Chris Kirchhofer lacht und kommentiert das eben Gesagte: »Nun, als Nachkomme eines berühmten Säckinger Bürgers - auch bekannt als ›*der Trompeter von Säckingen*‹ – ist ein ›*Täterä*‹ absolut gerechtfertigt.« Er schmunzelt bei dieser Feststellung und fügt hinzu: »Aber dennoch, Eric hat diese Ankunftsprobleme längst wieder wettgemacht. Er war dafür ein pflegeleichtes Kind. Seine Eltern können nur Positives berichten.«

»Aha, der Trompeter von Säckingen! Ich habe mich mal kurz mit der Geschichte des Bürgersohns Franz Werner Kirchhofer befasst und kenne die Story, wie dieser durch Joseph Victor von Scheffel 200 Jahre später in dessen Gedicht zum Trompeter von Säckingen wurde«, kommentiert Agnetha die kurz angerissene

Geschichte über das altehrwürdige Kirchhoferge-schlecht.

»Sie sind sehr belesen, Agnetha«, befindet Onkel Chris.

»Naja, Heimatgeschichte hat mich schon immer sehr fasziniert«, berichtet sie mit leuchtenden Augen, »und schließlich hat die Namensgleichheit mich ganz besonders neugierig gemacht, so dass ich mich genau-er mit dieser Geschichte befassen musste.«

Agnetha findet diesen Onkel Chris wegen seiner natürlichen, unkomplizierten Art sehr sympathisch. Die beiden Brüder hätten unterschiedlicher nicht sein können. Der um drei Jahre jüngere Chris ist im Ver-gleich zu Erics resolutem Vater eher sanft und hat eine herzliche Ausstrahlung, nicht so streng wie Adrian. Und dann ist er auch etwas größer und vom Typ her etwas dunkler, wenn auch nicht so dunkel wie Eric. Es muss im Familienzweig eine ziemlich dunkle Linie gegeben haben, dass Eric sich optisch so sehr vom Rest der Familie abhob. Jedenfalls sieht man bei der hier versammelten Gesellschaft, dass die zumindest hell- und grünbraunen Augen sowie die hell- bis mittel-braunen und auf Erics mütterlicher Seite die rotbrau-nen Haare überwiegen.

Agnetha lernt noch ein paar Tanten, Onkel, Cou-sinen und Cousins kennen. Es ist ein sehr unterhalt-samer, doch teilweise auch anstrengender Abend, denn immer wieder wird sie von Erics Verwandtschaft zu ihrer Arbeit als Journalistin interviewt. Gutes Essen löst sich mit hervorragender engagierter Unterhaltung ab. Ein Pianist spielt angenehme Backgroundmusik.

Agnetha fühlt sich in Erics unkomplizierter Familie sehr wohl und auch ihr wird viel Sympathie entgegengebracht.

Eric nutzt die Gelegenheit, als er die Laudatio auf seinen Vater hält, im Anschluss die letzte Neuigkeit des Tages zu verkünden. »Da ich nun schon das Wort habe und alle Aufmerksamkeit auf mich gerichtet ist, nutze ich auch gleich die Gelegenheit, euch mitzuteilen, dass wir …«, er streckt die Hand zu Agnetha aus, die ganz verlegen und überrascht wirkt, dieser Einladung aber brav folgt, »… also Agnetha und ich, uns heute verlobt haben«. Agnetha schaut Eric mit einem überraschten, verlegenen Lächeln an. Er legt einen Arm um ihre Schulter und gibt ihr einen Kuss zur Besiegelung des eben Eröffneten. Großer Beifall folgt und danach das große Gratulieren, während die Musik leise, beschwingte Weisen spielt. Erics Mutter umarmt Agnetha herzlich. Mit Tränen in den Augen sagt sie zu ihr: »Schön, ich freue mich. Ihr beide seid ein schönes Paar.«

»Das freut mich, lieber Eric, liebe Agnetha«, gratuliert auch Adrian und schlussfolgert: »Zumindest einen unüberlegten Schnellschuss kann man dieses Bündnis nicht nennen. Somit steht eure Verbindung unter einem guten Omen.«

Eric und Agnetha schauen sich vielsagend an und lachen. »Da könntest du allerdings recht haben, Papa, dass es kein Schnellschuss war«, kommentiert Eric die Feststellung seines Vaters.

Agnetha zwinkert Eric zu und meint: »oder vielleicht war es doch einer? Schließlich hast du Anfang

Woche noch nichts davon gewusst.« Eric stupst Agnetha auf die Nase. »Stimmt auch wieder.«

Gegen Mitternacht verläuft sich die Gesellschaft allmählich und auch Eric und Agnetha brechen auf.

»Du hast eine tolle Familie«, schwärmt Agnetha, als sie wieder im Auto sitzen, »und du hast mir nichts davon gesagt, dass du unsere Verlobung bekanntgeben willst. Damit haben wir dem Geburtstagskind gleich mal die Schau gestohlen.«

»Keine Sorge, meine Eltern sehen das nicht so eng. Ich habe das Gefühl, dass sie dich gleich ins Herz geschlossen haben.« Ja, das war unverkennbar. Beide haben es Agnetha deutlich gezeigt. Erics Vater hatte sie sogar fest umarmt und sie in der Kirchhofer-Familie herzlich willkommen geheißen.

*

Am Montag steht Agnetha etwas später als sonst auf. ›Es reicht, wenn ich um zehn Uhr im Geschäft bin‹, denkt sie sich, denn sie braucht nach zwei durchmachten Nächten einfach den Schlaf. Im Morgenmantel holt sie sich die Zeitung aus dem Briefkasten, setzt sich gemütlich an den Tisch, um zu frühstücken. Die Zeitung hat sie neben sich auf den Tisch gelegt. Doch wenn sie sich einbildete, gemütlich frühstücken und sich anschließend ebenso gemütlich in Schale werfen zu können, hat sie sich gründlich geirrt. Plötzlich fällt ihr Blick nämlich auf das Titelbild der Zeitung. Sie muss zweimal hinsehen. Sie kann es kaum glauben.

Unter der Headline ›*Freiburg tanzte auf dem Presse-ball, Freiburg, 13. Oktober 2007*‹ sind Eric und sie ganz groß abgebildet, sogar mit Nennung ihrer Namen: ›*Foto mb: Die bekannte Journalistin Agnetha Hakonsen mit ihrer Begleitung des Abends Eric Kirchhofer*‹, so die Bildunterschrift.

Sie überfliegt den Artikel:

Am vergangenen Samstag war es wieder so weit. Beim 38. BZ-Presseball trafen sich im festlich dekorierten Konzerthaus in Freiburg wichtige Persönlichkeiten aus Politik und Wirtschaft aus ganz Südbaden. Eröffnet wurde der Ball durch Freiburgs Oberbürgermeister Dr. Dieter Salomon (Eröffnungsrede, Ansprachen und Fotogalerie finden Sie im Lokalteil und im Feuilleton). Viele nutzten dieses Großereignis für angeregte Gespräche, und viele Kontakte wurden auch dieses Mal wieder geknüpft. 1400 Besucher folgten der Einladung und amüsierten sich auf dem inzwischen wichtigsten gesellschaftlichen Ereignis in Freiburg. Schwungvolle Tanzpaare belebten das Bild. Spezielle Künstlereinlagen trugen weiter zur Auflockerung bei. Der Ball war ein weiteres Mal Treffpunkt, wo man tanzt, feiert, flaniert nach dem Motto: sehen und gesehen werden.   *mb*

Als sie die Initialen unter Bild und Text sieht, muss sie schmunzeln: mb wie Martin Bayer. ›*Typisch Martin. Doch wann hat er denn das Bild geschossen? Es ist mir gar nicht aufgefallen, dass er Fotos machte*‹, überlegt sie.

Ja, Martin war bekannt dafür, unauffällig Fotos zu schießen, ohne dass die Anvisierten es merken. Darin war er Spezialist. Er stand meist irgendwo, etwas verdeckt, visierte seine Objekte an, und holte sie per Zoom ganz nahe heran.

Es geht diesen Morgen auch gar nicht lange, bis ihr Telefon klingelt und danach nicht mehr still steht. Eigentlich wollte sie gemütlich frühstücken, aber das ist natürlich jetzt nicht mehr möglich. Ihre Mutter, Eric, Freundinnen und Kolleginnen wechseln sich ab.

Alle Welt, zumindest Südbadens Welt, hat diesen Morgen als erstes ihr und Erics Konterfei gesehen – auch Boris Petrow bei Waldshut lebend, der gerade seine schwerkranke Mutter versorgt. Er starrt gebannt auf das Foto.

4

*B*oris Petrow, 30 Jahre alt, kann von sich nicht behaupten, jemals auf der Sonnenseite des Lebens gestanden zu haben. Sein Vater Sergej verließ die Familie, als er und sein behinderter Bruder Ilja fünf Jahre alt waren. Wohl hat ihn die Situation, ein krankes Kind zu haben, überfordert. Doch seine Mutter erzählte ihm später, dass der Vater vermutlich sowieso abgehauen wäre, auch wenn Ilja ein gesundes Kind gewesen wäre, weil ihn Kinder als solches überforderten. Sehr früh musste Boris daher für seinen mongoloiden Zwillingsbruder Ilja da sein, weil die Mutter arbeitete, um für die beiden Buben sorgen zu können. Boris kann sich an seinen Vater nur schwach erinnern. Er weiß heute nicht einmal, wo er lebt. Irgendwohin wird er sich wohl abgesetzt haben, um seinen Verpflichtungen als Vater nicht nachkommen zu müssen. Sein Bruder, der einen Herzfehler hatte, starb vor zehn Jahren zwanzigjährig.

Und nun, als wäre das alles nicht genug, ist seine heute sechzigjährige Mutter schwer krank. Es fing vor vier Jahren ganz harmlos an und zwar begann es zuerst mit Muskelzucken und Abgeschlagenheit und schließlich kam Schwäche in Beinen und Händen hinzu. Es ging dann noch eine gute Weile, bis die niederschmetternde Diagnose Amyotrophe Lateralsklerose, kurz ALS genannt, gestellt wurde. »Das ist eine Nervenlähmung«, hatte ihm der Arzt damals anschaulich erklärt, »die die Verbindung zwischen Gehirn und Muskeln so nach und nach abklemmt und schließlich nach einigen Jahren zum sicheren Tod führt.«

Immer mehr musste Boris seiner Mutter behilflich sein. Seit zwei Jahren ist sie nun ein Vollpflegefall. Ihre Arme hängen nur noch schlaff herunter, ihre Beine versagen ihr vollends den Dienst, so dass sie im Rollstuhl sitzen muss. Das Atmen fällt ihr immer schwerer und mittlerweile kann sie nicht mehr richtig sprechen. Jeder Versuch endet in einem unverständlichen, gurgelnden Lallen. Ihre Sehfähigkeit liegt auf einem Auge noch bei zwanzig Prozent, das zweite Auge ist praktisch vollends erblindet. Täglich, außer an den Wochenenden, kommt Frau Fischer, eine Pflegefachfrau, für zwei Stunden, und drei Mal die Woche kommt eine Therapeutin, um sich der Kranken anzunehmen.

Boris hat sich mit seinem Schicksal, sich auf der Schattenseite des Lebens zu befinden, abgefunden. Eigentlich hätte er gerne Architektur studiert, doch der Besuch einer höheren Schule war schon finanziell nicht möglich, abgesehen davon, dass er ja für seinen Bruder da sein musste. Heute arbeitet er als Lagerarbeiter. Zumindest hier hat er Glück gehabt, denn er hat einen mitfühlenden Chef, der ihm regelmäßig Zeit einräumt, damit er seine Mutter versorgen kann, das heißt auch, dass er am Morgen etwas später mit der Arbeit beginnen kann.

An diesem Montag kämmt er seiner Mutter gerade das mittlerweile fast schneeweiße Haar, als sein Blick auf die Zeitung, die auf dem Tisch liegt, fällt. Er hält einen Moment inne und beugt sich über die Zeitung und betrachtet das Konterfei des abgelichteten Paares. Besonders das Gesicht des Mannes mit Namen Eric Kirchhofer, wie er der Bildunterschrift entnehmen kann, hat es ihm angetan. Er hat beim Betrachten das Gefühl, in seine eigenen Augen zu schauen. Er holt einen schwarzen Stift und malt auf das Gesicht des Fremden schulterlanges Haar und einen dichten schwarzen Vollbart, um ihn seinem Ebenbild anzugleichen. ›Oh mein Gott‹, denkt er, ›ich habe einen Doppelgänger.‹ Er geht ins Badezimmer, schaut in den Spiegel und hält neben sich das Zeitungsfoto. »Ich habe einen Doppelgänger«, sagt er jetzt laut.

*

*A*gnetha hat eine anstrengende Woche hinter sich. Auch Eric war die ganze Woche ziemlich viel beschäftigt. Er hat im Moment drei Großkunden, für die er tätig ist und dafür die ganze Woche auf Reisen war. Sie hatten daher keine Zeit füreinander, aber das ist ja nichts Neues. Warum sollte die Verlobung auch etwas daran geändert haben, dass sie beide beruflich ziemlich engagiert sind. Da müssen sie sich mit gelegentlichen kurzen Telefonaten zufrieden geben. Doch heute Morgen freut sie sich sehnsüchtig aufs Wochenende, das sie sich, wie sie überzeugt ist, mehr als verdient hat. Sie kommt Freitagmorgen ins Büro und kann gerade das klingelnde Telefon abnehmen.

»Hakonsen«, meldet sie sich.

»Hallo Agnetha, ich bin's Suzanne«, vernimmt sie die wohl vertraute Stimme ihrer Kollegin. ›Oh nein‹

denkt sie, ›*nicht zum Ausklang der Woche. Ich habe nun wirklich keine Lust auf diese ewigen Diskussionen.*‹

»Hallo Suzanne. Wie geht es dir? Bist du wieder genesen?«, fragt sie dennoch höflich.

»Nein überhaupt nicht«, sagt Suzanne und Agnetha merkt an ihrer Stimme, dass etwas nicht stimmt. Es klang fast ein bisschen weinerlich und das kannte sie nicht … nicht bei der selbstbewussten, sehr bestimmenden Suzanne.

»Erzähl, was ist los?«, fordert sie Suzanne auf.

»Ich habe Lähmungserscheinungen. Mein linkes Bein versagt mir den Dienst. Wir wissen noch nicht, was es ist, aber nächste Woche, Montag, muss ich zur genauen Abklärung in die Klinik.«

»Ach herrje, das hört sich nicht gerade gut an«, bedauert Agnetha ehrlich Suzannes Lage. »Kann ich etwas für dich tun?«

»Deswegen rufe ich dich an. Ich weiß zwar nicht, ob ich das von dir verlangen kann. Na ja, du weißt schon … so direkt nach unserem unrühmlichen Telefongespräch letzten Samstag …«

»Na sag schon, wir werden dann sehen.«

»Nun, ich bin doch an der Geschichte des ›*Jenaer Bündnis für Familie*‹, das das Jahr der Familie initiierte. Unterlagen dazu liegen in der obersten Schublade meines Schreibtisches in einer grünen Mappe. Nun findet am 12. November zum Ausklang des Jahres eine Abschlussveranstaltung im Hotel Esplanade in Jena statt. Der Höhepunkt dieses Abends dürfte die Verleihung des vom Bündnis ausgelobten Preises ›*Unternehmen mit Familie*‹ sein. Meine Krankheit hindert mich nun an einer Reise nach Jena, … tja und nun wollte ich dich bitten, ob du vielleicht …«

»Moment, ich schaue gerade im Terminkalender nach, ob ich an diesem … ist es ein Wochenende?«, fragt sie etwas argwöhnisch, denn das würde ihr gewaltig stinken. Die Wochenenden gehören nämlich, soweit möglich, Eric und ihr.

»Nein, der Montag.«

»Aha, gut. Aaaalso, …«. Agnetha murmelt vor sich hin, während sie ihren Terminkalender durchgeht. »Okay, ja, es geht. Gut, Suzanne, ich übernehme diese Arbeit.«

»Wirklich? Mein Gott, Agnetha. Ich bin dir so dankbar, dass du das für mich tun willst. Weißt du, ich schätze deine Arbeit sehr. Deshalb ist es mir so wichtig gewesen, dass du diese Sache übernimmst … na ja, zumal wir …«

»Meinst du, was unseren kleinen Disput anbelangt? … nun der ist längst vergessen. Mach dir deswegen keine Gedanken mehr.«

»Dennoch, Agnetha, ich finde es klasse, dass du einspringst.«

»Nicht der Rede wert. Ist doch klar, dass wir uns gegenseitig aushelfen. Iris zum Beispiel ist für mich zum Vortrag im MPI nach Garching gereist, damit ich dieses Jahr am Presseball teilnehmen konnte. «

»Ach ja, der Presseball. Ich habe das Foto gesehen von euch beiden. Dieser Eric sieht ziemlich gut aus. Seid ihr so richtig zusammen, also ich meine, seid ihr ein Paar?«

»Um genau zu sein, wir haben uns letzten Sonntag verlobt.«

»Oh, ich gratuliere ganz herzlich. Schön zu hören, wirklich. Ihr seid ein gut aussehendes Paar, das nicht besser zusammenpassen könnte.«

»Danke«, sagt Agnetha, kommt aber gleich wieder aufs ursprüngliche Thema zurück. »Ich denke, du hast zum Thema ›Jahr der Familie‹ einen Bericht per heute. Liegt der auch in der grünen Mappe?«

»Nein, leider nicht, den habe ich hier bei mir. Meinst du …?«

»Klar, komme ich. Ich statte dir heute Abend einen Krankenbesuch ab und du kannst mich dann auch gleich briefen.«

»Okay, ich stelle die Briefing-Unterlagen zusammen. Ich freue mich auf deinen Besuch und … Agnetha …«

»Ja? …«

»Danke … ist wirklich sehr lieb von dir.«

»Ist okay«, lächelt Agnetha. Während sie den Hörer zurücklegt, zieht sie staunend ihre Augenbrauen hoch. Suzanne hat sich um 180° geändert. Nichts mehr von dieser Gehässigkeit der letzten Zeit. Für diesen Dienst unter Kolleginnen hat sie sich bestimmt mindestens dreimal bedankt.

Kurz nach fünf verlässt sie ihr Büro, geht auf ihrem Weg noch am Blumenladen vorbei und fährt direkt zu Suzanne in die Kanderner Straße, eine schöne Wohngegend in Lörrach mit viel Grün.

Suzanne öffnet im Rollstuhl sitzend die Türe. Sie sieht blass aus, ihre dunklen Augen haben einen besorgten Ausdruck, ihre dunkelbraunen Haare, die durch ihre Ohren nach hinten gehalten werden, hängen strähnig über ihre Schultern.

»Du sitzt im Rollstuhl?«, fragt Agnetha erstaunt und überreicht Suzanne den Blumenstrauß, während sie sich suchend im großen Entrée der Wohnung umblickt: »Wo finde ich hierfür eine Vase?«

»Dort im Wandschrank. Ja, die Lähmung reicht von der Taille bis hinunter ins linke Bein. Ich habe im Moment keine Kraft«, erklärt Suzanne. »Die sind ja schön«, sagt sie dann auf die Blumen deutend, »danke Agnetha. Ich habe eine Kleinigkeit, also einen Imbiss für uns vorbereitet. Lass uns etwas essen, bevor wir an die Arbeit gehen. Du hast sicher Hunger nach einem langen Arbeitstag.«

»Da sage ich nicht nein.« Suzanne hat herrliche Häppchen vorbereitet und Agnetha isst mit viel Genuss, denn sie hatte heute noch nicht viel zu sich genommen.

Suzanne scheint etwas sehr auf dem Herzen zu liegen und sie beginnt mit ernster Miene zu sprechen:

»Agnetha, ich muss dir etwas sagen. Und das, was jetzt kommt, ist nicht nur darauf zurückzuführen, dass du mir deine Hilfe angeboten hast. Ich würde das auch ohne meine Krankheit und deiner Hilfsbereitschaft sagen.«

Agnetha hört erstaunt auf. Eine Braue hochgezogen signalisiert sie Suzanne mit einem kurzen »Ja?«, dass sie fortfahren soll.

»Nach unserem letzten Gespräch war ich ziemlich unglücklich. Du hast einen sehr wichtigen Satz gesagt, und zwar, dass all das, was ich dir an den Kopf geworfen hatte, nichts anderes sei, als meine eigene Personenbeschreibung, und dass ich über meine eigenen Bücher gehen sollte. Das hat mich sehr getroffen, jedoch auch sehr nachdenklich gemacht, also lange Rede kurzer Sinn: ich bin, wie empfohlen, über die Bücher gegangen. Das Resultat meiner Reflexion: ich muss dir Recht geben. Ich war unleidlich. Ja. Und ich gebe auch zu, dass ich die Projekte, die du erhieltest, gerne gehabt hätte und war sauer deshalb, denn ich fand diese Themen so interessant. Und zu allem hin wurde ich auch noch krank. Ich war irgendwie fertig mit der Welt. Nach dem Gespräch mit dir war mir klar, dass ich dir unrecht tat. Ich hatte meinen Unmut an der Falschen ausgelassen. Du kannst nichts für meine Unzufriedenheit und auch nichts für meine Krankheit. Mir ist meine Ungerechtigkeit so plötzlich bewusst geworden und es tut mir unendlich leid. Nun hoffe ich, dass du mir verzeihen kannst und meine gebotene Hand annimmst. Ich würde mich freuen, wenn es wieder so werden könnte, wie früher, dass wir wieder gute Freundinnen sind, wenn das für dich, nach allem, überhaupt noch möglich ist.« Agnetha ist sichtlich gerührt über Suzannes offene Worte. Sie hätte alles erwartet, aber nicht das. Sie steht auf, umarmt sie und sagt: »Suzanne, ich habe dir doch schon am Telefon gesagt, dass du dir darüber keine Gedanken mehr zu machen brauchst. Ich nehme die Hand an. Es ist okay. Lass uns an unsere Freundschaft von früher anknüpfen.«

»Danke Agnetha«, sagt Suzanne, die froh ist, dass es endlich raus war. Es hatte sie die letzte Woche sehr belastet.

Danach gehen sie an die Arbeit. Nach einer Stunde hat Agnetha alles, was sie für den neu hinzugekommenen Auftrag braucht. Wie in der Branche üblich, bleibt ein Auftrag und somit das Endergebnis bei der Erstbearbeitenden, das heißt dass beides nicht auf die einspringende Person übergeht.

*

*B*oris ist seit seiner Entdeckung, ein Double zu haben, ganz aus dem Häuschen. Irgendwie kommt es ihm seltsam vor. Ähnlichkeiten gibt es ja oft, aber meist mit Abstrichen. Aber dieser Mann, namens Eric Kirchhofer, scheint ihm zu gleichen, wie ein Ei dem anderen. Ja in der Tat, wie eineiige Zwillinge. Er hatte einen Zwillingsbruder, doch dieser sah ihm nicht einmal ansatzweise ähnlich. Gut, Ilja war krank und hatte die krankheitstypischen Gesichtszüge, aber auch dessen Haar und Augen waren heller als die seinen. Außerdem war Ilja einen guten Kopf kleiner als er. Man erklärte ihm früher einmal, dass er und sein Bruder zweieiige Zwillinge seien, also dass jeder eine eigene Fruchtblase hatte und jeder von einer eigenen Plazenta genährt wurde. Da kann es durchaus vorkommen, dass sich Zwillinge überhaupt nicht ähnlich sind, nicht einmal beim Geschlecht. Außerdem ist der Vater nicht so dunkel wie die Mutter. Da ist es doch möglich, dass Ilja eher die Anlagen des Vaters, während er selbst die der Mutter mitbekommen hatte.

In seinem Kopf wirbeln die Gedanken und formieren sich zu einem wilden Orkan. Und wenn es damals im Krankenhaus eine Verwechslung gab? So etwas ist doch auch schon vorgekommen, also gar nicht so abwegig. Aber nein, ausgeschlossen. Ein Kind mit Down-Syndrom verwechselt man nicht einfach so mit einem gesunden. Er hat zwar keine Ahnung von Geburt und Geburtsstätten, aber er kann sich nicht vorstellen, dass ein solcher Defekt bei der Geburt unentdeckt blieb. Und zudem, wenn eine Gebärende Zwillinge bekommt, ist es ja fast unmöglich, dass ausgerechnet ein Kind davon mit einem anderen Kind verwechselt wird. Aber welche andere Erklärung gibt es sonst? Ist es möglich, dass alles nur Zufall ist? Ist es möglich, dass ein fremder Mensch ihm ähnlicher sieht, als sein eigener Zwillingsbruder?

Boris ist in Lörrach geboren. Erst als er drei Jahre alt war, sind seine Eltern von Bad Bellingen in die Nähe von Waldshut gezogen. Wenn nun dieser Fremde auch in Lörrach geboren wurde? Er holt das Telefonbuch um nach Eric Kirchhofer zu suchen. Zielsicher sucht er als erstes in der Stadt Lörrach selbst und wird auch gleich fündig.

Da … da ist er. Eric Kirchhofer, Unternehmens- und Finanzberater in Lörrach. Wie alt er wohl ist? Rein optisch, so vom Zeitungsbild her betrachtet, könnte er gleich alt sein, wie er selbst. Dann gibt es *noch* einen Kirchhofer in Lörrach.

Adrian Kirchhofer, ebenfalls Unternehmens- und Finanzberater. Ob das vielleicht Brüder sind? Auf jeden Fall scheinen beide besser gestellt zu sein als er.

›Nein‹, sagt er sich wieder, ›*alles purer Zufall. Warum sollte es bei circa 80 Millionen Menschen eines Landes nicht auch mal zwei identisch gleiche geben? Sind wir nicht alle nach einem physiognomischen Muster angelegt?*‹

Auf seiner Arbeit spricht er mit niemandem über seine Entdeckung, die seine Gedanken im Moment so sehr in Aufruhr bringen. Er sehnt sich nach dem Wochenende, das so greifbar vor der Türe steht, weil er gerne ungestört seinen Gedanken nachhängen will.

Am Freitag, gegen Mittag, erhält er im Geschäft einen vom Sekretariat weitergeleiteten Anruf.

»Petrow«, meldet er sich leicht abwesend.

»Herr Petrow, hier ist Fischer. Ich rufe an, um ihnen zu sagen, dass es Ihrer Mutter ziemlich schlecht geht. Wir können es nicht mehr verantworten, dass sie so oft alleine ist. Ihre Atemprobleme verschlimmern sich zusehends, die Gefahr einer Lungenentzündung ist omnipräsent. Ich würde vorschlagen, dass Sie nochmals das Wochenende mit ihr verbringen und sie aber kommenden Montag ins Krankenhaus einliefern lassen.«

Boris hört schweigend zu. Er ahnte schon lange, dass dieser Tag einmal kommen würde. Obwohl die

Pflege seiner Mutter viel von ihm abverlangt, fällt ihm der Gedanke, sie in ein Krankenhaus zu geben, schwer. Er liebt sie über alles. Er hatte erlebt, wie aufopfernd sie für ihre beiden Kinder da war. Hat viel gearbeitet, damit es ihnen an nichts fehlte, während sein Vater sich aus dem Staub gemacht hatte. Als Ilja starb hatte es ihr das Herz gebrochen. Sechs Jahre später begann schleichend das eigene Sterben. Diesen körperlichen Zerfall eines geliebten Menschen, der immer für andere da war, mit ansehen zu müssen, tat ihm unendlich weh. Da war es für ihn eine Selbstverständlichkeit, dass er jetzt für seine Mutter, da sie ihn braucht, ebenfalls da sein will.

»Herr Petrow, sind Sie noch da?«, fragt Frau Fischer, als sie keine Antwort erhält.

»Ja, ich bin noch da.«

»Haben Sie gehört, was ich sagte?«, hakt sie nach.

»Ja, ich habe Sie gehört. Ich habe damit gerechnet, dass irgendwann einmal der Tag kommen würde. Ich habe auch gesehen, dass sich der Zustand meiner Mutter in letzter Zeit rasant verschlechterte, dennoch … na ja, Sie wissen schon. Es schmerzt so sehr.«

»Natürlich, ich verstehe. Sie haben außer Ihrer Mutter niemanden mehr. Und man hat gesehen, dass sie Ihre Mutter über alles lieben. Ihr Pflegezustand ist einwandfrei. Ja, das kann man sagen, einwandfrei. Mehr war von Ihrer Seite her absolut nicht möglich. Es tut mir sehr leid für Ihre Mutter und für Sie.«

Nachdem Boris aufgelegt hatte, sitzt er noch eine Weile da und starrt vor sich hin. Er hat Tränen in den

Augen. Seine Mutter hatte wirklich ein besseres Schicksal verdient.

»Boris?«, wird er von der Seite von Jens seinem Kollegen und gleichzeitig Vorarbeiter der Lageristen angesprochen. Boris erschrickt und wendet sich wie aus einem Trancezustand erwacht zu Jens. Er nimmt diesen nur durch einen Schleier seiner Tränen war.

»Um Gottes Willen. Ist etwas passiert, Boris?«, fragt Jens besorgt.

»Meiner Mutter geht es ziemlich schlecht. Ich muss sie ins Krankenhaus bringen. Sie hat Probleme mit der Atmung und ich möchte ihr einen Tod durch Ersticken ersparen, und das könnte eintreten, wenn sie nicht rund um die Uhr bewacht würde«, sagt er mit trauriger Stimme, dass es seinem Kollegen richtig ans Herz geht.

»Heute schon«, fragt Jens.

»Nein, Montag. Ich will mich das Wochenende nochmals intensiv mit ihr befassen.«

»Bleib du, wenn du sie ins Krankenhaus bringst, bei ihr. Ich werde dich beim Big-Boss entschuldigen. Du weißt, dass er großes Verständnis hat für solche Situationen«, schlägt Jens ihm vor. »Und am besten, du gehst jetzt schon nach Hause. Heute ist nicht mehr viel los, wie immer Freitagnachmittags.«

Boris packt zusammen und geht nach Hause. Er trifft gerade noch Frau Fischer an, die die Wohnung eben verlassen will.

»Es tut mir leid Herr Petrow«, drückt sie ihr Bedauern aus. »Gut, dass sie gleich gekommen sind. Ich hatte wirklich kein gutes Gefühl, sie jetzt zu verlassen. Bin ja etwas länger geblieben, aber nun muss ich dringend zu einem anderen Patienten. Alles Gute.«

»Danke Frau Fischer. Danke für alles.« Es klingt wie ein Abschied.

»Ich werde Ihre Mutter auf jeden Fall im Krankenhaus besuchen. Ich habe sie inzwischen so lieb gewonnen ... ja, ich bewundere sie, wie genügsam sie ihre Krankheit erduldet. Ich habe sie sehr gerne versorgt.«

»Hallo Mama«, Boris sitzt vor seiner Mutter, hält ihre Hände und schaut in ihr immer noch hübsches Gesicht. Sie schaut ihn mit ihren schwarzbraunen Augen traurig an, dass es ihm in seinem Herzen schmerzt.

»Hat Frau Fischer den Schleim abgeklopft?«, fragt er, als er ihren röchelnden Atem hört. Sie nickt.

»Hat Frau Fischer dir auch gesagt, dass es besser ist, wenn du im Krankenhaus intensiv bewacht wirst?«, fragt er weiter. Wieder nickt sie.

»Mama, ich werde dich Montag hinbringen und den ganzen Tag bei dir bleiben und wenn es geht, sogar länger, denn ich werde mit meinem Chef sprechen, ob ich mal eine vielleicht auch zwei Wochen Urlaub nehmen kann. Dann werde ich jeden Tag lange bei dir sein.« Es ist wie ein Gurgeln, als die Mutter etwas zu sagen versucht. Es klingt so ähnlich wie ›mein lieber Junge‹ und sie lächelt ganz sachte. Dann spürt er, wie sie mit einer Hand zuckt, als wolle sie ihm ein Zeichen

56

der Zuneigung geben. Er ist sich sicher, dass sie, hätte sie gekonnt, sein Gesicht in die Hände genommen und ihm einen Kuss auf die Stirn gedrückt hätte, so wie sie es früher in gesunden Tagen immer tat. Deshalb macht er eben genau das, um ihr zu signalisieren, dass er dieses Zeichen verstand. Dann nimmt er sie in seine Arme und verharrt einen Moment in der Umarmung. Sie weinen beide stumm.

Dieses Wochenende kümmert sich Boris ganz intensiv um seine Mutter. Er macht immer wieder Übungen mit Armen und Beinen, klopft ihren Rücken, liest ihr vor und unterhält sich mit ihr. Mit enormer Anstrengung schafft sie es gurgelnd, stammelnd Antwort zu geben. Auch wenn es sehr undeutlich ist - ein Fremder würde absolut nichts verstehen - hat Boris sich ziemlich gut in die Artikulation seiner Mutter hineingehört.

»Sag mal Mama«, beginnt Boris erneut, immer noch die Sache mit seinem Doppelgänger im Hinterkopf, »gibt es so etwas wie ein Untersuchungsbüchlein von Ilja und mir, worin von der Geburt an Vorsorgeuntersuchungen aufgezeichnet sind?« Seine Mutter nickt, ihre Augen haben einen fragenden Ausdruck und gurgelnd sagt sie, während sie in Richtung des Wohnzimmerschranks schaut: »dort, oben links. Alle Unterlagen.« Boris folgt ihrem Blick zu dem Schrankteil hin, in dem seine Mutter Persönliches aufbewahrte. Er steht auf und geht zum Schrank. Links oben, im obersten Fach gibt es eine Menge Unterlagen, teilweise in Ordnern abgeheftet, teilweise nur in Papiermappen lose aufbewahrt. Er nimmt eine Mappe heraus, blättert deren Inhalt durch. Es sind unter anderem Briefe, die seine Mutter mit einer Freundin in Russland ausgetauscht hatte. Seine Mutter hatte wohl das Heimweh nach ihrem Geburtsland nie abgelegt. Er kann die Briefe nicht lesen, da sie in Russisch geschrieben sind. ›Ich werde sie vielleicht später einmal übersetzen lassen‹, denkt er bei sich. Aber das hat noch Zeit. Er legt die Mappe wieder zurück ins Fach und nimmt eine andere heraus. Darin sind einige Fotos, Familienfotos, und … ja ganz unten liegen zwei blaue abgegriffene Büchlein. Eines lautet auf Ilja und das andere auf Boris Petrow. Er nimmt sein eigenes und schlägt es auf und sein Blick fällt als erstes auf die Eintragung am Tag seiner Geburt. Er versucht den leicht verblassten Namen des Geburtshelfers zu lesen. Er geht näher ans Fenster, um besseres Licht zu erhalten. ›Dr. med. Christoph Kirchhofer, St. Klara-Krankenhaus, Lörrach‹ steht da. Boris lässt das Büchlein sinken und starrt aus dem Fenster.

Noch ein Kirchhofer! Der dritte. Wie viele kommen da denn noch? Er versteht das Ganze nicht. Seit letztem Montag wird er mit diesem Namen, von dem er bislang nichts hörte, konfrontiert, während einer dieser Kirchhofers ihm aufs I-Tüpfelchen ähnelt und der andere ihm auf die Welt verhalf. Kann das alles Zufall sein? Er dreht sich zu seiner Mutter um, die ihn immer noch mit fragendem Gesichtsausdruck ansieht.

Er hätte sie gerne gefragt, ob sie sich noch an den Tag seiner und Iljas Geburt erinnert. Aber er will sie in diesem Zustand nicht mit Unausgegorenem belasten. Er selbst hatte schon genug damit zu tun. Auf jeden Fall will er der Sache nachgehen, sobald er Zeit dazu findet. Er lächelt sie an, geht auf sie zu und nimmt, wie kurz zuvor, ihr Gesicht in beide Hände, gibt ihr einen

Kuss auf die Stirn und sagt: »Es ist nichts Besonderes Mama. Die Nostalgie hat mich einfach nur gepackt.«

Sie lächelt zurück. Doch Boris' graue Zellen hinter seiner grüblerisch gekrausten Stirn arbeiten auf Hochtouren. Auch das entgeht seiner Mutter trotz ihrer schlechten Sehkraft nicht und ihr Gesicht wird wieder ernst. Er streichelt beruhigend ihre Hände.

Am Montag, bevor er seine Mutter ins Krankenhaus bringt, ruft Boris im Geschäft an.

»Weber - Transporte und Lagerhaltung, Silke Maurer am Apparat. Was kann ich für Sie tun?«, hört er die sympathische Stimme der Angestellten. Er mag die Frau, der diese Stimme gehört. Silke ist mit ihrem satten kastanienbraunen, dicht wallenden Haar und ihrer Körpergröße von 180 Zentimetern eine imposante Erscheinung. Ihre rehbraunen Augen haben einen Vertrauen erweckenden warmen Ausdruck. Das angenehme, warme Timbre ihrer dunklen Stimme, das dem sanften Schnurren einer Katze gleicht, fesselt jeden Zuhörer auf Anhieb.

»Hallo Silke, ich bin's Boris.«

»Hallo Boris. Wie geht es dir? Schlimm die Sache mit deiner Mutter. Jens hat mir davon erzählt. Tut mir wirklich sehr leid«, sagt Silke, die Boris recht gerne mag. Bevor er sich so intensiv um seine Mutter kümmern musste, sind sie zusammen des Öfteren ausgegangen. Doch in letzter Zeit war das leider nicht mehr möglich. Dass sie ein Paar sind, wäre zu viel gesagt, obwohl Silke nichts dagegen hätte. Doch stehen sie sich sehr nahe, hegen große Sympathie füreinander, können immer offen miteinander reden. Auch sie ist immer froh, in Boris einen geduldigen Zuhörer zu haben.

»Also, Herr Weber ist selbstverständlich einverstanden, dass du heute nicht kommst. Jens hatte mit ihm gesprochen und es gleich an mich weitergeleitet«, gibt sie ihm Auskunft.

»Eigentlich wollte ich fragen, ob ich vielleicht ein … oder noch lieber zwei Wochen Urlaub nehmen könnte. Weißt du, ich weiß nicht wie lange meine Mutter noch zu leben hat, und ich möchte gerne die Zeit, die ihr noch bleibt, mit ihr verbringen.«

Während Boris spricht, hat sie schon im Computer das Zeiterfassungssystem geöffnet und stellt fest, dass er noch 15 Tage Resturlaub hat.

»Boris, du hast noch drei Wochen Urlaub dieses Jahr. Eigentlich könntest du bis Mitte November frei nehmen.«

»Na ja … ich …«

»Hör mal, wenn es arbeitsmäßig ginge, würdest du dann deinen Resturlaub nehmen wollen?«, unterbricht sie ihn dienstbeflissen.

»Ja, klar.«

»Okay Boris, ich rede eben mit Jens und dann mit Herrn Weber. Ich gebe dir Bescheid. Wie lange bist du heute Morgen noch zu Hause?«

»Sicher noch eine halbe Stunde«

»Okay, ich rufe dich innerhalb der nächsten fünfzehn Minuten an, um dir Bescheid zu geben, ob es in Ordnung ist, ja?«

»Gut, ich warte … und … Silke …«

»Ja?«

»Danke.«

»Ist schon in Ordnung, mache ich doch gerne für dich. Bis gleich«

Silke legt den Hörer auf, öffnet ihre Schublade, um von ihrem Croissant, das sie dort für fremde Blicke unsichtbar deponiert hatte, abzubeißen. Dabei fällt ihr Blick auf das Zeitungsfoto von letztem Montag, das sie ausgeschnitten hatte. Sie ist die einzige, außer Boris, der diese Ähnlichkeit zwischen diesem Eric Kirchhofer und Boris auffiel. Hätte Boris nicht diese schulterlangen Haare und den Vollbart, wären wohl mehr Leute darauf aufmerksam geworden. Sie nimmt es heraus und betrachtet es versonnen. ›Ja, es sind die Augen, die sich so ähneln. Unglaublich‹, denkt sie, legt das Foto wieder zurück und geht ins Lager, um Jens zu suchen. Kurz später, nachdem Silke von beiden, Jens und Herrn Weber, das Okay zu Boris' Ferienantrag erhalten hatte, ruft sie Boris an, um ihm grünes Licht zu erteilen.

Boris bringt seine Mutter ins Krankenhaus und weicht erst von ihrem Bett, als sie eingeschlafen war. Er geht hinunter und setzt sich auf eine Bank des Krankenhausparks, holt sein Handy hervor und wählt die Nummer von Eric, die er letzte Woche gleich eingespeichert hatte. Sein Herz schlägt ihm bis zum Hals.

Das Freizeichen ertönt und es geht nicht lange, ertönt Erics Stimme auf dem Anrufbeantworter. ›Sie wählten die Nummer von Eric Kirchhofer, Unternehmens- und Finanzberatung. Ich bin im Moment leider nicht erreichbar. Bitte nennen Sie mir nach dem Piepton kurz Ihr Anliegen und wie ich Sie erreichen kann. Ich rufe Sie so schnell wie möglich zurück. Danke für Ihren Anruf.‹ Boris ist überrascht, als er die Stimme hört. Es hätte wirklich seine eigene sein können. Er trennt die Verbindung, bevor der Piepton erklingt. Sofort beruhigen sich auch sein Atem und sein Herzschlag wieder. Fast ist er froh, dass die Verbindung nicht zustande gekommen war. Was hätte er denn sagen sollen? »Hallo Herr Kirchhofer. Hier spricht Boris Petrow. Ich habe festgestellt, dass wir uns sehr ähnlich sind.« Nein, sicher nicht. Wahrscheinlich hätte er überhaupt keinen Ton herausgebracht und die Verbindung sofort wieder getrennt. Er lässt seine Hände sinken, schließt seine Augen und sinniert vor sich hin, während er sich von der noch milden Herbstsonne bescheinen lässt. Dann nimmt er erneut sein Handy und wählt die zweite Nummer, die von Dr. Adrian Kirchhofer. Das Freizeichen ertönt und es geht nicht lange ist ein Knistern und Rauschen im Äther zu hören und dann meldet sich eine Stimme am anderen Ende der Leitung. Es ist eine strenge Stimme: »JA!«

»Peters, guten Tag. Spreche ich mit Herrn Dr. Christoph Kirchhofer?«, meldet sich Boris. Intuitiv spricht er mit verstellter Stimme, nachdem er die Ähnlichkeit mit Erics Stimme feststellte.

»Nein, da sind Sie falsch. Ich bin Adrian Kirchhofer.«

»Oh, Entschuldigung, dann habe ich wohl eine falsche Nummer gewählt«, lügt Boris.

»Hören Sie, Herr …«

»Peters«, hilft Boris nach.

»Hören Sie Herr Peters, Christoph ist mein Bruder und der ist in Rheinfelden zu Hause.«

»Oh, dann haben Sie zwei Brüder?«, rutscht es Boris heraus und schon beißt er sich auf die Lippen. Scheiße.

»Wie kommen Sie darauf?«

»Na ja, … Eric Kirchhofer«, versucht er sich herauszureden und zu retten.

»Eric ist mein Sohn.«

»Oh, entschuldigen Sie bitte Herr Kirchhofer. Ich glaube, ich habe da ein kleines Durcheinander«, sagt Boris freundlich, »ich wollte Sie nicht unnötig stören.«

»Keine Ursache«, nimmt Herr Kirchhofer die Entschuldigung mit Verwunderung etwas zögerlich an, denn wie kann ein solches Durcheinander überhaupt zustande kommen? Wen will der Anrufer eigentlich wirklich sprechen? Christoph? Und warum fragt er nach Eric? Und warum landet er ausgerechnet bei ihm. Es scheint ihm etwas suspekt.

»Aber sagen Sie Herr Peters, wen wollten Sie nun eigentlich sprechen? Sie landen unverständlicherweise bei mir fragen nach meinem Bruder und bringen schließlich meinen Sohn mit ins Spiel?«

Jetzt muss Boris sich etwas Glaubwürdiges einfallen lassen.

»Nun, ich wollte eigentlich Christoph Kirchhofers Telefonnummer ausfindig machen und auf der Suche danach habe ich Sie und Ihren Sohn entdeckt. Ich bitte Sie nochmals, die Störung zu entschuldigen«, sagt er und merkt, dass diese Antwort nicht gerade schlau und noch weniger überzeugend war. Adrian Kirchhofer musste ja merken, dass mit dieser Antwort etwas faul war. Wieso sollte ein Anrufer, der einen bestimmten Namen sucht, sich als Ersatzlösung mit zwei anderen Vornamen zufrieden geben? Deshalb fügt er schnell noch hinzu, »Da ich nur in Lörrach gesucht hatte, ich nahm an, dass ihr Bruder in Lörrach wohnt, konnte ich ihn natürlich nicht finden und so bin ich davon ausgegangen, dass zwischen Ihnen drei vielleicht ein Verwandtschaftsverhältnis besteht und ich eventuell erfahren könnte, wie ich Christoph Kirchhofer erreichen könnte. Ich rief erst bei Eric an, gelangte aber an den Anrufbeantworter. Tja und so versuchte ich es bei Ihnen.« ›Na das klang schon etwas besser‹, denkt er. Und wenn er es genau nimmt, entspricht dies exakt der Wahrheit. Er wollte schließlich wissen, wo der Geburtshelfer seiner Mutter zu finden sei, Punkt.

»Ja, ja … nun wissen Sie ja Bescheid. Auf Wiederhören«, sagt Dr. Kirchhofer, um dieses sonderbare Gespräch zu beenden, denn die Frage des Anrufers, ob er Christoph sei, obwohl dieser seine Telefonnummer, in Ermangelung des gewünschten Anschlusses von Christoph, explizit herausgesucht hatte, scheint ihm trotz der Erklärung sehr dubios. Gleich darauf hört Boris ein Klicken und schließlich das Besetztzeichen.

Boris lehnt sich zurück. Aha, also alle drei Kirchhofers sind familiär verbunden. Sein Doppelgänger ist der Sohn des einen Kirchhofers und dessen Onkel war der Geburtshelfer bei seiner Mutter. Sehr verworren. Doch beantwortet diese Feststellung die Frage betreffend einer möglichen Verwechslung von zwei Babys nicht? Oder, vielleicht doch? Wieder einmal wirbeln die Gedanken wild durch seinen Kopf.

Und wenn es gar keine Verwechslung war, sondern ein bewusster Tausch, bringt er eine weitere, noch abenteuerlichere Variante ins Spiel. Vielleicht war die Frau von Kirchhofer ebenfalls gerade zur gleichen Zeit im Krankenhaus, um zu gebären und man wollte kein krankes Kind, das nicht in diese gut situierte Familie passte. Das wäre ja … nicht auszudenken. Er stützt seinen Kopf in die Hände. Nein, das ist absurd, zu verwegen … eiskalt … unmöglich. Dem Krankenhauspersonal wäre so etwas doch aufgefallen.

›Verdammt noch mal‹, denkt er, ›warum interessiert dich das überhaupt. Akzeptiere, dass du einen Doppelgänger hast, basta. Es ändert doch nichts an deinem Leben und am Leben deiner Familie. Du bist ohne dieses Wissen dreißig Jahre alt geworden. Dreißig Jahre? Und wenn er doch dein Bruder ist? Du musst in Erfahrung bringen, wann Eric Kirchhofer geboren wurde‹, lässt ihn sein Forschungsdrang nicht in Ruhe.

Wenn Kirchhofer jünger oder älter ist als er, dann hat sich die Frage erübrigt und alles, was er bisher herausgefunden hatte, sind Zufälle, verdammt viele Zufälle zwar, aber Zufälle.

›Herr Gott noch mal. Damit kannst du dich doch nicht zufrieden geben. Du kannst doch nicht aufgeben, bevor du es herausgefunden hast. Du kannst doch nicht ein Mysterium ungelöst ad acta legen‹, denkt er wieder, innerlich aufgebracht.

Was dieser Sache den mysteriösen Anstrich gibt, ist der Name Kirchhofer mal drei. *›Nun, als erstes werde ich die Nummer von Christoph Kirchhofer ausfindig machen und dann sehe ich weiter‹*, sagt er zu sich selbst, steckt sein Handy in die Tasche und geht wieder ins Krankenhaus, um nach seiner Mutter zu sehen.

5

*B*oris steht am offenen Grab seiner Mutter. Das ganze Dorf Küssaberg-Kadelburg scheint anwesend zu sein, um der Verstorbenen die letzte Ehre zu erweisen. Die Familie Petrow ist im Dorf bekannt und ganz speziell die Verstorbene hat den Bewohnern viel Respekt abverlangt. Man bewunderte diese große schlanke ehemals schwarzhaarige Frau, die mutig und zäh ohne zu klagen ihr Schicksal angenommen hatte, um ihren Kindern eine gute Mutter zu sein und gleichzeitig den Vater, der ein Hallodri zu sein schien, zu ersetzen. Dass sie, nachdem ihr übriggebliebener Sohn auf eigenen Beinen stehen konnte und sie ein angenehmes Leben hätte führen können, eine solche Krankheit erleiden musste, fanden viele eine böse Ironie des Schicksals. »Nein, das hatte diese tapfere Frau wahrhaftig nicht verdient«, hatte man sich im Dorf erzählt. Und ebenso sind sich die Leute einig, dass ihr Sohn, der eigentlich ein sehr heller Kopf ist, und daher nicht als Lagerarbeiter arbeiten müsste, hätte er bessere Chancen gehabt, alle guten Eigenschaften seiner Mutter in sich zu vereinen scheint.

Boris' Gesicht ist wie versteinert. Ihm ist der Schmerz ins Gesicht geschrieben und die Bürde, die er über Jahre zu tragen hatte, hat ihn gezeichnet. Sie hat einen ernsten Mann aus ihm gemacht. Selten sah man ihn lachen. Er hat die Aufgaben, erst für seinen Bruder da zu sein und dann seine Mutter zu pflegen ohne

Groll gegen das Schicksal übernommen, hat nie geklagt. Er funktionierte einfach.

Obwohl ihm sehr wohl bewusst ist, dass es für seine Mutter mit dieser unheilbaren Krankheit eine Erlösung von langem Siechtum war, kam der Abschied für ihn dennoch so plötzlich. Vor fünf Tagen noch war sie bei ihm zu Hause und heute schon steht er an ihrem Grab. Es war der Mittwochabend als sie starb. In diesen Tagen, nachdem er sie ins Krankenhaus brachte, ging es ganz abrupt bergab.

Er spürte intuitiv, dass es zu Ende ging. Er saß gerade an ihrem Bett, hielt eine Hand und streichelte ihr Gesicht. Die Beatmungsmaschine arbeitete in monotonem Rhythmus, begleitet vom immer gleichen Surren und Pump-Geräusch. Bevor sie starb öffnete sie nochmals ihre Augen, sah ihren Sohn intensiv an, als wolle sie Abschied von ihm nehmen. Ihr Blick war nicht panisch, eher liebevoll und friedlich. Es war wie ein feines fast nicht wahrnehmbares Lächeln, das ihre Augen ausdrückten. Sie drückte ganz zart – so gut es eben noch ging, seine Hand – und er erwiderte den Druck ebenso sanft. Er küsste sie auf die Stirn und spürte, wie sie starb.

Boris ist gerührt von der Sympathie, die ihm die Bewohner der Gemeinde entgegenbringen. Viele, die ihm die Hand zur Kondolenz reichen, drücken ihm ein Couvert mit Beileidskarte und teilweise auch mit Geld in die Hand, andere bieten Hilfe an: »Boris, wenn du mal jemanden zum Reden oder sonst etwas brauchst, ich bin für dich da.« Zum Schluss steht Silke vor ihm. Sie hat Tränen in den Augen. Nicht, dass sie Boris'

Mutter sonderlich gut kannte. Nein, es war der Anblick des leidenden Freundes, der sie so sehr bewegt.
Weil sie weiß, wie liebevoll er seine Mutter pflegte,
wie schwer es für ihn war, ihr Leiden und den allmäh-
lichen körperlichen Zerfall miterleben zu müssen. Sie
fand es schon immer eine Ungerechtigkeit, dass manche Familien über Gebühr von Schicksalsschlägen
heimgesucht werden. Wie kann Gott, so es einen solchen gibt, das alles zulassen? Warum die besten, wert-
vollsten, anständigsten Menschen so geprüft werden,
während andere, die bevorzugt über Leichen gehen,
um ihre Ziele zu erreichen, immer verschont bleiben.
Im Gegenteil. Bei diesen Leuten hat man das Gefühl,
dass sie zusätzlich noch besonders belohnt würden.
Wie soll man da an einen liebenden Gott glauben?

Sie steht da und ist einfach nur hilflos. Dann umarmt sie ihn und so stehen sie eine Weile, ohne Worte.
Als sie sich wieder aus der Umarmung löst, fragt sie:
»Boris, soll ich morgen mal bei dir vorbeikommen? Ich
meine, vielleicht, magst du jetzt nicht alleine sein.«

»Das wäre sehr lieb Silke«, antwortet er dankbar.

*

Am nächsten Tag gegen Mittag parkt Silke ihr Auto
vor dem Mehrfamilienhaus, Im Freudenspiel 84, indem sich die Petrow-Wohnung befindet. ›Welche Ironie
des Schicksals!‹, denkt sie, ›die vom Leben so sehr gebeutelte Familie Petrow lebte in einer Straße mit dem Namen Im
Freudenspiel.‹ Aus dem Kofferraum holt sie einen Ein-
kaufs-Container und nimmt die Abkürzung über die
Grünfläche vor dem vierstöckigen Haus. Boris öffnet

die Türe. Er sieht blass und vergrämt aus, seine sonst zu einem Schwanz gebundenen Haare hängen lose, nur hinter die Ohren geklemmt. Er trägt einen weiten Pulli, der lässig über den Bund seiner Trainerhose hängt. Seine Füße stecken barfuß in Jesuslatschen.

»Hallo Silke«, begrüßt er die Besucherin und schaut fragend auf den Container, der ziemlich schwer zu sein scheint. »Was hast du in dem Container?«

»Ach, ich dachte, dass es nicht schlecht wäre, wenn ich uns etwas zum Essen zubereite. Meist ist Essen das Letzte, an das trauernde Menschen denken«, gibt sie wohl wissend zur Antwort. Er nimmt ihr den Container ab, lächelt und bestätigt ihre Annahme: »Das ist lieb. In der Tat, ich hatte nicht daran gedacht, mir etwas zum Essen zu kochen. Irgendwann im Laufe des Tages, wenn sich mein Magen gemeldet hätte, hätte ich wahrscheinlich im Kühlschrank nach etwas Essbarem gesucht. Eine Käseecke, ein Rädchen Wurst, Essiggurken, dazu ein Stückchen Brot ... na ja, was man halt so auf Vorrat hat.«

»Siehst du. Ich gehe jetzt in die Küche, mache alles nochmals richtig heiß und du, du darfst schon mal den Tisch aufdecken. Ist das was?«, antwortet sie und ihre Augen drücken emsige Betriebsamkeit aus.

»Und ob das was ist«, stellt er dankbar fest und geht mit dem Container in Richtung Küche. Silke folgt ihm auf den Fuß. Im nächsten Moment klappert und wirkt es in der Küche und bald ist diese von einem herrlichen Duft erfüllt.

»Mensch Silke, das war eine wirklich gute Idee. Ich habe erst gemerkt, dass ich Hunger habe, als das Essen dampfend auf dem Tisch stand«, sagt Boris während er sich mit der Serviette seinen Mund abwischt. »Du hast wunderbar gekocht.«

»Schön, dass es dir geschmeckt hat.«

Nachdem sie alles aufgeräumt hatten, sitzen sie zusammen im Wohnzimmer, er auf dem Sofa, sie im Sessel gegenüber. Jeder hat eine Tasse Kaffee vor sich und sie unterhalten sich. Silke betrachtet die Bildertrilogie an der Wand über dem Sofa. Sie bewundert die harmonische warme Farbgebung. Eine perfekte Komposition, wie sie, die sich hobbymäßig mit Kunst befasst, findet. Jedes einzelne könnte für sich alleine stehen, doch alle drei zusammen ergeben ein harmonisches Ganzes.

»Die sind wunderschön«, sagt sie. »Wer ist der Künstler?«

Boris' Blick wandert von den Bildern zurück zu Silke und er wiegt schmunzelnd den Kopf hin und her: »Gefallen sie dir?«

»Ja, natürlich.«

»Das freut mich. Nun der Künstler ist ein ziemlich unbekannter, nichts sagender Name.«

»Und wie heißt er? Ich meine, er hätte verdient, dass er bekannt wird. Ich veranstalte und bin oft auf Ausstellungen, aber von diesem Künstler habe ich noch nie etwas gesehen.«

Wieder lächelt Boris, als er Silkes ehrfurchtsvollen Blick sieht und antwortet: »Er heißt Petrow, Boris Petrow, und er hat weder eine Vernissage selbst veranstaltet, noch hat er je an einer solchen teilgenommen.«

Silke zieht erstaunt die Augenbrauen hoch: »Du? Du malst? Das habe ich nicht gewusst. Das ist ja phantastisch. Hast du noch mehr Bilder?«

»Ich habe nur eine kleine Auswahl, vielleicht ein halbes Dutzend. Bin in letzter Zeit nicht mehr so zum Malen gekommen.«

»Mensch Boris, das musst du wieder intensivieren. Du hast Talent, du darfst deine Begabung nicht verkümmern lassen.«

»Mal sehen. Im Moment ist mir nicht darum.«

»Ich verstehe das natürlich, aber hör Boris, wenn du wieder soweit bist, dass du dich wieder künstlerisch betätigen willst, so wisse, dass ich die Möglichkeit habe, dich zu unterstützen. Ich bin Vorsitzende des Vereins für bildende Kunst. Unsere Organisation unterstützt junge Künstler und fördert Kunst als solches. Ich habe wirklich etwas Ahnung davon und kann sehr gut beurteilen, ob ein Künstler mit seinen Werken Chancen haben könnte. Und deine Bilder, zumindest diese drei, die ich hier sehe, haben eine reelle Chance«, ereifert sie sich, während sie heftig ihre Arme schwingt, als diktiere sie ein Orchester.

Boris zieht die Stirn kraus und beobachtet sie versonnen. Sie gefällt ihm, wie sie sich so für ihn ereifern kann. Erst jetzt wird ihm bewusst, dass sie sich in letzter Zeit viel zu wenig gesehen hatten. Sie ist die Frau, die ihn ablenken kann, die ihm bei der Trauerbewältigung helfen und ihm wieder zeigen kann, dass es sich lohnt zu leben und glücklich zu sein.

»Ja, vielleicht sollte ich mich wieder etwas mehr der Kunst widmen. Ich weiß ja jetzt, an wen ich mich wenden kann«, erwägt er lächelnd, während er Silke mit einem warmen Blick bedenkt.

Plötzlich fällt Silkes Blick auf die Ecke einer Zeitung, die unter dem TV-Programmheft hervorlugt. Sie hebt die Programmzeitschrift leicht an und gibt damit den Blick frei auf die Titelseite der Zeitung vom 15. Oktober. Boris beobachtet sie, sagt aber nichts. Sie nimmt die Zeitung auf und betrachtet das von Boris mit einem Stift bearbeitete Bild, dann schaut sie ihn nachdenklich an.

»Ist dir das Bild also auch aufgefallen?« Die Frage klang eher wie eine Feststellung.

»Ja, dir auch?«, fragt er überrascht zurück.

Silke streicht ihre Haare nach hinten und holt ihre Handtasche, aus welcher sie den Zeitungsausschnitt herausklaubt. Sie hat ihn mitgenommen, weil sie ihn Boris zeigen wollte. Boris blickt zuerst auf den Zeitungsausschnitt, dann hebt er den Blick und sieht Silke fragend an. »Und, was hältst du davon?«

»Na ja, nach dem ersten oberflächlichen Betrachten war ich fasziniert von dieser Ähnlichkeit …« Silke stoppt ihre Rede, ohne weitere Erklärungen abzugeben. Sie schien plötzlich wie in Gedanken versunken, so als wäre sie weit weg.

»Und dann?«

»Was und dann?«

»Zuerst warst du fasziniert und dann? Was war der zweite Gedanke?«, will Boris wissen.

»Na ja, dann habe ich in die Augen gesehen und hatte das Gefühl, in deine Augen zu schauen«, erklärt sie ihren zweiten Gedanken. »Und nun, da ich diese Bleistift-Fotomontage sehe, die das Double perfektioniert, folgere ich als drittes, dass auch du diese Feststellung betreffend dieser frappierenden Ähnlichkeit gemacht hattest«

»Ja, mir erging es wie dir. Ich hatte das Gefühl, in meine eigenen Augen zu schauen. Zuerst ging ich davon aus, dass es sich um einen Doppelgänger mit außergewöhnlicher Ähnlichkeit handelt. Reiner Zufall … nicht mehr. Und dennoch, wie von innen angefeuert, betrieb ich intensive Recherche, wobei ich mich aber auch immer wieder nach dem Sinn meiner Suche fragte. Alles nur Zeitverschwendung? Blödsinn?«, erklärt Boris. »Und dann bin ich auf seltsame Koinzidenzen gestoßen und ich konnte nicht mehr aufhören, zu forschen. Meine Gedanken kreisten nur noch um diese eine Sache.«

Silke schaut ihn interessiert an. Er beugt sich vor, legt bedächtig die Fingerkuppen aneinander und erzählt, worauf er in der letzten Woche gestoßen ist, dass er auf der Suche gleich auf drei Männer namens Kirchhofer stieß und dass er sich erst keinen Reim daraus machen konnte. »Alles war so mysteriös. Es mutete an, wie das Drehbuch eines Krimis«, beendet er seine Ausführungen.

»Und, was schließt du aus all dem?«, fragt sie.

»Eine erste Möglichkeit wäre eine Verwechslung von Babys.«

»Und welche zweite Möglichkeit ziehst du noch in Betracht?«

»Nun, anhand der Tatsache, dass mein Double der Neffe des Geburtshelfers ist, mein verstorbener Bruder ein Mongoloide war, wäre meine kühnste Schlussfolgerung, ein absichtliches Vertauschen, weil ein krankes Kind nicht in eine saubere, erfolgsverwöhnte Familie passte«, beendet er.

»Hm«, überlegt Silke laut, »das ist schon eine kühne Schlussfolgerung, sehr kühn. Nun, angenommen …«, sie legt eine kurze Pause für die Dauer eines Atemzugs ein, »… angenommen, deine kühne Schlussfolgerung ist nicht nur eine Annahme, sondern brutale Realität, das wäre … mein Gott … das wäre ein schlimmes Verbrechen. Man stelle sich das einmal vor. Ganz abgesehen davon, was deiner Mutter angetan wurde, als sie ihr das Kuckucksei unterschoben, während die feine Familie mit ihrem fremden gesunden Kind einen auf heile Welt machte, hatte dieser Tausch doch auch einen schicksalshaften Einfluss auf dein Leben.«

»Ja, du hast Recht. Soweit hatte ich noch gar nicht gedacht …«, nimmt er Silkes begonnenen Faden auf und spielt das angerissene Szenario weiter, während bei dieser Vorstellung allmählich Empörung mitschwingt: »… auch wenn ich meinen Bruder geliebt habe und wirklich gerne für ihn da war, so wäre mein Leben ganz anders verlaufen, wenn mein Bruder gesund gewesen wäre. Vielleicht wäre auch mein Vater nicht durchgebrannt und ich hätte wahrscheinlich beruflich eine anspruchsvolle Laufbahn eingeschlagen.«

Silke nickt gedankenverloren und fragt dann: »Und was gedenkst du jetzt zu tun? Willst du das Ganze weiterverfolgen?«

Boris steht auf, läuft nachdenklich auf und ab. Es war wie ein kleines Erdbeben, das sein Leben die letzten zwei Wochen erschütterte. Schließlich bleibt er stehen und erklärt, fast wie abwesend, mehr zu sich selbst: »Ich habe mir zuerst gedacht, dass ich den Arzt Kirchhofer in Rheinfelden anrufe …«

Dann wendet er sich wieder mit direktem Blickkontakt an Silke, »… doch dann verwarf ich den Gedanken wieder. Was hätte ich denn sagen sollen? Hallo Herr Kirchhofer, ich bin Boris Petrow. Könnte es sein, dass Ihr Neffe Eric mein Zwillingsbruder ist? Wenn es denn so sein sollte, würde er sicher nicht antworten ›na klar Herr Petrow. Wir haben damals die Babys vertauscht, weil wir dachten, in eine Zuwandererfamilie passt ein behindertes Kind besser, als in eine alteingesessene Akademikerfamilie.‹ Eher würde er mir vorwerfen, dass ich verrückt sei. Ich fragte mich, was es bringen sollte, wenn ich ihn anriefe? Ich ändere ja nichts mehr an meinem Leben, also was soll mir das Wissen außer Empörung oder Wut noch bringen? Eine Entschuldigung? Wiedergutmachung in finanzieller Form, für undefinierbares Entgangenes?«

»Zumindest würdest du ein Verbrechen aufdecken, das gesühnt gehört und zweitens, wenn dieser Eric dein Bruder ist, dann hättet ihr beide doch schließlich das Recht, euch kennenzulernen. Ihr wärt ja dann immerhin blutsverwandt, und das ist ja nicht nichts, oder? Und ja, warum auch nicht eine Entschädigung?« Sie schüttelt den Kopf, als könne sie das alles gar nicht glauben, weil die ganze Sache so abstrus klingt.

»Aber, um die Geschichte weiterzuspinnen«, fährt Boris fort, »stell Dir vor, ich decke ein Verbrechen auf, die Täter kämen vor Gericht, würden bestraft … glaubst Du, dass mein Bruder dann noch ein Interesse hätte, mich zu sehen, nachdem ich seine Familien zerstörte? Ich bin ihm schließlich fremd, während seine Familie ihm nahesteht. Übrig bliebe nur ein großer Scherbenhaufen als Preis für mein Wissen. Mein Leben wäre damit nicht bereichert, ich wäre nicht glücklicher und es ginge mir auch nicht besser. Und, abgesehen davon, ist eine Straftat nach dreißig Jahren nicht sowieso verjährt? Schlussendlich liefe doch alles nur auf einen Skandal hinaus.«

»Da hast du auch wieder recht. Aber noch weißt du nicht, ob es überhaupt ein Verbrechen war … und auch nicht, ob dieser Eric wirklich dein Bruder ist. Deshalb, Boris müsstest du als erstes wissen, ob vor dreißig Jahren, am gleichen Tag wie du und Ilja, im gleichen Krankenhaus ein Kind namens Eric Kirchhofer geboren wurde. Dann wäre die Sache eigentlich ziemlich klar und erst dann kannst du ja mit dem Gynäkologen sprechen und ihn zur Rede stellen.«

»Und wie soll ich das rauskriegen? Eric kann ich ja wohl nicht fragen. Weiter denke ich, dass Krankenhäuser Akten vermutlich nicht lebenslang aufbewahren. Einblick in Mikrofilme, sofern es solche überhaupt gibt, ich hab ja keine Ahnung von solchen Dingen, kann man sicher auch nicht einfach anfordern, oder wie siehst du das?«

»So etwas rauszubekommen dürfte nicht allzu schwierig sein. Es gibt doch noch die standesamtlichen Nachrichten in den Lokalzeitungen. Lass mich mal machen, Boris. Ich habe eine ehemalige Schulfreundin in Lörrach. Die ist Journalistin und wer sollte noch näher an Zeitungsarchiven sein, als eine Journalistin?«, schlägt Silke voll Unternehmensgeist vor. Boris lächelt über Silkes detektivische Schnüffelnase.

6

*I*n der Nachrichten- und Presseagentur Südbaden klingelt das Telefon. Eine junge Praktikantin nimmt ab: »NPA Südbaden, Schmied, guten Tag.«

»Maurer, guten Tag Frau Schmied.«

»Guten Tag Frau Maurer, wie kann ich Ihnen behilflich sein?«, fragt die freundliche Stimme.

»Ich möchte gerne Suzanne Heller sprechen. Könnten Sie mich bitte verbinden?«, fragt Silke höflich zurück.

»Tut mir leid, Frau Maurer. Frau Heller ist im Moment krankgeschrieben. Ich verbinde Sie gerne mit ihrer Stellvertreterin.«

»Nein, nein, mein Anruf ist eher persönlich-privater Natur. Ich werde es mal bei Frau Heller zu Hause versuchen.«

»Ja, sie dürfte jetzt schon wieder vom Krankenhaus zu Hause sein, denke ich«, gibt die Praktikantin redselig Auskunft.

»Sie war im Krankenhaus?«, hakt Silke interessiert nach und staunt dennoch, dass sie als fremde Anruferin so freimütig Auskunft erhält.

»Ja, die Arme hatte eine Bandscheibenoperation - Diskushernie.«

»Oh je, das tut mir leid für sie«, bedauert Silke ehrlich. »Vielen Dank für die Auskunft. Einen schönen Tag noch.«

Silke legt den Hörer auf die Basis. Sie sucht Suzannes Telefonnummer heraus und will gerade wählen, als sie Unschlüssigkeit überkommt. Sie überlegt, ob sie Suzanne, da sie ja krank ist, wirklich zu Hause stören soll. ›*Ach was soll's*‹, denkt sie, ›*ich kann mich ja schließlich auch nach ihrem Gesundheitszustand erkundigen.*‹ Schon will sie den Hörer wieder aufnehmen, hält aber dennoch wieder in ihrer Bewegung inne. ›*Ob meine Besorgnis ehrlich rüberkommt, ist fraglich. Immerhin haben wir schon eine Ewigkeit nichts mehr voneinander gehört. Ich hatte ja nicht einmal mehr ihre Telefonnummer. Wie sollte ich dann überhaupt wissen, dass sie krank ist und erst recht mich nach so vielen Jahren auch noch besorgt zeigen. Das müsste sie, die schon früher in der Schule für ihren Scharfsinn und logischen Verstand bekannt war, doch stutzig machen*‹, zweifelt sie wieder. ›*Aber ich könnte natürlich mitteilen, dass ich über die Agentur von ihrer Krankheit erfuhr. Da muss ich nicht mal lügen*‹ und sie überwindet ihren Zweifel endlich, nimmt den Hörer und wählt. Das Freizeichen ertönt und es geht auch nicht lange, bis Suzanne sich mit einem kurzen »Heller« meldet.

»Hallo Suzanne, Silke am Apparat. Silke Maurer.«

»Ach nee! Silke? Mensch, gibt's dich auch noch? Welcher Umstand lässt dich zum Hörer greifen, um mich anzurufen?«

»Ja Suzanne, ich habe im Geschäft versucht, dich zu erreichen und erfahren, dass du krank bist. Und dann dachte ich, dass es nicht schaden könnte, wenn ich mich nach deinem Gesundheitszustand erkundige.«

»Oh das ist lieb. Danke. Ja es geht langsam wieder besser. Das Schlimmste ist überstanden, oder besser, das Schlimmste war am Anfang die Ungewissheit, was mich aufs Krankenlager warf. Es war nicht von Anfang an klar, was mir die Lähmung im linken Bein verursachte«, erklärt sie mit eigentlich munterer Stimme, Zeichen, dass es ihr inzwischen wirklich besser geht. »Und …?«, fragt sie anschließend.

»Was und?«

»Na, was war der Grund deines Anrufes im Geschäft? Ich nehme an, du willst etwas von mir in der Eigenschaft der Journalistin wissen. Oder liege ich falsch?«, bringt sie ohne Umschweife ihre Vermutung hervor.

Da war es wieder, dieses altbekannte suzanne-typische ›Rück-heraus-mit-der-Sprache‹-Syndrom. ›Sie hat sich nicht geändert‹, stellt Silke gedanklich fest und schmunzelt vor sich hin. »Nein, nein, du liegst nicht falsch«, antwortet sie, während sie versucht, nicht durchklingen zu lassen, dass sie sich wieder einmal, so wie früher noch zur Schulzeit, ertappt fühlt. »Aber das hat ja Zeit, bis du wieder vollends genesen bist«, hält sie mit ihrer Bitte zurück, dennoch in der Hoffnung, dass die Freundin jetzt wissen möchte, was ihr Anliegen sei.

»Nun komm schon, zier dich nicht. Jetzt habe ich noch Zeit, bin ja krankgeschrieben. Was ist dein Anliegen?«, lässt Suzanne nicht locker, auch jetzt wieder ahnend, dass Silke in Wirklichkeit zum Offenbaren ihres Begehrens herausgefordert werden will. Die ihrerseits versucht jedoch, es ihrer alten Schulfreundin nicht offen zu zeigen ... so wie früher. Silke lächelt. Sie ist zufrieden über die erwartete Reaktion und kommt gleich zur Sache: »Ich habe einen Freund«, beginnt sie, »und ich möchte gerne etwas herausfinden.«

»Aha, auf Deutsch, du willst ihm nachspionieren. Und wie kann *ich* dir dabei behilflich sein?«, fragt sie leicht belustigt.

»Nein, nein, nicht nachspionieren. Ich brauche eine Zeitungsarchiv-Auskunft des Lörracher Lokalanzeigers. Du hast doch sicher einfachen Zugriff auf Zeitungsarchive, oder?«

»Ja, den habe ich. Ich kann sogar von hier aus zugreifen, weil ich mit dem Server vernetzt bin. Was willst du denn wissen?«

»Unter der Rubrik standesamtliche Nachrichten würde ich gerne wissen, wie viele Kinder am 10. September 1977 in Lörrach das Licht der Welt erblickten.«

»Aha. Ist das das Geburtsdatum deines Freundes?«

Sie erhält keine Antwort.

»Moment ich schaue nach.« Silke hört, wie Suzanne auf ihrer Tastatur hämmert.

»Du sitzt wohl schon vor deinem Computer«, stellt Silke lachend fest.

»Logisch. Ich arbeite natürlich ein bisschen von zu Hause aus. Ah ... da hab ich es.« Plötzlich stutzt sie.

An diesem Tag gab es vier Einträge, wovon ein Eintrag der Verlobte ihrer Kollegin Agnetha ist. ›*Was für ein Zufall*‹, denkt sie.

»Und?«, wird Silke ungeduldig.

»Ja es gibt hier vier Einträge von fünf Kindern, das heißt, einmal sind es Zwillinge.«

Silke spürt, wie ihr beim Wort *Zwillinge* plötzlich das Blut in den Kopf steigt. »Kannst du mir die Namen geben?«, fragt sie, während sie versucht ihre Aufregung zu verbergen.

»Also. Rebecca, Tochter von Christine und Albert Fischer-Meyer; Eric, Sohn von Angelika und Dr. Adrian Kirchhofer-Krieg - übrigens der Verlobte meiner Kollegin, welch ein Zufall -; Aude-Patrizia, Tochter von Eléonore und Dieter Falkner-Gilbert und schließlich Boris und Ilja, Söhne von Tamara und Sergej Petrow.«

Silke ist vom eben Gehörten, obwohl sie es eigentlich nicht anders erwartet hatte, ziemlich betroffen. Ihr Herz hämmert bis zum Hals. Sie bekommt für einen Moment keinen Ton heraus. Gleichzeitig ärgert sie sich über sich selbst, dass sie solch ein offenes Buch ist, in dem jeder lesen kann.

»Silke? Bist du noch dran?«, fragt Suzanne nach, weil sie nichts mehr hört.

»Ja, ich bin noch da. Du hast mir sehr geholfen.«

»Irgendwie müssen dich die Angaben aber verwirrt haben. Ich meine deinem Schweigen nach zu urteilen«, stellt Suzanne trocken fest. »Aber ich muss zugeben, dass auch ich einen Moment sehr verwirrt war.«

»Warum warst *du* verwirrt?«, fragt Silke etwas erstaunt.

»Na ja, dieser eine Eintrag, der mir ja förmlich ins Auge stach, der vom Verlobten meiner Kollegin, Eric Kirchhofer. Das ist doch wirklich ein großer Zufall, meinst du nicht auch«, bemerkt sie ahnungslos und doch mit forschender Neugierde.

»Sag mal Suzanne. Kann man auch herausbekommen, welche Kinder in welchem der beiden Krankenhäuser auf die Welt kamen?«

»Das dürfte schwierig sein. Ich könnte nur bei einem Kind meine Vermutung aussprechen, nämlich bei Eric, aber einer alleine bringt dich ja wahrscheinlich nicht weiter. Du willst ja alle wissen, denke ich«, stellt Suzanne etwas scheinheilig und doch äußerst hellhörig fest.

»In welchem Krankenhaus vermutest du denn Erics Geburt?« Obwohl Silke diese Frage bewusst beiläufig stellte, fühlt Suzanne ihre Vermutung bestätigt, dass ihre Nachforschung mit Eric zu tun haben musste.

»Nun, sein Onkel war früher im St. Klara-Krankenhaus tätig und ich gehe davon aus, dass der dem kleinen Eric damals auch auf die Welt verhalf. Aber um sicher zu gehen, müsste ich direkt fragen und das … na ja, du kannst dir vorstellen … das ist nicht so einfach. Ich wüsste ja nicht einmal, welchen Grund ich für meine Neugierde angeben sollte. Kannst du mir denn nicht sagen, worum es geht?«

»Noch nicht. Ich will die Angelegenheit diskret behandeln. Sei mir bitte nicht böse, aber es ist eine ziemlich vertrauliche, heikle Angelegenheit.«

»Schon gut. Ich bohre nicht weiter. Sollte ich es irgendwie herauskriegen, man weiß ja nie, manchmal ergibt es sich ja, lasse ich es dich wissen. Interessieren dich außer Eric auch noch die anderen, oder sind diese nicht so wichtig?«

Wieder fühlt Silke sich ertappt. »Das ist lieb von dir, danke. Wenn du die anderen rauskriegen könntest, wäre das nicht schlecht. Aber es wäre auch nicht sehr tragisch, wenn es bei keinem ganz klar ist«, versucht sie vom Eindruck, dass es ihr einzig um Eric ging, abzulenken, was ihr bei Suzanne natürlich nicht so richtig gelingen mag. Sehr anstrengend das Gespräch, sehr anstrengend, wie Silke im Stillen befindet.

Was ihr Anliegen jedoch betrifft, so hat sie jetzt jedenfalls das Gefühl, dass sich die Schlinge um die Geschichte immer enger zieht. Boris' geäußerte kühne Vermutung scheint immer wahrscheinlicher.

»Aber lass uns, nach so langer Zeit des Stillschweigens über etwas anderes reden«, wechselt Suzanne das Thema. »Wie geht es dir? Wo lebst du? Wo und was arbeitest du? Bist du verheiratet und hast Kinder? Alles Dinge, die mich von einer ehemaligen Schulfreundin natürlich brennend interessieren.«

Silke ist dankbar über den Themenwechsel und lacht, »ja du hast recht«, und so plaudern sie noch fast eine Stunde. Sie erzählen einander von sich, frischen alte Erinnerungen auf und lachen viel. Als sie sich voneinander verabschieden, versprechen sie sich, dass sie nicht mehr so viel Zeit verstreichen lassen wollen, bis sie wieder voneinander hören lassen.

»Am besten, wir treffen uns mal, sobald ich wieder gesund bin«, schlägt Suzanne vor.

Als sie aufgelegt hatten, sitzt Suzanne noch eine Zeit lang vor sich hin sinnend da. Die seltsame Sache, die Silke so geheimnisvoll behandelt hatte, hat noch ihre Nachwirkung. ›Seltsam‹, denkt sie, ›sehr seltsam.‹

*

Silke war nach dem Gespräch mit Suzanne vor drei Tagen ziemlich aufgewühlt. So wie es bisher aussieht, hat Boris mit seiner Annahme vermutlich recht. Doch dann ruft sie sich zur Besonnenheit. Sie und Boris hatten beschlossen, die Sache für einen Moment ruhen zu lassen. Sie wollten erst wieder einen klaren Kopf bekommen und dann zusammen das weitere Vorgehen überlegen. Boris hatte ganz klar gesagt, dass er im Moment nichts überstürzen wolle. Kein unüberlegtes Handeln. Nichts lostreten, nichts unternehmen, was man hinterher bitter bereuen könnte. Er sagte, er wolle nach all den Aufregungen der letzten Wochen erst wieder zu sich selbst finden und dazu schien ihm, die in ihm schlummernde Kreativität zu wecken, am ehesten erfolgversprechend. Silkes Anmerkung, sich wieder der Kunst zu widmen, haben in ihm erneut die Lust am Malen geweckt. Die restliche Woche Urlaub will er voll musisch nutzen.

Boris sitzt vor seiner Staffelei, doch abschalten … das schafft er nicht. Während er malt, formieren sich seine Gedanken allmählich zu konkreten Plänen.

*

Agnetha ist gerade auf dem Weg von einem Interview zurück zur Agentur. Als sie in der Nähe von Suzannes Wohnung vorbeikommt, erwägt sie kurz entschlossen, ihr einen Krankenbesuch abzustatten. Es ist ja mittlerweile fast zwei Wochen her, dass sie operiert wurde. Da könnte man einen Besuch wagen.

Suzanne freut sich natürlich über Abwechslungen jedweder Art. Sie ist naturgemäß eine sehr aktive quirlige Frau und für längere Zeit ans Krankenlager gefesselt zu sein, ist für sie der reinste Horror.

»Schön, dass du vorbeikommst«, freut sie sich sichtlich.

»Ja, ich war gerade in der Nähe und da wollte ich es mir nicht nehmen lassen, vorbeizukommen. Gut schaust du aus. Sehr erholt«, stellt Agnetha erfreut fest. In der Tat. Im Vergleich zu letztem Mal liegt ein Unterschied wie zwischen Tag und Nacht. Suzannes dunkles, glänzendes Haar ist an den Seiten durch schmucke Spangen festgesteckt. Ihre Augen haben wieder ihr altes unternehmungslustiges Leuchten.

»Danke«, sagt Suzanne, »es geht mir ja auch wieder viel besser. Jetzt bin ich natürlich froh, wenn ich endlich wieder arbeiten darf. Aber da muss ich mich noch ein bisschen gedulden. So wie es aussieht, kann ich frühestens Anfang nächsten Jahres wieder beginnen.«

»Lass dir Zeit«, rät Agnetha, »… du solltest nichts überstürzen. Gut Ding braucht Weil'.«

Sie setzen sich zusammen ins Wohnzimmer bei einem Kaffee und Agnetha informiert Suzanne über Aktuelles aus der Agentur.

Sich an das letzte Telefongespräch mit ihrer Schulfreundin erinnernd, unterrichtet Suzanne ihre Kollegin darüber, um vielleicht noch das letzte Detail von Interesse zu erhalten. »Kürzlich erhielt ich eine Telefonanfrage. Sag mal, der Onkel von Eric, der hat doch im St. Klara-Krankenhaus praktiziert, oder?«, fragt Suzanne erst mal betont beiläufig.

»Ja, er arbeitete im St. Klara-Krankenhaus und ist seit zwei Jahren in Rente. Wer will das denn wissen?«

»Du es ist nicht so wichtig. Ich habe der Person genau diese Antwort gegeben, wollte aber nochmals sichergehen. Hat der Onkel eigentlich auch Eric auf die Welt geholfen? Ich meine, das hätte sich doch angeboten.«

»Was für Fragen, sag mal? Ich finde diese sehr seltsam.«

»Das fand ich eigentlich auch. Sie wurden mir von einer Bekannten gestellt, aber bitte frage mich nicht zu welchem Zweck. Sie hat es mir nicht gesagt. Aber keine Angst, sie will dir Eric nicht streitig machen«, feixt Suzanne.

»Davor habe ich auch keine Angst, aber ich gebe nicht gerne Auskünfte, ohne zu wissen, welchem

Zweck sie dienen.« Agnetha schüttelt ihren Kopf vor Unverständnis.

»Nun ich kann dich insofern beruhigen, als dass es sich bei der Anruferin um eine absolut integre Person handelt. Sie ist eine ehemalige Schulfreundin und sie fiel schon damals als Jugendliche wegen ihrer Korrektheit und Fairness auf. Während ihrer Berufsausbildung engagierte sie sich in der Jugendarbeit. Heute ist sie auch wieder ehrenamtlich engagiert und zwar geht's jetzt um Künstlerförderung oder so etwas Ähnliches. Sie war *damals* schon überall sehr beliebt, …«, Suzanne lächelt und fügt hinzu, »… auf jeden Fall beliebter als ich. Du kennst mich ja. Ich neige dazu, manchmal etwas zu emotional oder auch der Sache unangemessen überempfindlich zu reagieren – manche nennen dieses Verhalten Aggression. Ja, das war schon früher ein herausragendes Merkmal meines Charakters, auf das ich weiß Gott nicht stolz bin. Aber ich arbeite daran. Ein Positives habe ich trotz allem. Ich lass' mich hinterher auch gerne eines Besseren belehren und … ich kann mich auch entschuldigen.«

»Ja, das stimmt«, gibt Agnetha ihr Recht. »Wenn man jedoch das alles weiß, kann man sich auch darauf einstellen, wie man sich dir gegenüber verhalten muss. Auf jeden Fall freue ich mich, dass du mit mir so offen darüber redest, und dass wir unseren letzten Zwischenfall begraben konnten. Aber nochmals zu deiner Schulfreundin. Lebt sie hier in der Region?«

»Nein, sie ist vor ungefähr zehn Jahren in die Gegend von Waldshut gezogen und ich habe sie ganz aus den Augen verloren. Ich muss auch sagen, dass wir nach der Schule auch nicht mehr groß Kontakt hatten. Ich sah sie gelegentlich auf Volksanlässen. Und da beschränkten wir uns meist auch nur auf ein ›hallo, wie geht's‹ ein bisschen Small Talk halt und das war's denn auch schon. Jede ging anschließend ihre eigenen Wege.«

»Na, wenn sie sich nach so vielen Jahren Deiner erinnert und dich befragt, dann muss die Sache eine große Bedeutung für sie haben. Meinst du nicht auch? Wie heißt sie eigentlich?«

»Silke Maurer ist ihr Name. Ja, die Geschichte schien ihr sehr wichtig. Sie sprach von einer vertraulichen Sache … wollte sich aber nicht näher dazu äußern. Wie sie sagte … ›noch nicht‹. Moment mal …«

Suzanne steht auf und geht auf ihre Krücken gestützt zum Schrank und holt ein Album heraus und streckt es Agnetha hin, die es ihr abnimmt. Suzanne blättert, als suche sie ein bestimmtes Foto. »Da, da ist es. Schau, das ist Silke als Teenager«, sagt sie, während sie auf ein Mädchen mit zu einem buschigen Schwanz zusammengebundenen Haaren während einer Schulsportveranstaltung zeigt.

»Hübsches Mädchen«, stellt Agnetha anerkennend fest.

»Ja, das ist sie. Schön und hochgewachsen. Nicht so ein Zwerg wie ich.«

Agnetha schaut auf die Uhr und springt auf. »Ach herrje, es ist schon spät. Ich muss gehen. Muss doch mein Interview noch vor Redaktionsschluss zu Papier bringen. Deinen Bericht schicke ich dir nächsten Dienstag, nach der Veranstaltung in Jena.« Auch Suzanne steht auf. Sie umarmt ihre Kollegin. Agnetha ist auf dem Weg nach draußen und dreht sich nochmals zu Suzanne herum: »Übrigens Erics Geburtshelfer war sein Onkel Chris.« Dann wendet sie sich endgültig zum Gehen.

Um es nicht zu vergessen, nimmt Suzanne gleich das Telefon, um Silke anzurufen. Sie ist mit dem Anrufbeantworter verbunden und spricht auf Band, was sie von Agnetha erfahren hatte. Sie erklärt auch, dass sie von den anderen Kindern noch nichts herausgefunden hatte, was nur eine Alibimitteilung ist. Sie ist sich jetzt schon sicher, dass die anderen Daten nicht von Bedeutung sind, weil es Silke offensichtlich auf Eric ankam, und sie würde auch keine Zeit mehr damit verlieren, nach der Geburtsstätte der anderen Kinder zu suchen.

7

Dr. Christoph Kirchhofer kommt vom Briefkasten ins Haus und schaut beim Gehen die Post durch. ›*Das Übliche, wie immer*‹, denkt er. Alle Couverts sind maschinell adressiert … bis auf eines. ›*Fast wie immer*‹, korrigiert er seine erste gedankliche Feststellung. Das handgeschriebene hat keinen Absender. Christoph zieht erstaunt die Augenbrauen hoch. Von wem ist dieser Brief? Er geht in sein Arbeitszimmer, legt alle Briefe auf den Schreibtisch und hält nur noch den ominösen handgeschriebenen ohne Absender in der Hand. Er versucht auf dem Poststempel den Ort zu entziffern, doch der ist zu undeutlich, leicht verschmiert. Er öffnet das Couvert und entnimmt ihm das einmal gefaltete A5-Blatt. Er erstarrt, als er die kurze Mitteilung darauf liest. Sein Gesicht verliert jede Farbe, seine Beine scheinen unter ihm wegzusacken. Er lässt die Hand mit dem Blatt sinken und muss sich erst einmal setzen.

»Paps«, hört er Victorias Stimme, »wo bist du?«

Christoph erschrickt. Er legt das Blatt, das seine Welt von einer Minute auf die andere in den Grundfesten erschütterte, unter die Schreibtischmatte. Mit belegter Stimme antwortet er: »Ich bin hier, im Arbeitszimmer.«

Victoria erscheint in der Tür. Seine Tochter ist siebenundzwanzig Jahre alt, hat hellbraunes kurzgeschnittenes Haar und grünbraune, intelligente Augen. Sie lebt noch im Haus ihrer Eltern und studiert an der medizinischen Fakultät in Basel. Sobald sie fertig ist, will sie, wie ihr um zwei Jahre älterer Bruder Björn, ins Ausland, um berufliche Erfahrungen zu sammeln.

»Was gibt's Vicky«, fragt Christoph.

»Mama fragt nach der Post. Sie erwartet einen Brief vom Tagesmütterverein.«

Christoph nimmt ein Couvert nach dem anderen. Das fünfte ist an Judith adressiert und er händigt es Victoria aus.

»Danke«, sagt diese. »Sag mal Paps … ist was?«

»Was soll sein?«, fragt er zurück.

»Du bist käsebleich und … na ja, irgendwie so kleinlaut.«

»Nein, nein, es ist nichts«, beruhigt er seine Tochter, »wahrscheinlich eine Unterzuckerung. Mir war für einen Moment schwarz vor Augen, aber jetzt geht es schon wieder. Ich habe ein Traubenzuckerdrops gelutscht.«

Victoria drückt ihrem Vater einen Kuss auf die Stirn.

»Dann bin ich beruhigt, Paps«, sagt sie und verlässt das Arbeitszimmer.

Als Christoph wieder alleine ist, lehnt er sich zurück und atmet erst einmal tief durch. Dann geht er zum Wandschrank, in dem sich eine kleine Bar verbirgt. ›Ich brauche jetzt erst mal einen Schluck‹, denkt er und schenkt sich einen Brandy ein. Er geht wieder zurück zum Schreibtisch und holt das Blatt unter der

Matte hervor. Er schaut es lange an. Es zeigt einen freundlich dreinblickenden jungen Mann mit Down-Syndrom. Darunter steht:

Wir trauern um Ilja Petrow, geb. Kirchhofer
* 10. September 1977   † 29. August 1997

›*Irgendwann holt einen die Vergangenheit ein*‹, denkt er betrübt und es ist ihm schmerzhaft bewusst, welches Leid er anderen Menschen, die sich ihm anvertraut hatten, zufügte, während er seiner Schwägerin und seinem Bruder Leid ersparen wollte. Er erinnert sich an den hilflosen Blick seines Bruders, als er seinen mongoloiden Sohn sah. Der Blick war wie ein Hilfeschrei, ohne konkret auszudrücken, worin diese Hilfe bestehen soll. ›*Bitte Chris, tue ein Wunder.*‹ Dann traf er diese schwerwiegende Entscheidung und er wusste, dass er in diesem Moment ein großes Unrecht beging, ein Unrecht, das ihn im Innersten immer verfolgte. Judith, die damals ja erst vierundzwanzig Jahre alt war, hatte ihm gesagt, dass sie kein gutes Gefühl hatte bei der ganzen Sache, und dass sie bis zum Schluss immer noch hoffte, ihr Mann würde dieses Vorhaben nicht durchziehen. Als er dann Angelika das fremde Kind in die Arme legte, war ihr die Endgültigkeit bewusst. Es gab kein Zurück mehr. Es galt nur noch zu verdrängen. Dreißig Jahre schien auch alles gut gegangen zu sein. Wer hätte nach so vielen Jahren gedacht, dass, was immer auch der Auslöser gewesen sein mag, dieses Unrecht plötzlich aufgedeckt würde. Aber wie geht es nun weiter? Diese Todesanzeige wurde ihm sicherlich nicht geschickt, um ihm zu zeigen, was er ja selbst schon wusste. Es sollte wohl eher zeigen, dass dieses Wissen von nun an nicht mehr nur im kleinsten Kreis der Familie Kirchhofer begraben bleibt. Außer ihm und Judith wusste bis jetzt nur noch Adrian Bescheid. Nicht einmal Angelika, die ja von vorneherein ablehnte, ein fremdes Kind großzuziehen, was ja auch der Hinderungsgrund für eine Adoption war, hat je erfahren, dass ihr ein Kuckucksei ins Nest gelegt wurde. Sie hat all ihre Liebe in das einzige Kind gehängt und sich auch nie gewundert, dass dieser hübsche Junge vom Aussehen her ganz aus der Art schlug. Christoph war klar, dass dieses Schreiben erst der Anfang einer losgetretenen Lawine sein würde. Er braucht jetzt nur noch zu warten, bis ein weiteres Schreiben … diesmal möglicherweise ein Erpresserschreiben … ins Haus flattert. Es wird ihm plötzlich heiß und er wischt sich mit seinem Taschentuch über seine schweißnasse Stirn. Dann trinkt er sein Glas in einem Zug leer und füllt es erneut. Er versucht das Worst-Case-Szenario gedanklich durchzuspielen. Es übersteigt seine Vorstellungskraft. Was, wenn es zu einer Erpressung kommt. Wird der Erpresser Ruhe geben, wenn er die erpresste Summe erhalten hat? Oder wird es immer weitergehen? Was, wenn er, Christoph, sich der Sache stellt und sich schuldig bekennt, also sich selbst anzeigt? Der Erpresser würde dann nicht erhalten, was er sich vorstellte, nur eben einen Skandal und den würde er bekommen. Doch der würde ihm nichts nutzen. An dessen Leben würde es nichts ändern. Wie würden seine Kinder darauf reagieren, wenn sie von dem Unrecht erfuhren? Könnten sie ihrem Vater überhaupt noch Achtung entgegenbringen oder würden sie sich von ihm, dem Verbrecher, abwenden? Wie würde Angelika reagieren, wenn sie erfuhr, dass man sie so getäuscht hatte? So viele Fragen beschäftigen ihn, doch er hat zu keiner eine Antwort. Zuerst einmal beschließt er, zumindest noch im Moment, mit niemandem darüber zu sprechen. Die anderen würden es noch früh genug erfahren, und zwar dann, wenn sich die Geschichte zuspitzte. Wieso sollte er ihnen diese Hiobsbotschaft schon jetzt unterbreiten. Es reicht, wenn nur er ab heute schlaflosen Nächten entgegensieht. Er leert sein drittes Glas und spürt eine willkommene leichte Benommenheit.

*

*B*oris' Telefon klingelt. »Petrow«, meldet er sich.

»Ich bin es, Silke. Hallo Boris. Sag mal, hättest du Lust, mit mir heute Abend zum Essen auszugehen? So quasi, um deinem letzten Ferientag etwas Besonderes zu geben. Ich habe auch eine Neuigkeit für dich.«

»Natürlich gerne. Bist du noch auf Arbeit?«

»Ja, bin ich, aber nicht mehr lange. Ich räume meinen Schreibtisch noch auf und dann verschwinde ich ins Wochenende. Holst du mich ab?«

»Klar. Und ich weiß auch schon, wohin wir zum Essen gehen, es sei denn, du hast schon etwas im Auge. Um … sagen wir … sieben Uhr? Ist das gut für dich?«

»Sieben Uhr ist gut. Nein ich hatte nichts im Auge. Bin gespannt. Also, bis gleich.«

»Halt«, ruft er. »Erzähl schon.«

»Was, soll ich erzählen?«, fragt Silke, die schon wieder vergessen hatte, dass sie Boris eine Neuigkeit angekündigt hatte.

»Na deine Neuigkeit. Du wolltest mir doch noch etwas erzählen.«

»Eigentlich wollte ich es dir erst heute Abend erzählen, aber ich merke schon, so lange hältst du nicht durch. Auf der anderen Seite, ist es nicht gerade eine bahnbrechende Neuigkeit, nur eine Bestätigung dessen, was wir eigentlich schon wussten oder zumindest ahnten.«

»Also kein Grund mich zappeln zu lassen«, sagt Boris etwas amüsiert.

»Eric Kirchhofer ist im gleichen Krankenhaus, am selben Tag wie du zur Welt gekommen. Das hat mir meine Schulfreundin Suzanne auf den AB gesprochen.«

»Ach so«, sagt er fast enttäuscht. »In der Tat, nicht bahnbrechend. Doch, ich habe eine Neuigkeit, aber - ich weiß, ich bin jetzt ziemlich gemein – du musst warten, bis wir uns heute Abend sehen.«

»Du bist ein Schuft«, lacht Silke. »Wir sehen uns, und dann werde ich für … ähm … sagen wir, für eine ganze Minute nicht mehr mit dir sprechen«, droht sie. »Wenn ich es so lange durchhalte«, fügt sie einschränkend hinzu. Sie lachen beide.

Punkt sieben, auf den Glockenschlag, steht Boris vor Silkes Tür. Sie öffnet und staunt. »Oh … nicht schlecht«, stellt sie anerkennend fest und zeigt mit beiden Daumen nach oben, um ihre Bemerkung noch visuell zu unterstreichen. Dann stellt sie sich trotz ihrer stattlichen Größe von einem Meter und achtzig auf die Zehenspitzen, um ihren Begrüßungskuss beim sie um fünfzehn Zentimeter überragenden Boris gezielt zu platzieren. Danach drückt sie ihn um Armeslänge von sich weg, legt ihren Kopf seitlich und stellt mit Kennermiene fest: »Gut schaust du aus … wirklich gut. Man sieht endlich Gesicht, das du weiß Gott nicht zu verstecken brauchst.«

Boris hatte seinen vorher üppigen schwarzen Vollbart gepflegt zu einem Dreitagebart gestutzt. Sein gewelltes Haar hat er zu einem Schwanz zusammengenommen. Über sein weiß-blau gestreiftes Hemd trägt er einen dunkelblauen Pulli. Alles zusammen, inklusive seinen stone-washed Jeans, arrangiert sich seine Robe hervorragend Ton in Ton.

Boris lächelt. »Wie war das nochmals mit dem einminütigen Schweigegelöbnis?«

»Du hast dir auch alle Mühe gegeben, dass ich mein Vorhaben nicht in die Tat umsetzen konnte. Komm rein du Schuft«, sagt sie schmunzelnd. »Ich bin gleich soweit … hoffe ich. Ich muss mich ja jetzt richtig ins Zeug legen, wenn ich einigermaßen neben dir bestehen will.«

Boris muss lachen. Seine Freundin hat mal eben wieder maßlos übertrieben. Sie ist neben seiner Mutter nämlich die schönste Frau, die ihm jemals begegnet ist. Ihre herzliche Art, ihr Humor macht sie in seinen Augen so begehrens- und liebenswert.

Eine halbe Stunde später sitzen sie in einer lauschigen Ecke bei Kerzenlicht im Restaurant Toscana in Waldshut. Dieses italienische Restaurant fällt nicht unter die Gattung Pizzeria, wenngleich die Speisekarte auch dieses allseits beliebte traditionelle Fladenbrot der neapolitanischen Küche anbietet. Schließlich will Roberto, der seinem Restaurant eher einen gehobenen Touch verleihen will, die Ignoranten der gehobenen italienischen Küche nicht abschrecken.

Silke ist richtig glücklich. Sie lässt ihren Blick schwärmend rundum schweifen. »Schön hier. Bist du da öfters?«

»Das fragst du mich, ich, der ich die letzten Jahre mit der Pflege meiner kranken Mutter absorbiert war?«

»Entschuldigung Boris«, bedauert Silke ehrlich ihre unüberlegte Frage.

»Du brauchst dich nicht zu entschuldigen. Es war mein Leben und nur ich kannte es genau. Ich erwartete nicht, dass mein bisheriges Leben in dem anderer Leute eine Rolle spielte. Andere brauchen sich auch nicht damit zu beschäftigen, nur um irgendwann einmal nichts Falsches zu sagen. Doch um deine Frage zu beantworten, woher ich das Restaurant kenne. Roberto ist ein Freund von mir, das heißt wir gingen zusammen in dieselbe Klasse. Er ist schon mehr, als nur ein Schulkollege. Ich möchte behaupten, dass er ein richtig guter Freund ist. Ja, und ich weiß, dass seine exzellente Küche über die Landesgrenze hinweg bekannt ist. Er hat die Kochkunst von der Pike auf in den besten, renommiertesten Hotels erlernt.« Boris hebt sein Glas Wein und prostet Silke zu. »Auf uns.«

»Auf uns«, erwidert sie und lächelt dabei glücklich.

»Ab jetzt werden wir wieder mehr Zeit miteinander verbringen können. Das hat mir ein bisschen gefehlt. Es sei denn, ein Lagerarbeiter könnte deinem Stand nicht genügen.«

»Hör auf, einen solchen Mist zu erzählen. Du hast mehr in der Birne, als so mancher eingebildeter Aufschneider. Nicht jeder erhält die gleichen Chancen. Dein Bruder hat studiert und schließlich seid ihr aus dem gleichen Holz geschnitzt. Es liegt doch offensichtlich auf der Hand, dass du mangels Möglichkeit keinen höheren Bildungsweg eingeschlagen hast«, protestiert Silke auf die ihrer Meinung nach unpassende Bemerkung. Nach einigem Zögern erklärt sie: »Außerdem störst du mit solchen Bemerkungen die Romantik. Mir gefällt es nämlich im Moment ungeheuerlich gut, hier mit dir bei Kerzenschein zu sitzen und zu plaudern. Und wenn wir gerade bei Romantik sind …«, ihre Stimme wird jetzt ganz ruhig, romantisch ruhig, »mir hat es nämlich auch gefehlt. Ich hätte gerne hin und wieder etwas mit dir unternommen. Aber ich wusste von deiner großen Aufgabe und von deiner Liebe zu deiner Mutter und daher mahnte ich mich, nichts zu überstürzen und mich zurückzuhalten bis … na ja, bis du halt irgendwann mal auf mich zukommst.« Mit sanfter Stimme fügt sie schüchtern lächelnd hinzu: »Ich habe mich in dich verguckt … aber so richtig, weißt du, es ist mehr, als nur freundschaftliche Sympathie.« ›Oops, ich habe eben eine Liebeserklärung *gemacht*‹, ist sie über sich selbst überrascht. ›*Ich habe soeben den ersten Schritt getan. Was, wenn er für mich nicht dasselbe empfindet?*‹, denkt sie leicht verunsichert.

Boris lächelt, legt seine Hand auf die ihrige und sagt mit ebenso sanfter Stimme: »Du hast mich eben sehr glücklich gemacht.«

Sie blicken sich verliebt in die Augen. Ja, die romantische Stimmung, die für einen kurzen Moment verlorenging, war wieder hergestellt, befindet Silke im Innern. Während des Essens schweigen sie eine Weile, denn alles muss sich irgendwie setzen. Eine geänderte, eine wunderschöne Situation, die ihr Leben fortan bestimmen soll … wenn sich auch die andere Sache, nämlich die mit dem Babytausch, definitiv geklärt hat. Plötzlich fällt Silke ein, dass Boris ja noch eine Neuigkeit auf Lager hatte.

»Also Boris«, sagt sie, »nun zu deiner Neuigkeit. Was wolltest du mir sagen?«

»Neugierig?«, fragt Boris verschmitzt.

»Frag nicht, erzähl!«

Boris erzählt ihr von Iljas Todesanzeige, die er an Dr. Kirchhofer schickte.

»Das hast du gemacht?«, fragt sie erschrocken.

»Ja.«

»Ach herrje. Hat er schon reagiert?«

»Er konnte nicht reagieren, denn ich habe den Brief anonym gesandt.«

»Und wie geht es jetzt weiter? Was hast du vor?«, fragt sie neugierig geworden, die Stirn in Falten gelegt, ziemlich überrascht darüber, dass er entgegen seiner Pläne jetzt doch etwas unternommen hatte.

»Ich lasse ihm Zeit. Er erhielt den Brief, wenn die Post keine Umwege genommen hat, man weiß ja nie, vermutlich vorgestern, Mittwoch.«

»Also mit anderen Worten, du willst ihn schmoren lassen?«, fragt sie herausfordernd.

»Was wiegen ein paar Tage des Schmorens verglichen mit dreißig Jahren Schicksal spielen?«

»Hegst du Zorn?«, fragt Silke überrascht mit hochgezogenen Augenbrauen. Sie hatte Boris als sanften Typ kennengelernt. Wut, Hass, Zorn oder Rachegelüste passten nicht zu seinem gutmütigen Naturell.

Boris schaut wie abwesend in die Ferne, so als schaue er durch alles hindurch. So, als ließe er sein Leben und alles, was er bis jetzt herausgefunden hatte, vor seinem geistigen Auge Revue passieren.

»Zorn? Nein. Sagen wir Enttäuschung. Entrüstung«, versucht er seine Gefühle zu erklären. Und wieder schweigt er nachdenklich, in sich gekehrt, vor sich hinstarrend. Seine Mutter ist gestorben, ohne zu wissen, dass sie zwei gesunde Kinder auf die Welt brachte. Sie hatte gelitten und gekämpft, während andere, die ihr Leid verursachten, ein angenehmes Leben führten. Er ist es ihr und sich schuldig, Licht in die ganze Sache zu bringen.

8

»Was ist los Chris? Willst du nicht mit mir reden?«

Christoph Kirchhofer ist in Gedanken versunken und schreckt hoch, als Judith, die eben ins Arbeitszimmer gekommen war, ihn anspricht.

Er dreht seinen Kopf in die Richtung, aus der die Stimme kommt, und blickt in die besorgten Augen seiner Frau. Er wirkt abgespannt, richtig ausgemergelt. Schlaflose Nächte haben ihre Spuren hinterlassen. Dieser vor einer Woche noch stolze, aufrechte Mann bietet in seiner leicht gebückten Haltung ein Bild des Jammers. Er wischt sich den Schweiß von der Stirn, rückt seine Brille zurecht und sagt mit schwacher Stimme: »Ich bin einfach nur müde.«

»Mir fällt auf, dass du in letzter Zeit sehr viel trinkst. Chris, ich mache mir Sorgen. Bist du krank? Geht es dir nicht gut? Bitte Chris, sag mir doch, was los ist. Ich will …«

Das schrille Klingeln des Telefons unterbricht sie mitten im Satz. Chris schreckt hoch … er nimmt ab.

»Kirchhofer.«

»Petrow, Boris Petrow. Guten Tag Herr Kirchhofer …«

»Einen Moment bitte, ich bin gleich da.« Chris, dem das Herz bis zum Halse schlägt, gibt Judith ein Zeichen, das Arbeitszimmer zu verlassen. Dann wendet er sich wieder dem Anrufer zu, dessen Stimme ihm vorkommt, als spräche Eric am anderen Ende der Leitung. ›*Unglaublich diese Ähnlichkeit*‹, denkt er.

»Guten Tag Herr Petrow.« Chris setzt sich. Dann gibt es eine unerträgliche Pause. Ihm stehen Schweißperlen auf der Stirn. Dann hält er das Schweigen nicht mehr aus und er eröffnet das Gespräch: »Haben *Sie* mir letzte Woche den Brief geschickt?«

»Ja … das war ich. Ich nehme an, dass die wenigen Informationen ausreichten … ich meine, dass sich weitere Worte erübrigten«, sagt Boris mit ruhiger Stimme. Noch ist er dabei, herauszuhören, ob er mit seiner Vermutung überhaupt richtig liegt, wenngleich nach der Recherche alles dafür sprach.

»Was wollen Sie?«, fragt Chris.

»Ich möchte gerne mit Ihnen sprechen.«

»Wollen Sie Geld?«, kommt Chris gleich zur Sache.

»Wollen Sie mir denn welches geben?«, stellt Boris die Gegenfrage.

»Nun, ich denke, dass es schlussendlich darauf hinauslaufen wird. Auf Geld. Oder ist es nicht so?«

»Sie kommen sehr schnell zur Sache, Herr Kirchhofer. Denken Sie denn, dass man sich mit Geld von einem Unrecht freikaufen kann? Meinen Sie, Geld sei ein Allheilmittel, das alle Wunden salbt?«

»Was wollen Sie denn dann, wenn nicht Geld? Geht es Ihnen denn darum, mich, unsere Familie zur Strafe zu ruinieren?«

»Glauben Sie nicht, Herr Kirchhofer, dass schon genug Porzellan zerschlagen ist? Glauben Sie nicht, dass es genug ist, wenn einer Familie unermessliches Leid zugefügt wurde?«

Chris merkt, dass der Anrufer sich mit Vorliebe des rhetorischen Mittels, eine Frage mit einer Gegenfrage zu beantworten, bedient. Er fühlt sich in die Ecke gedrängt, fühlt sich elend und… er schämt sich.

»Ich sagte, dass ich gerne mit Ihnen sprechen will«, wiederholt Boris seine schon zuvor geäußerte Forderung.

»Ja bitte, wir sind ja gerade dabei. Sagen Sie, was Sie hören wollen.«

»Das tönt ja so, als wollten Sie mir nur so viel erzählen, wie ich gerade hören will, mehr nicht … also nur das, was ich sowieso schon weiß, denn nur danach kann ich fragen. Herr Kirchhofer, welches Unrecht geschehen ist, das weiß ich jetzt ja … das haben Sie mir mit Ihrer Reaktion soeben bestätigt. Allerletzte Zweifel haben Sie schon jetzt ausgeräumt. Was ich hören will, das wissen nur Sie und nur Sie können es mir erzählen … aber nicht von Telefon zu Telefon, sondern von Angesicht zu Angesicht. Oder haben Sie den Mut nicht, mir gegenüberzutreten?«

Chris zögert einen Moment und sagt schließlich: »Es geht hier nicht um Mut. Es geht darum … na ja, ich kenne Sie ja nicht und ich weiß daher auch nicht, was Sie beabsichtigen. Es könnte ja sein, dass mir etwas zustoßen soll … dass dies ein hinterhältiger, mörderischer Plan ist.«

»Sehen Sie, Herr Kirchhofer, das unterscheidet Sie von mir. Sie haben schon einmal etwas Ungesetzliches getan. Da ist es auch kein Wunder, dass Ihre Gedanken auch weiter um Unrecht kreisen. Ihre Phantasie scheint hier viel weiterzugehen, als meine.«

Als Ganove, dessen Hemmschwelle zu kriminellem Handeln sehr niedrig ist, angesehen zu werden, schmerzt ihn unendlich. Er, Dr. Christoph Kirchhofer, seines Zeichens Gynäkologe und Geburtshelfer, nichts weiter als ein Krimineller, dem es schwerfällt, auf dem schmalen Pfad der Tugend zu wandeln? ... Nein, das war er nicht, bei Gott nicht. Er war sein ganzes Leben bemüht, fair, gerecht, anständig, hilfsbereit zu sein, Leben und Menschen zu achten und den Rahmen, der jedem Menschen per Gesetz gesteckt ist, zu respektieren ... das war sein Lebensprinzip ... bis auf ein Mal, als er vor der schwierigen Wahl zwischen Recht und Unrecht stand; als sein Mitgefühl für seinen Bruder und dessen Frau größer war, als die Skrupel vor einer strafbaren Handlung. Das Mitgefühl ließ ihn zu dieser Tat verleiten. Natürlich, kann er es dem Anrufer deswegen auch nicht verübeln, dass er so denkt.

Ja, Chris weiß, er beging den größten Fehler seines Lebens und er schämt sich dafür ... er schämt sich vor dem Anrufer und vor allem auch vor sich selbst. Er ist vor Gram kreidebleich.

»Hören Sie, Herr Petrow ... ja, Sie haben recht, ja es ist ein Unrecht geschehen und ...« Vielleicht kam diese Reaktion etwas zu abrupt, zu entschlossen, denn Boris unterbricht ihn und greift den Faden auf.

»… und damit hat sich's? Eine Entschuldigung, es tut mir leid … aber bedauerlicherweise kann nichts mehr rückgängig gemacht werden? Hier nehmen Sie das Geld, das ist schließlich eine stattliche Summe und lassen Sie die Sache endgültig ruhen«, spielt Boris den begonnen Satz weiter.

In seiner Stimme schwingt Empörung, Enttäuschung mit. »Herr Kirchhofer ich bin schockiert und enttäuscht. Es tönt so, als ginge es um eine kleine Gaunerei, um ein bisschen Betrug und nicht um Menschen …«

Dann wird seine Stimme streng und sehr bestimmt, klar demonstrierend, dass er nun keine Gegenrede duldet. »Wie schon gesagt, ich möchte Sie gerne sehen, Herr Kirchhofer, und zwar nächsten Samstag um siebzehn Uhr, in Bad Säckingen. Ich möchte Ihnen in die Augen sehen, wenn Sie mir Ihre Beweggründe für Ihr damaliges Handeln erklären.«

Das saß. Und in der Tat, Chris wagt keine Widerrede; es ging ihm durch Mark und Bein. »Gut, ich werde kommen. Wo wollen wir uns treffen.«

»Kennen sie den Münsterplatz in Bad Säckingen?«

»Ja, ich kenne die Stadt meiner Vorfahren.«

»Gut. Vom Münsterplatz in Richtung Rhein, unterhalb der Treppe, ich glaube das ist der Rheinuferweg, da werde ich Sie direkt bei der Holzbrücke erwarten.«

»Okay, Samstag siebzehn Uhr bei der Holzbrücke«, sagt Chris, »ich werde da sein.«

Sie beenden das Gespräch und wieder überkommt ihn panische Angst. Sie schnürt ihm die Kehle zu. Mit-

te November ist es um fünf Uhr abends nicht mehr
taghell. Es ist zwar auch noch nicht Nacht, aber es
dämmert schon. Um diese Zeit sind nicht mehr viele
Leute unterwegs und schon gar nicht am Rhein, besonders, wenn es so kalt bleibt wie im Moment. Was
hat dieser Boris vor? Chris zittert. Es ist ihm trotz des
angenehm temperierten Raumes plötzlich kalt. Er versucht sich selbst zu beruhigen.

Wenn Boris Petrow der ist, für den er sich bei ihm
verkauft hatte, dann ist er kein skrupelloser Gangster,
versucht Chris seine Angst als unbegründet zu ersticken. Er wirkte selbstbewusst, ja, aber nicht brutal,
sogar ein bisschen sympathisch. Seine sonore Stimme
wirkte sehr angenehm und ruhig. Und vor allen Dingen, sie klang wie die von seinem Neffen Eric. Unter
anderen Umständen könnte er diesen Boris vermutlich
gern haben. Doch über Gernhaben oder nicht Gernhaben abzuwägen, steht ihm wohl am wenigsten zu.

*

»Du warst gut«, sagt Silke anerkennend, den Daumen nach oben zeigend, nachdem Boris den Hörer
aufgelegt hatte. »Ich glaube, der hat ganz schön ge-
schwitzt.«

»Ja, ich aber auch«, gesteht Boris. »Mir klopft das
Herz noch immer bis zum Hals.«

Er macht eine kurze Pause und fährt weiter: »Weißt
du, ich glaube diesem Kirchhofer ging es im Moment
verdammt schlecht. Er hat sehr gelitten und ich bin
überzeugt, er würde versuchen, wenn er könnte, alles
Unrecht ungeschehen zu machen. Ich frage mich nur,

was hat einen rechtschaffenen, angesehenen Mann dazu verleitet, so etwas zu tun. Niedrige Beweggründe, so scheint es mir, reichen bei ihm für eine solche Tat nicht aus. Aber was war es, wenn es nicht nur darum ging, einer renommierten Familie ein behindertes Kind ersparen zu wollen?«

»Das wirst du erfahren, wenn du ihn triffst. Aber sei vorsichtig, Boris. Vielleicht ist er nicht so rechtschaffen, wie du meinst.«

»Meinst du, dass er, um sich zu schützen, noch mal ein Verbrechen begehen würde?«

»Weiß man's?« Silke ist immer noch skeptisch diesem Kirchhofer gegenüber.

Boris indessen glaubt fest daran, sich auf seine Menschenkenntnis verlassen zu dürfen. Er hatte schließlich mit diesem Kirchhofer gesprochen. Hatte seine Stimme gehört. Ja, er spürte, wie schwer dieser an der Bürde seiner Tat trägt. Es tut ihm sogar ein bisschen leid, dass er so hart mit ihm verfahren ist.

»Irgendwie kann ich es mir nicht vorstellen. Er klang viel zu bedrückt. Sein Atem ging schwer. Ich sagte dir ja, er schien sehr schwer unter dieser Tat zu leiden«, erklärt er Silke sein Gefühl.

»Manche können sich aber auch verstellen. Du konntest ihm ja nicht in die Augen sehen. Du kannst nicht sicher sein, ob er vielleicht nur Theater spielte«, hält Silke dagegen.

»Nun, gehen wir mal davon aus, er habe nur Theater gespielt. Er weiß doch gar nicht, ob ich noch mit jemandem gesprochen habe. Ich könnte vor dem Treffen veranlasst haben, dass jemand, wenn mir etwas Schlimmes zustoßen sollte, zur Polizei geht. Dann würde er für zwei Verbrechen belangt werden, während das zweite weit schlimmer wäre, als das erste, denn das wäre Mord«, spielt Boris ein Szenario durch, das ihn selbst erschaudern lässt.

Doch er bleibt bei seinem ersten Eindruck. »Nein, das glaube ich nicht, dass er zu so etwas fähig sein würde. Nein. Ich gehe auf jeden Fall zu diesem Treffen.«

»Soll ich mitgehen und mich dann irgendwo in der Nähe aufhalten?«, fragt Silke.

»Ich wäre sogar froh, wenn du mich fahren würdest. Ich glaube, dass ich, wenn es soweit ist, weiche Knie haben werde. Stell dir vor, ich werde dem Mann gegenüberstehen, der mich von meinem Bruder getrennt hatte, der irgendwie auch meine Mutter auf dem Gewissen hat.«

Silke lächelt. Ihr Lächeln ist sanft, eine Spur Mitleid liegt darin, aber noch mehr Zärtlichkeit. Sie küsst Boris auf die Wange und in flüsterndem Ton sagt sie: »Wenn dein Gefühl *JA* sagt, dann ist es richtig. Dann ist dein Plan auch kein Fehler. Ich liebe dich Boris. Ich werde diese Sache bis zum Ende mit dir durchziehen.«

Boris ist gerührt von Silkes Bekenntnis. Er nimmt sie in die Arme und dieses Mal küsst er sie leidenschaftlich.

*

*J*udith steht wie angewurzelt im Salon. Ihr Gesicht ist aschfahl. Sie muss sich festhalten um nicht den

Stand zu verlieren. Ihre Beine drohen wie Teig wegzusacken. Sie hatte sich im Salon am anderen Apparat ins Gespräch eingeschaltet, in der Hoffnung, dass ihr Mann das Einklinken nicht wahrnehmen würde. Offensichtlich war er zu zerknirscht und seelisch zerstört, um etwas wahrzunehmen. Sie setzt sich auf den Stuhl neben dem Telefon.

›Das war es also‹, dröhnt es in ihrem Kopf. ›Daher diese Bedrücktheit und der ungewohnte Alkoholkonsum.‹ Wie lange das wohl schon so ging? Sie überlegt, ab wann sie ihren Mann so seltsam bedrückt, ja niedergeschlagen wahrnahm. Eine knappe Woche vielleicht? Panik steigt in ihr hoch. Nun ist alles aufgeflogen. Es musste ja irgendwann mal so kommen. Die Gedanken überschlagen sich in ihrem Kopf.

Die Tür zum Salon öffnet sich. Wie benommen nimmt sie ihren Mann im Türrahmen stehend wahr. Als Chris seine verstört dreinblickende Frau sieht, versteht er. »Du hast mitgehört?«, fragt er niedergeschlagen. Sie nickt.

»Ich machte mir einfach solche Sorgen Chris«, rechtfertigt sie ihre durch ihren so genannten *Lauschangriff* begangene Indiskretion. »Chris, das kannst du nicht alleine durchziehen. Dein Schweigen uns gegenüber in allen Ehren. Doch wir waren alle drei beteiligt. Nicht nur du, sondern auch Adrian und ich haben uns schuldig gemacht. Deshalb haben wir auch die Konsequenzen daraus gemeinsam zu tragen.«

Chris blickt zu seiner Frau, die mit ihren vierundfünfzig Jahren immer noch sehr jung und sehr attraktiv aussieht.

Doch auch sie bleibt von den Spuren des Schocks, die sich in ihr Gesicht graben, nicht verschont. Sie wirkt ungewöhnlich blass und ihr Gesicht Gram verzerrt.

»Ich schlage vor, auch mit Adrian zu sprechen«, sagt sie schließlich mit schwacher, belegter Stimme. Ihr ist, als würde sich eine Schlinge fest um ihren Hals schnüren. Sie spürt eine unangenehme Enge.

Chris atmet tief durch, es ist eher ein tiefer schwerer Seufzer. Man spürt die bleierne Last, die er im Moment zu tragen hat. Er hat sich in seinem ganzen Leben niemals etwas zu Schulden kommen lassen … aber eben, dieses eine Mal wiegt schwerer als viele kleine Gaunereien, die sich im Leben eines kleinen Ganoven ansammeln.

Er geht zu Judith, die aufsteht, um ihn mit offenen Armen zu empfangen. »Du bist ein guter Mensch, Chris«, sagt sie liebevoll, als hätte sie seine Gedanken gelesen, und umarmt ihn. Wie gut das tut, nach dieser Woche der Unruhe und des Kampfes. Jetzt wünscht er sich, schon früher mit seiner Frau gesprochen zu haben.

»Wie hat denn alles angefangen? Ihr spracht von einem Brief?«, fragt sie nun neugierig.

Chris geht zurück in sein Arbeitszimmer, holt das Schreiben aus dem Versteck hervor und bringt es seiner Frau. Sie schlägt eine Hand vor ihren vor Überraschung offen stehenden Mund. Sie schaut sehr betroffen auf das Bild, denn der junge Mann, den sie hier sieht, ist ihr Neffe, der Sohn von Angelika und Adrian

Kirchhofer. Man könnte sogar eine Ähnlichkeit mit Angelika oder eher noch mit ihrem Bruder, Johannes, ausmachen.

»Wahnsinn«, sagt sie mit einem ehrfürchtigen Unterton. »Komm, Chris, lass uns Adrian anrufen, jetzt gleich«, schlägt sie vor, nimmt den Hörer und wählt Adrians Nummer. Als sie das Freizeichen vernimmt, übergibt sie Chris das Telefon. Sie hat den Lautsprecher auf laut gestellt. Aufmerksam lauscht sie dem Gespräch.

»Hallo Adrian«, hört sie Chris seinen Bruder begrüßen.

»Na, alter Knabe, was gibt's Wichtiges an einem gewöhnlichen Montag?«, fragt Adrian ahnungslos fröhlich.

»Adrian, so gewöhnlich ist dieser Montag leider nicht. Wir, Judith und ich, müssen dringend mit dir sprechen.« An der fast schon beunruhigend wirkenden, ernsten Stimme erkennt Adrian, dass etwas Schlimmes vorgefallen sein muss.

»Um Himmels Willen, Chris, was ist passiert?«, fragt er nun besorgt.

»Wir sollten es nicht am Telefon besprechen. Wir müssen uns sehen. Nur eines sei gesagt: Erics Bruder hat sich bei mir gemeldet.«

»Was …?«, bringt Adrian erschrocken hervor. Im selben Augenblick wird ihm richtig flau im Magen und es herrscht Stille. Es ist eine gespenstische, bedrohliche Stille … eine Stille, die einem das Gefühl gibt, die Zeit und mit ihr alles Leben würde für diesen Augenblick still stehen. In diesen erdrückenden Sekunden wirbeln die Gedanken in Adrians Kopf und ganz plötzlich erinnert er sich auch an das seltsame Gespräch von vor drei Wochen. Er hatte es fast schon vergessen, weil es, so absonderlich es auch war, ohne weitere Folgen blieb. Wie nannte sich der Anrufer doch gleich? Peters, ja Peters und er erkundigte sich nach Christoph.

»Adrian, bist du noch da?«, fragt Chris in Adrians Grübeln hinein.

»Ja, ich bin noch da. Ich habe gerade über etwas nachgedacht. Mir ist ganz plötzlich ein Anruf von vor drei Wochen eingefallen, den ich sehr sonderbar fand. Sag mal, wie heißt Erics …«, er unterbricht denn es ist ihm unangenehm, von Erics Bruder zu sprechen. Für ihn ist und bleibt Eric ein Einzelkind … und das seit dreißig Jahren.

Er hatte den ursprünglichen Nachnamen seines Sohnes nie erfahren. Chris fand damals, dass es klüger sei, denn je weniger er von der Herkunft seines Sohnes wusste, desto besser. Er vermied es auch tunlichst, die standesamtlichen Nachrichten in der Zeitung zu lesen. Er weiß nicht einmal, ob sein wirklicher Sohn, wie immer er auch heißen mochte, noch lebt.

»Du meinst Erics Bruder? … Boris Petrow heißt er«, beantwortet Chris Adrians Frage.

»Ja, das könnte passen. Der Anrufer meldete sich mit Peters. Chris, ich komme morgen gegen … Moment mal, ich muss nachsehen … ja, gegen drei Uhr komme ich zu euch, da trifft Angelika sich mit ihrer

114

Freundin. Ich möchte nicht, dass sie etwas mitbekommt. Ich denke, eine Welt würde für sie zusammenbrechen und das will ich nicht riskieren.«

*

Chris, Judith und Adrian sitzen sich in Christophs Arbeitszimmer gegenüber. Adrian hält starr vor Entsetzen das Foto seines Sohnes in der Hand.

»Oh mein Gott«, sagt er leise, das Sprechen fällt ihm schwer. Ihm, der eher als ein gefasster, knallharter Macher gilt, der normalerweise nicht gewohnt ist, Gefühle zu zeigen, füllen sich die Augen mit Tränen. Er lässt die Hand mit dem Foto sinken. Nach wenigen Augenblicken der emotionalen Erschütterung fasst er sich jedoch wieder. Zwar immer noch blass und innerlich aufgewühlt, gibt er Raum für seinen scharfsinnigen, nüchternen Verstand und mit gewohnt strenger und sicherer Stimme sagt er: »Läuft es auf eine Erpressung hinaus?«

»Nein … zumindest bis jetzt nicht«, antwortet Chris.

»Was will er denn dann? Er muss doch einen Grund haben für seinen Auftritt«, sagt Adrian mit inzwischen zorniger Stimme. Nichts ist mehr von seiner Bestürzung, die ihn eben noch erschüttert hatte, zu spüren … zur Überraschung von Judith und Chris.

Wie schnell Adrian sich wieder fasste und das Thema ziemlich scharf, mit einer Spur von Wut anging. So, als ginge es um ein alltägliches, mit rationalem, scharf kalkulierendem Verstand leicht zu lösendes Problem. Unglaublich. Chris fand, dass es gut war, dass nicht Adrian der Erstkontakt für ein tieferes Gespräch mit dem Anrufer war. Das wäre garantiert nicht so ruhig abgelaufen.

»Kannst du dir das denn nicht vorstellen?«, richtet nun Judith ihre Frage an Adrian. Ihrer Stimme ist anzumerken, dass sie Adrians scharfes Gebaren nicht goutiert.

»Außer einer erpresserischen oder vielleicht gar zerstörerischen Absicht kann ich mir absolut nichts vorstellen, nein.«

»Dann stell' dir doch mal ganz einfach vor, du erfährst im Alter von dreißig Jahren, dass du einen Bruder hast – einen Zwillingsbruder, den kennenzulernen dir bis dahin verwehrt blieb. Nicht aus Versehen, nicht aus einer Notwendigkeit heraus, sondern mit täuschender Absicht, um das Wort ›kriminell‹ einmal außen vor zu lassen. Was wäre dein erster Gedanke, Adrian«, spinnt Judith ein Szenario zusammen, um Adrians Empathie zu wecken. Doch der schweigt. Judith und Chris sehen sich verständnislos an.

»Was schaut ihr so. Bin ich jetzt der Sündenbock?«, fragt Adrian wütend.

»Es geht hier doch nicht um schuldig oder nicht schuldig. Fakt ist doch, dass wir ein Unrecht begingen und zwar voll wissentlich … wir alle drei. Aber, was ich nicht verstehe, Adrian, das ist deine Härte gegenüber anderen Menschen. Hast du denn kein Mitgefühl? Kannst du dich nicht in die Situation anderer hineindenken?«

Adrian lässt die Fragen unbeantwortet stehen und Chris fährt weiter. »Ich sage dir, was du in Petrows Situation tun würdest. Du würdest wissen wollen, wer dein Bruder ist. Du würdest ihn kennenlernen wollen. Du würdest erfahren wollen, warum Menschen so etwas tun. Ja, und mit ziemlicher Sicherheit würdest du auch wollen, dass die Menschen, die deiner Familie das angetan haben, bestraft würden.« Auch Chris ist jetzt ziemlich erregt und seine Stimme klingt entsprechend scharf.

Es folgt wieder kurzes Schweigen. Es ist Adrian, der das Schweigen bricht: »Auf - gar - keinen - Fall - darf er Eric treffen…«, sagt er, den ersten Teil seiner Warnung betont abgehackt, »… und erst recht nicht Angelika.«

Und schließlich, nach einer weiteren kurzen Pause, fragt er: »Und, wie soll es jetzt weitergehen? Ich habe immer noch keine Ahnung.«

»Ich werde ihn treffen«, antwortet Chris jetzt wieder gedämpfter.

»Wann?«

»Kommenden Samstag.«

»Wo? Mein Gott, Chris, lass dir doch nicht jedes Wort aus der Nase ziehen«, protestiert Adrian.

»Auf jeden Fall nicht hier in Rheinfelden und auch nicht in Lörrach.«

»Gut ich komme mit, egal, wo es stattfindet.«

»Nein, du kommst nicht mit.«

»Und warum nicht? Es betrifft mich genauso.«

»Du bist mir zu unbeherrscht. Ich will das erste Treffen nicht schon von vorneherein verderben, nur weil deine Aggression einen handfesten Streit heraufbeschwören könnte. Ich will hören, was Petrow verlangt. Ich will ihn kennenlernen. Und außerdem war ich es, der Geburtshelfer, der diese Entscheidung, die Babys zu vertauschen, getroffen hat. Ergo liegt die Verantwortung bei mir.«

»Aha, das heißt also, du gehst von mehreren Treffen aus«, konstatiert Adrian.

»Möglicherweise. Ich weiß es nicht. Aber ich nehme Judith mit. Nicht zum Gespräch, sondern nur als unsichtbare Begleitung. Ich gehe davon aus, dass auch Petrow nicht alleine kommt.«

»Okay, aber ich will sofort informiert werden«, fordert Adrian.

»Worauf du Gift nehmen kannst. Es ist unsere Sache und es bleibt auch unsere Sache. Und ich bitte dich, mit niemandem darüber zu sprechen.«

»Ich konnte schließlich dreißig Jahre meinen Mund halten«, sagt Adrian nun abfällig, »dann werde ich das wohl auch noch weiter können. Mit wem sollte ich auch reden? Sicher nicht mit Angelika. Warum also diese unnütze Bitte?«

Chris will etwas sagen, winkt aber mit einer wegwerfenden Handbewegung ab. Er kann sich nicht erinnern, mit seinem Bruder je in einen solch heftigen Streit geraten zu sein. Sicher, sie waren sich in der Vergangenheit nicht immer in jedem Diskussionspunkt auf Friede, Freude, Eierkuchen einig, doch bisher konnten sie Differenzen immer sachlich klären. Warum rastet er jetzt nur so aus? Er hat keinen Grund dazu. Chris steht auf. Wieder herrscht betretenes Schweigen. Er geht auf und ab, bleibt vor Adrian stehen und sagt mit ruhiger Stimme: »Adrian, ich möchte nicht, dass wir im Streit enden.«

»Ich auch nicht«, sagt Adrian zornig und steht ebenfalls auf, »deswegen werde ich mich jetzt auch verabschieden.«

Damit wendet er sich zum Gehen. Einen Moment verharrt er nochmals in der Bewegung, dreht sich langsam zu beiden herum und sagt mit leiser, dennoch drohender Stimme: »Diese Sache könnte unser aller Ruin bedeuten, vergesst das nicht!« Dann verschwindet er, lässt die beiden sprachlos zurück.

9

»Krieg«, meldet sich Johannes.

»Ich bin es, Adrian. Hallo Johannes.«

»Oha, mein Schwager, der Herr Doktor mit noblem Background«, reagiert Johannes etwas spöttisch. Johannes, Angelikas um zehn Jahre jüngerer Bruder, war schon seit jeher das schwarze Schaf der Familie. Schon in frühester Jugend drehte er gerne krumme Dinger und sein Strafregister ist mittlerweile ziemlich lang. Doch reichten seine Taten nie aus, ihn für längere Zeit als ein paar Tage festzusetzen. Ein Monat Arrest war bisher das höchste, das er bisher absitzen musste. Er war ein kleiner Ganove, nicht gefährlich und irgendwie auch liebenswert, wie Angelika ihn immer wieder vor Adrian in Schutz zu nehmen versuchte. Doch ihre Bemühungen waren umsonst, denn Adrian wollte mit dem Taugenichts, wie er ihn zu nennen pflegte, nichts zu tun haben. Er wurde und wird bei Kirchhofer-Familienfeiern auch regelmäßig übergangen.

»Was verschafft mir die Ehre deines Anrufes, liebster aller Schwager«, übertreibt er, denn Adrian ist sein einziger Schwager.

»Können wir uns sehen?«, fragt Adrian ohne Umschweife.

»Hoppla, da bin ich aber einigermaßen überrascht. Du wirst dir und deinen Prinzipien ja richtig untreu. Hast du was ausgefressen?«, fragt er leicht amüsiert.

»Können wir uns sehen?«, wiederholt Adrian seine Bitte.

»Okay, okay. Wann, wo?«

»Morgen, sagen wir um neunzehn Uhr im Wiesentäler Hof in Lörrach-Stetten. Ich lade dich zum Essen ein.«

»Oh, so bald schon und dann gleich noch zum Essen? Dann muss es ja schon etwas Wichtiges sein. Darf ich das Lokal denn nicht selbst auswählen? Ich würde es bevorzugen im Restaurant Kranz gepflegt zu dinieren.«

»Du und gepflegt«, spöttelt Adrian und Johannes kichert. Er weiß zu gut, dass Adrian sich nie mit ihm in einer Lokalität sehen lassen würde, in dem Seinesgleichen der besseren Gesellschaft verkehrt. Doch Johannes nimmt es ihm nicht übel. Wahrscheinlich würde er sich in seiner Lage ebenso verhalten. Er gehört schließlich zu der Gattung, die sich in andere hineinfühlen kann.

»Okay, ich werde da sein«, sagt er. Doch ohne einen abschließenden dummen Spruch kann er selten ein Gespräch beenden und so fügt er foppend hinzu: »Also lieber Schwager, ich muss jetzt auflegen. Hab noch zu tun. Muss nämlich meine letzte Beute verhökern«

Nur er und vielleicht noch seine Schwester wissen, dass er mit seinen achtundfünfzig Jahren in der Branche längst nicht mehr so aktiv ist, wie er zuweilen immer noch tut. Zu Angelika, die ihn immer wieder mal ins Gebet nahm, sagte er, dass er sich diesbezüglich zur Ruhe setzen wolle. »Zu anstrengend«, meinte er. Ja er ist ruhiger geworden, hat sogar seit gut drei Jahren einen richtigen Job und den möchte er gerne auch behalten.

*

Die beiden Schwäger sitzen sich im Wiesentäler Hof gegenüber. Johannes hat immer noch den spitzbübischen Ausdruck in seinen grünen Augen. Seine unzähmbaren rotbraunen, inzwischen leicht grau durchwirkten Locken, die schon immer irgendwie ungekämmt wirkten, erhalten jede Freiheit. Ebenso hält er auch nichts davon, seinen Bart gepflegt in Form zu stutzen. Er wirkt nur einfach unrasiert, also alles andere, als ein gefällig gestutzter Bart. Sich an das Bild von diesem Ilja, also seinem eigentlichen Sohn, erinnernd, sieht Adrian den ersten Eindruck, dass eine gewisse Ähnlichkeit zwischen beiden nicht zu verleugnen sei, erschreckend bestätigt.

Johannes genießt sichtlich sein Rumpsteak. Er lächelt verschmitzt.

»Na, schieß los«, will er endlich wissen, »was treibt dich dazu, dich mit einem Minderen wie mir einzulassen?«

Die Minderen nannte man früher im zweigeteilten Basel die Unterschicht des Kleinbasel oder auch des minderen Basel, während die Oberen in Großbasel lebten.

»Du willst doch sicher auf meine Erfahrungen aus meinem früheren Business zurückgreifen.«

»Ich brauche eine Personenüberwachung.«

»Eine Personenüberwachung, aha. Und wer soll überwacht werden?«

»Es handelt sich um einen jungen Mann, etwa in Erics Alter. Ich möchte gerne wissen, wo und wie er lebt. Was für ein Typ er ist? Gibt es dunkle Seiten in seinem Leben; du weißt schon, alles, was zu einer Beschattung dazugehört?«

»Mit den dunklen Seiten meinst du wohl, ob er eventuell in meiner früheren Branche aktiv ist?«

»Ein Zwielichtiger, ja.«

»Immer gepflegte Ausdrucksweise, der Herr Doktor«, spöttelt Johannes und will schließlich wissen: »Wie und wo sollen wir wen aufspüren?«

»Was heißt hier ›wir‹? Du, natürlich.«

»Ja glaubst du, ich arbeite bei einer Beschattung alleine? Ich habe ja schließlich einen anständigen Job, bin also nicht jederzeit abkömmlich, tja und ich kann natürlich nichts mehr riskieren, bin ja schließlich nicht mehr der Jüngste. Muss jetzt schon auf meinen Lebensabend hinarbeiten. Aber ich habe natürlich Freunde die arbeiten gerne noch in einem Job, in dem sie in kurzer Zeit mit überschaubarem Aufwand gutes Geld verdienen können.«

»Ja, vielleicht ist es gut, wenn du gar nicht in Erscheinung trittst. Schließlich kennt man dich … in unserer Familie.«

»Oh, jetzt wird's spannend. Hört sich an wie eine richtig geile Nummer; eine krumme Sache unter anständigen Leuten«, stellt Johannes amüsiert fest. »Also lass' uns ins Detail gehen.«

»Heißt das, wir kommen ins Geschäft? Nimmst du den Job an?«

»Sagen wir es mal so. Ich bekunde eben Bereitschaft dazu. Definitiv wird es erst, wenn ich Konkretes weiß. Zum einen, um wen und um was genau es geht und schließlich, warum soll etwas getan werden? Und dann natürlich, was dir die Arbeit guter Leute in der Branche wert ist. Meine Freunde arbeiten schließlich nicht just for fun«, präzisiert Johannes und fügt hinzu, »und … ich will alles wissen. Keine ungenauen, diffusen Angaben, keine Geheimnisse. Also offene Karten, denn wir arbeiten nicht gerne im Dunkeln. Wir wollen wissen, worauf wir uns einlassen. Wir haben schließlich einen Ruf zu verlieren.«

»Ruf, dass ich nicht lach'«, kontert Adrian abfällig.

»Nenn' es meinetwegen Ganovenruf, aber Ruf bleibt Ruf und den versaut sich keiner gerne.«

Johannes betrachtet seinen Schwager mit steigendem Amüsement, sich dennoch immer mehr wundernd. Nicht nur darüber, dass er sich mit ihm dem schwarzen Schaf der Familie seiner Frau einlässt, zumal er ja bisher jeden Kontakt tunlichst vermied, sondern auch darüber, dass es da wohl auch eine dunkle, nicht ganz so rechtschaffene Seite geben muss. Und dass sich ausgerechnet einer, der sich vermutlich eben gerade nicht in steril sauberem Wasser bewegt, sich über seinen Ruf abfällig äußert, findet er schon ziemlich anmaßend.

»Mal sehen, Adrian …«, beginnt Johannes deshalb, »welch edler Bestand dein Ruf dann noch hat, nachdem du mir deine Geschichte erzählt hast. Vielleicht gibt es im alten Säckinger Geschlecht Kirchhofer künftig auch ein Schäfchen, das den Pfad der Tugend verließ.«

Dumm ist er nicht, dieser Nichtsnutz von Schwager, das muss Adrian im Innern neidlos anerkennen, denn er versteht sich auszudrücken. Aus dem hätte man sicher etwas Gescheites machen können, wenn man nur früh genug damit angefangen hätte. Das geht ihm bei dessen Worten durch den Kopf.

Doch dann sagt er ärgerlich: »Lass meine Vorfahren bitte aus dem Spiel … Also, die Sache ist mir 5000 Euro wert. Bei Abschluss, je nachdem, wie erfolgreich, werden nochmals fünf Mille fällig.«

»Plus etwaiger Spesen und bar auf die Kralle?«

»Plus Spesen und Bar auf die Hand, ja«, versucht Adrian es etwas vornehmer auszudrücken.

»Nicht schlecht, Herr Specht«, sagt Johannes anerkennend, indem er seinen Kopf hin und her wiegt. Doch er kann es nicht lassen und feixt: »Ich stelle dir dafür dann eine Spendenbescheinigung aus, dann kannst du den Betrag bei der Steuer absetzen.«

»Kannst du auch mal ernst sein? Der Situation angemessen ernst?«, fragt Adrian, über Johannes' albernes Benehmen etwas verärgert.

»Okay, Ernst wie Otto … du sagtest bei Abschluss … also bei erfolgreichem Abschluss … hm?«, sagt Johannes etwas nachdenklich. »Das klingt fast schon ein bisschen wie … dass schlimmstenfalls jemand ausgeschaltet werden muss, hab' ich recht?«, wobei glauben mag er es nicht so richtig … nicht im Falle Adrian. Der würde doch nie einen Mordauftrag erteilen.

»Schlimmstenfalls!«, antwortet Adrian knapp, denn aussprechen mag er den schlimmsten Fall nicht. ›Wohin bewegst du dich Adrian‹, denkt er nervös.

»Nein«, sagt Johannes.

»Was nein?«

»Das ist eine Spur zu heikel. So etwas ist nicht in meinem Angebot enthalten.«

»Ich sagte ja nur schlimmstenfalls. Die letzte Entscheidung liegt bei dir … oder eben bei deinem Helfer, der vielleicht eher in diesen Schuh hineinpasst.«

»Aha, klingt in etwa wie ›ich wasche meine Hände in Unschuld‹, denn die Entscheidung liegt ja schließlich bei mir.« Johannes hat kein gutes Gefühl dabei. »Willst du mir nicht endlich verraten, in was du da reingeraten bist?«

Adrian zögert einen Moment, dann gibt er nach. »Okay, aber ich brauche deine Zusicherung absoluter Diskretion.«

»Die hast du, sofern du überhaupt einen Deut auf die Zusicherung eines kleinen Ganoven gibst.«

»Die Sache ist ziemlich heikel und sie könnte unsere Familie ruinieren … und die Familie ist ja auch deine Schwester … und ich kann mir nicht vorstellen, dass du sie gerne ruiniert sehen würdest … davon gehe ich zumindest aus.«

Jetzt wird auch Johannes, angepasst an die delikate Situation, allmählich ernster.

»Es begann vor dreißig Jahren«, beginnt Adrian angespannt seine Erzählung. Er stochert nervös in seinem Teller. »Angelika lag seit vielen Stunden im Krankenhaus in ihren Wehen und es ging nicht vorwärts. Wir alle waren der Erschöpfung nahe. Und du kennst ja ihre Geschichte von den vier erfolglosen vorherigen Schwangerschaften.«

Johannes wird immer aufmerksamer und lauscht gespannt der Erzählung seines Schwagers. Als er die letzte, schreckliche Wahrheit erfährt, sitzt er mit offenem Mund da und stoppt in der Bewegung, die gefüllte Gabel in eben diesen zu schieben. Er setzt die Gabel wieder im Teller ab.

»Angelika wäre zugrunde gegangen«, beendet Adrian die Geschichte und schaut ziemlich bedrückt in seinen Teller. Es folgt im Moment eine erdrückende Stille, denn diese Nachricht hat auch Johannes schwer getroffen.

Dann bricht er das Schweigen: »Wow, das ist in der Tat ein ziemlich harter Brocken … Und, Angelika hat überhaupt keine Ahnung? Hat nie einen Verdacht geschöpft?«, fragt er erstaunt.

»Nein. Sie hat ihrem Sohn alle erdenkliche Liebe geschenkt. Wieso sollte sie auch Verdacht schöpfen … sie war ja schließlich bei der Geburt selbst bei vollem Bewusstsein anwesend«, antwortet Adrian sarkastisch.

»Aber … Eric ist doch immer seiner Andersartigkeit wegen aufgefallen. Er ist doch so etwas wie eine Ausnahme in seiner ganzen Erscheinung … seine dunklen, ja fast schwarzen Augen und Haare und … vor allen Dingen seine Körpergröße … die passt doch weder in deine noch in unsere Familie.«

»Hast *du* vielleicht Verdacht geschöpft?«, stellt Adrian die Gegenfrage.

»Nein. Du hast Recht. Ich habe mich zwar gewundert, aber es gibt ja immer wieder mal Ausnahmen in Familien. Oft reichen vererbte Merkmale zurück in die früheste Vergangenheit … noch weiter zurück, als zu Lebzeiten des Trompeters von Säckingen; Zeiten an die sich keiner erinnert und von der es keine Aufzeichnungen gibt«, sinniert Johannes und schüttelt den Kopf, von der Nachricht immer noch bewegt, als könne er das alles nicht glauben.

Die Anspielung auf den Trompeter von Säckingen, die Johannes schon früher immer wieder gerne auftischte, lassen Adrians Augen genervt kreisen. Johannes weiß zu gut, dass er Adrian damit reizen kann. Und er weiß aber auch, er hat sich schließlich informiert, dass es sich beim Trompeter nur um eine Erfindung des Dichters Scheffel handelt. Der nämlich war von der Person Franz Werner Kirchhofer des 17. Jahrhunderts aufgrund seiner Liebe zur Adligen Maria Ursula von Schönau so sehr angetan, dass er zum Schreiben inspiriert wurde. Aus für Adrian unerklärlichem Grund scheint Johannes diese Geschichte zu amüsieren und wert zu sein, bei jeder sich bietenden Gelegenheit, ob passend oder nicht, erwähnt zu werden. Vielleicht einfach nur, um die noble Herkunft seines Schwagers etwas zu verhohnepiepeln. Doch außer des durch Mimik gezeigten Unmuts, will Adrian sich zu dieser Sache ohne Belang, nicht äußern. Stattdessen stimmt er Johannes nur einfach zu:

»Eben genau. Soviel ich weiß war Maria Ursula von Schönau ein ziemlich dunkler Typ. Da kann es schon sein, dass über Generationen hinweg besonders auffallende Merkmale, wie Augen- und Haarfarbe oder Körpergröße, die sich von den Nachkommen total unterscheiden, erneut auftauchen. Es ist sogar schon vorgekommen, dass in eine weiße Familie plötzlich ein schwarzes Kind geboren wurde, ohne dass die Mutter mit einem Schwarzen liiert war, dafür aber die Großmutter oder Urgroßmutter. Aber egal, wie auch immer, ich will auf keinen Fall, dass der andere Kontakt mit Eric aufnimmt … auf gar keinen Fall, hörst du?.«

»… um auf den ›schlimmstenfalls erfolgreichen Abschluss‹ zurückzukommen!«, folgert Johannes und zieht eine Braue hoch.

Adrian schaut nur stumm vor sich hin.

»Für meinen Kumpel wäre diese Nummer nicht zu groß. Er hat schon als Auftragskiller gearbeitet, ist absolut zuverlässig und er ist ein ganzer Kerl«, fährt Johannes fort, »ich meine ja nur … für den schlimmsten Fall.«

Er wiegt immer noch seinen Kopf unter dem Eindruck des Gehörten hin und her. Diese Informationen haben ihn schon ganz schön mitgenommen. Er hätte mit allem gerechnet, aber doch nicht mit so etwas.

»Aber sag', was ist aus eurem richtigen Sohn geworden? Weiß man das?«

»Er starb vor genau zehn Jahren. Vermutlich hatte er einen Herzfehler. Ich weiß es nicht so genau. Eines weiß ich aber, denn Chris erhielt ein Foto, dass sich eine gewisse Ähnlichkeit zwischen ihm und dir nicht von der Hand weisen lässt.«

»Oh«, sagt Johannes mit hochgezogenen Augenbrauen, »soll ich mich jetzt geehrt fühlen? Aber ... hm, wenn ich mir das mal so plastisch vorstelle ... dein Sohn und ich ... aus einem Strickmuster, ha ha ...« Er, der sich vom ersten Schock relativ schnell erholt hatte, kostet für einen Moment die gedankliche Vorstellung aus, dass der echte kleine Eric, wenn auch mit einem Down-Syndrom gestraft, ihm, dem schwarzen Schaf der Familie, ziemlich stark ähnelte. Er grinst bei diesem Gedanken. Mehr zu sich selbst als zu seinem Gegenüber sagt er: »Täglich wäre mein Schwager, der den Umgang mit mir tunlichst vermied, mit meinem Gesicht konfrontiert gewesen«, und zu Adrian gewandt: »Diese Vorstellung ist doch irgendwie verrückt, nicht wahr? Aber sie gefällt mir.«

Adrian winkt verächtlich ab und bittet Johannes erneut um den nötigen Ernst.

»Und warum erst jetzt ...«, nimmt Johannes den Faden wieder auf, »ich meine... warum kommt jetzt nach dreißig Jahren diese ganze Sache ans Licht? Warum hat Erics Bruder sich nicht schon früher gemeldet und hat stattdessen so lange gewartet?«

»Was weiß ich? Vielleicht ist er jetzt durch irgendeinen Umstand dahinter gekommen. Wir werden es noch erfahren. Chris wird sich mit ihm treffen ... jetzt am Samstag.«

»Aha, und wo genau treffen sie sich?«

»Siehst du, da beginnt nun deine Detektivarbeit. Chris wollte es mir nicht sagen. Das heißt bei Chris' Haus in Rheinfelden muss die Beschattung beginnen, bis zum Treffpunkt.«

»Okay«, sagt Johannes, »Ich übernehme den Fall, zusammen mit meinem Kumpel. Ich mache das aber nicht für dich. Ich mache es für meine Schwester.«

»Damit kann ich leben«, erklärt Adrian. Dann sieht man beide eine Stunde lang mit zusammengesteckten Köpfen die Details des Planes ausbaldowern.

10

Nach einer anstrengenden Zeit des beruflichen Engagements, haben Eric und Agnetha endlich wieder einmal Zeit füreinander. Sie verabredeten sich zu einem Relax-Wochenende in Erics im Loftstil gebauter Wohnung. Einfach mal in den Tag leben, nichts tun, außer genießen. Eric hatte groß eingekauft und sie wollen später gemeinsam etwas à la Gourmetküche zubereiten. Doch zuvor ist Wellness angesagt: baden, sich gegenseitig massieren und ... sich natürlich lieben. Sie haben sich so sehr nacheinander gesehnt, dass sie liebestrunken versinken.

Als sie zusammen in der großzügigen runden Wanne liegen und Champagner schlürfen erzählen sie sich, was sie, außer der gegenseitigen Sehnsucht, in letzter Zeit sehr bewegte.

»Ich war gestern kurz zu Hause und ... ich weiß nicht, wie ich es erklären soll ... die Stimmung, ganz speziell bei meinem Vater, war elektrisch aufgeladen. Man könnte sagen hochexplosiv. Er wirkte nervös, nein gereizt ... und als ich ihn fragte, was ihm denn über die Leber gelaufen sei, war er ziemlich ungehalten. Er meinte, dass jeder doch das Recht habe, sich einmal nicht so zu fühlen, und ob ich denn immer Strahlemann sei, der keine düsteren Tage kenne. Es war mir, als ginge er mir aus dem Weg. Als ich meine Mutter fragte, ob etwas vorgefallen sei, zuckte sie nur mit den Schultern. Seit dieser Woche sei er unleidlich und sie könne es sich nicht erklärten. Sie hätten keinen

Streit gehabt, nichts. Er sei öfter alleine weggegangen, ohne zu erklären wohin, was eigentlich ganz und gar nicht seine Art ist. Ich bin dann gegangen. Hatte wirklich keine Lust diese miese Stimmung mitzumachen. Außerdem …«, Eric lächelt, haucht Agnetha einen Kuss über seine flache Hand zu, »… außerdem habe ich mich auf unser gemeinsames Wochenende gefreut und das wollte ich mir nicht mit schlechter Stimmung vermiesen lassen.«

Agnetha erwidert den gehauchten Kuss und meint, dass es sich sicher bald wieder einrenken werde. Dass er, Eric, seinem Vater die Zeit lassen solle, diese persönliche Krise, und das scheint es zu sein, zu überwinden. Eric konnte nicht ahnen, dass diese Krise im weiteren Sinne mit ihm zu tun hatte, und dass in diesem Moment sein Onkel den schwersten Gang seines Lebens angetreten hat.

*

Judith und Chris saßen wie auf Nadeln, hielten es zu Hause nicht mehr aus und sind ziemlich früh zu diesem Treffen aufgebrochen. Beide haben sie nicht gemerkt, dass sie, seit sie in ihrem saphirschwarzen BMW530D die Auffahrt zu ihrem Anwesen verließen von einem sattroten Ford Capri verfolgt wurden.

*

Mittlerweise sind sie schon kurz vor Bad Säckingen. Chris wirkt blass und Judith, die am Steuer sitzt legt beruhigend ihre Hand auf die seine, die auf seinem Oberschenkel ruht. Er blickt zu ihr hinüber und lächelt müde. Er hat in letzter Zeit nicht viel geschlafen. Immer wieder schreckte er schweißgebadet aus dem Schlaf hoch. Nächtelang lief er auf und ab, fand keine Ruhe mehr. Er ist so dankbar, Judith an seiner Seite zu haben. Sie ist so ruhig, so besonnen, so ausgleichend.

Bei der letzten Zusammenkunft mit seinem Bruder hatte er sich über Adrian ziemlich geärgert. Adrian war immer schon der härtere Typ von beiden.

»Das hat er vom Vater«, sagte Mutter damals immer. Aber diese Eiseskälte, die er bei der Eröffnung der sich anbahnenden Tragödie demonstrierte, hatte Chris schockiert und abgeschreckt. Man kann doch Erics Bruder keinen Vorwurf machen, dass er die Wahrheit wissen will. Er hat doch nichts verbrochen, so dass man über ihn abwertend urteilen könnte. Bis jetzt hat er ja auch nicht gedroht. Er sagte doch nur, dass er Klarheit möchte. Er möchte wissen, was Leute bewegt, so etwas zu tun. Immerhin wurde seiner Familie durch die Existenz eines behinderten Kindes großes Leid zugefügt. Warum hatte er, der Arzt, damals, als er diese Entscheidung traf, nicht auch daran gedacht? Wie konnte er sich damals zu dieser Tat hinreißen lassen? Doch im selben Moment, als er sich diese Frage stellt, sieht er vor seinem geistigen Auge wieder Adrians flehenden, hilflosen Blick auf sich gerichtet, so als wäre es erst gestern passiert. Würde er wieder so reagieren, wenn er vor dieser Situation stünde?

Offen bleibt natürlich nach wie vor, wie sie, wenn Petrow denn die Wahrheit kennt, weiter verfahren wollen. Er wird seinen Bruder wahrscheinlich kennenlernen wollen. Das ist ja mehr als natürlich. Und … wird er darauf bestehen, dass dieses Unrecht gesühnt wird? Chris wird schlecht bei diesem Gedanken. Ihrer aller Leben wäre ruiniert und … mein Gott, Eric und auch seine Kinder würden jede Achtung vor ihm, Judith und Adrian verlieren.

Sie erreichen das schöne Städtchen Bad Säckingen, das Chris schon immer sehr liebte. Doch er sieht die Schönheiten dieses pittoresken Städtchens nicht. Warum hatte Petrow gerade diese Stadt für ein Treffen ausgesucht? Warum ausgerechnet die Stadt seiner Vorfahren? Hatte er sich etwa über die Kirchhofers vorab informiert, um der Sache einen spektakulären Anstrich zu geben?

Sie stellen das Auto auf dem Festplatz unweit der Holzbrücke ab. Von da aus kommen sie direkt über den Hotzenweg auf den Rheinuferweg, der zur Holzbrücke führt. Sie sind noch sehr früh dran und bleiben daher noch im Auto sitzen. Draußen ist es eisig kalt, wenn auch an diesem Tage die Sonne scheint. Doch es weht ein eisiger Wind und am Horizont in Richtung Schwarzwald hängen schon schwere Wolken, die ankünden, dass es nicht mehr allzu lange sonnig bleiben wird. Chris fröstelt, sein Inneres ist aufgewühlt. Er hat Angst.

Der rote Ford steht unweit des Kirchhoferautos. Am Steuer sitzt Sepp, ein etwa 40jähriger rothaariger, rotbeschnauzter, leicht untersetzter Bursche und ausgemachter Liebhaber alter Autos. Neben ihm sitzt Johannes, der sich eine dunkelgrüne Wollmütze übergezogen hatte. Er ist nicht minder aufgeregt, als Chris, der unweit von ihnen in seinem Auto sitzt. Die Sache mit den Zwillingen hatte er noch nicht richtig verdaut.

»Das'n Ding, mein lieber Scholli«, sagte er immer wieder vor sich hin, nachdem er sich von Adrian getrennt hatte. Chris tut ihm nun fast ein bisschen leid, denn er kann sich sehr gut vorstellen, was nun in ihm vorgeht. ›Bin gespannt, wie das ausgeht‹, denkt er sich, während er sich in seine kalten Hände haucht.

Seinem Kumpel Sepp hatte er nicht die ganze Wahrheit gesagt. Er wollte vorsichtig sein. Schließlich betrifft es die Familie seiner Schwester und, Beziehungsstress hin oder her, ein Skandal ist nun wirklich auch nicht in seinem Sinne. Er erzählte Sepp nur, dass es sich beim Überwachungsobjekt um einen Ganoven handelt, der eine renommierte Familie wegen einer früheren Sache, über die längst schon Gras gewachsen sei, erpressen will und dass ihrer beider Aufgabe es nun sei, ihn zu beschatten, herauszufinden, wo er wohnt, was er sonst noch treibt, einfach alles, und falls nötig, auch eine harte Gangart eingeschlagen werden müsse, je nachdem ob der Kerl Einsicht zeige oder nicht.

*

Eben kommt Silke am Steuer ihres silbernen Audis von der Waldshuterstraße hergefahren und parkt den Wagen in einer Seitengasse in der Nähe des Münsterplatzes.

Boris sitzt schweigend neben ihr total in Gedanken versunken. Ihm ist ganz mulmig ums Herz, denn jetzt geht es aufs Ganze. Einen Brief zu schreiben, oder einmal anzurufen ist eine Sache. Aber jemandem von Angesicht zu Angesicht gegenüberzustehen, eine weit kompliziertere, Mut erfordernde.

Silke blickt liebevoll zu ihm hinüber und legt ihre Hand auf seine Schulter. Sie lächelt: »Es wird schon alles gut gehen. Im richtigen Moment werden dir die richtigen Worte einfallen.«

Boris erwidert ihren Blick und lächelt bedrückt zurück. Wie oft hat er alles in Gedanken durchgespielt. Er hat sich alles, was er sagen will zurechtgelegt. Doch er weiß auch, dass es meist anders kommt, als man sich innerlich vorstellt. Der andere hat ja auch etwas zu sagen, schließlich fordert er, Boris, ihn dazu auf. Doch auch der andere wird sich etwas zurechtgelegt haben. Dann muss man darauf eingehen können und die eigene vorbereitete Rede ist ruckzuck vergessen. Auf der anderen Seite will *er* ja die Gründe erfahren, die zu dieser Straftat führten. Somit ist *er* ja eigentlich auf der Zuhörerseite und daraufhin kann man sich ja schließlich nicht vorbereiten. Dennoch muss er irgendwann ja mal etwas sagen.

Es nutzt nichts, dass er sich in Gedanken Mut zuspricht, denn da ist ja noch die Angst, dass das Gespräch ausufern könnte. Vielleicht werden plötzlich Aggressionen freigesetzt. Aber er hat sich doch nichts vorzuwerfen. Er und seine Familie sind doch die Geschädigten. Es gibt doch gar keinen Grund, auf ihn wütend zu sein, nur weil er zufällig dahinterkam … nur weil er herausgefunden hatte, dass vor dreißig Jahren ein Unrecht geschah. Er hatte aber auch die Wahl und hätte alles auf sich beruhen lassen können.

Dreißig Jahre wusste er schließlich nichts davon. Nein, nein, nein, er ist es sich und seiner Mutter schuldig, meldet sich gleich die innere Gegenstimme zu Wort. Er atmet tief durch.

*

Es ist 16:45h – die Wolken, die sich am Horizont zeigten, ziehen langsam näher. Chris fröstelt. Dann öffnet er die Wagentür, blickt nochmals zu Judith. Sie nickt ihm zu: »Ich komme nachher auf Distanz nach, bleibe aber unsichtbar, versprochen.«

»Ist gut, Liebling«, erwidert Chris, schlägt die Autotüre zu, zieht seinen Schal enger um den Hals und stellt den Kragen seines dunkelblauen Mantels hoch. Während des Gehens stülpt er sich seine Lederhandschuhe über, dann beschleunigt er seinen Schritt, strebt dem Rheinuferweg zu.

Unbemerkt folgen ihm Sepp und in geringem Abstand Johannes, der seine Mütze nun ganz tief ins Gesicht zog, nicht nur, um sich gegen die Kälte zu schützen. Noch weiter zurück folgt Judith.

Ansonsten ist die Gegend fast menschenleer. Diese frostigen Temperaturen und der eisige Wind, der jetzt peitscht, halten die Leute wohl in der warmen Stube. Chris läuft jetzt in mäßigem Tempo. Nur ein einziger Fußgänger, ein älterer Herr, der seinen Hut tief ins Gesicht gezogen hatte, an der Leine einen kleinen Hund, kommt ihm entgegen. Er geht eiligen Schrittes, die Schultern hochgezogen, die Arme eng angelegt, seinen Blick vor sich auf den Boden gerichtet, um dem eisigen Wind nicht zu viel Fläche zu bieten. Er beachtet Chris nicht, und schon ist er vorüber.

Etwa zehn Meter von der Brücke entfernt, entdeckt er einen großen schlanken Mann, der von der Gegenseite auf die Brücke zukommt.

Chris verlangsamt unmerklich sein Tempo. ›*Das ist er, oh mein Gott, das ist er*‹, durchzuckt es ihn. Er wischt sich mit der rechten Hand über die Stirn. Plötzlich spürt er für einen kurzen Moment die Kälte nicht mehr. ›*Was hast du getan, Chris? Was hast du nur getan*?‹, denkt er, als wäre ihm die Tragweite seiner Tat erst jetzt, da er den großen schlanken Mann vor sich sieht, richtig bewusst geworden.

Die Minute, die jetzt vergeht, scheint eine Ewigkeit zu dauern. Immer klarer werden die Konturen des jungen Mannes und dann steht er vor ihm. Er muss hochblicken, um in sein Gesicht sehen zu können. Wie er in dessen Augen blickt, bleibt ihm das Herz schier stehen. Mein Gott, diese Augen. Dann reicht er Boris die Hand und fragt der Form halber: »Boris Petrow?«

»Ja«, Boris hat den Schreck in Kirchhofers Augen sehr wohl wahrgenommen, kann ihn aber noch nicht zuordnen.

»Guten Tag Herr Kirchhofer. Schön, dass Sie sich die Zeit genommen haben, sich mit mir hier zu treffen«, sagt Boris, obwohl ihm bewusst ist, dass er Kirchhofer gar keine andre Wahl ließ, so forsch hatte er dieses Treffen gefordert.

Chris schluckt einen Moment. Eben hatte Eric zu ihm gesprochen, nicht ein Fremder. Unglaublich. Die beiden gleichen sich wie ein Ei dem anderen. Darüber konnte auch der kurze Bart nicht hinwegtäuschen. Und dieser junge Mann bedankt sich. Chris ist verwirrt. Er ist ehrlich und sagt: »Dieser Gang ist mir sehr schwer gefallen, Herr Petrow.«

»Ich bin auch nicht gerade leichtfüßig hierher gesprungen«, versichert Boris ihm. »Es ist nicht gerade eine alltägliche Situation.«

»Nein, das ist es nicht«, gibt Chris ihm Recht. Irgendwie mag er diesen jungen Mann. Vielleicht auch deswegen, weil er Eric sehr liebt. »Wollen wir ein paar Schritte gehen?«, fragt Chris, denn ihm ist kalt. Beide gehen dann langsam in die Richtung aus der Boris gekommen war.

»Nun Herr Kirchhofer, jetzt würde ich gerne die Geschichte hören, wie es damals dazu kam, dass ich von meinem Bruder getrennt wurde ... die ganze Geschichte bitte«, beendet Boris das Begrüßungsgeplänkel.

Dann erfährt er von Kirchhofer die ganze Wahrheit, wie sich damals alles zugetragen hatte. Chris lässt nichts aus, dichtet auch nichts hinzu. Immer wieder bleiben sie stehen und gehen dann wieder langsam weiter.

Boris schweigt, hört erst einmal nur zu, bevor er Fragen stellt oder Kommentare abgibt. Es trifft ihn tief im Herzen. Silke, die am oberen Treppenabsatz wartet, sieht die beiden nun direkt unter sich auf dem Rheinuferweg stehen. Sie versucht etwas zu verstehen, aber die beiden sprechen so leise, dass sie absolut nichts verstehen kann. Sie kann nur beobachten, wie einmal Kirchhofer und dann wieder Boris immer im Wechsel sprechen und es ist nur wie ein Gemurmel vernehmbar. Sie selbst wird von keinem der beiden bemerkt, so sehr sind sie ins Gespräch vertieft.

Nun entfernen sie sich wieder und sind auf dem Weg zurück zur Brücke, da bleibt Kirchhofer plötzlich stehen und blickt Boris in die Augen und sieht die Tränen darin. Boris musste während des Erzählens, stumm geweint haben, wohl weil er dabei immer an seine geliebte Mutter dachte. Er gab seine Kommentare zwar immer mit ruhiger und fester Stimme ab, nie hatte er geschluchzt oder mit vibrierender Stimme gesprochen, so dass Chris bis anhin immer überzeugt war, Petrow stünde sehr selbstbewusst und sicher über allem. Er ist gerührt.

Inzwischen ist es dunkel geworden, der Himmel zog sich immer mehr zu und die Kälte kriecht nun in alle Knochen.

»Es tut mir unendlich leid, Herr Petrow. Wenn ich könnte, ich würde alles ungeschehen machen, und ich weiß, dass nichts auf der Welt einen Ausgleich für ein zerstörtes Leben schaffen kann«, sagt Chris tief bewegt. »Doch ich würde gerne etwas für Sie tun, denn ich sehe, dass es Ihnen nicht darauf ankommt, einen Skandal heraufzubeschwören, obwohl Sie jeden Grund dazu hätten. Bitte sagen Sie mir noch, wie es Ihrer Mutter geht? Haben Sie ihr davon erzählt?«

»Meine Mutter ist vor gut drei Wochen schwer krank verstorben. Ich bin erst während ihrer letzten Tage auf die ganze Sache aufmerksam geworden – rein zufällig, aufgrund eines Zeitungsfotos. Ich habe ihr nichts erzählt, zumal ich noch keine Gewissheit hatte. Doch wahrscheinlich hätte ich sie trotzdem, so kurz vor ihrem Ableben nicht mehr damit konfrontiert. Sie sollte in Frieden sterben dürfen.«

Dann erzählt Boris seine Lebensgeschichte. Chris erfährt, wie Boris' Vater die Familie verließ und dass Boris für seinen behinderten Bruder da sein musste. Dass er aufgrund dieser familiären Konstellation nie die Möglichkeit erhielt, eine höhere Schule zu besuchen oder gar zu studieren, obwohl seine geistigen Anlagen ihn dazu befähigt hätten. Er erfährt, dass Boris' Mutter, als wäre alles bisherige nicht schon genug gewesen, schwer erkrankte, und wie dieser gebeutelte junge Mann weiterhin eine schwere Aufgabe zu erfüllen hatte.

Es ist eine Geschichte, die nun ihrerseits das Herz von Chris berührt, so dass nun auch er den Tränen nahe ist. Er weiß, dass er kein Erbarmen verdiente. Das, was er hier von Boris zu hören bekam, erschüttert ihn zutiefst und es schmerzt ihn, dass er den größten Teil der Verantwortung für dieses Schicksal mitträgt. Beide schweigen einen Moment. Es scheint, als müssten sie das, was sie erfuhren erst einmal verdauen.

»Ich würde gerne mit Ihnen besprechen, wie es nun weitergehen soll. Wenn ich etwas gut machen kann, dann insofern, dass ich zumindest Sie unterstütze. In der Zeit zurückgehen können wir beide leider nicht mehr … und glauben Sie mir, ich würde nichts lieber tun als das. Ich schäme mich so sehr.«

Angesichts der Kälte, die erbarmungslos in seine Glieder kriecht, dass es förmlich schmerzt, schlägt er vor: »Herr Petrow, es ist schon nach sechs Uhr und es ist eisigkalt. Wollen wir an dieser Stelle unser erstes Treffen beenden. Ich würde gerne nochmals einen Termin mit Ihnen wahrnehmen, vielleicht in einer nicht so unwirtlich kalten Umgebung. Wären Sie einverstanden?«

Boris nickt nur stumm. Er schaut in Chris' Augen und entdeckt, wie sein Gegenüber mit all dem, was sich in der letzten Stunde zwischen ihnen abspielte, schwer zu knabbern hat. Er spürt die Sympathie, die beide, trotz dieser schwerwiegenden, schicksalshaften Geschichte, füreinander empfinden.

»Wollen wir uns nächsten Samstag, wieder um die gleiche Zeit, hier in Bad Säckingen verabreden?«, fragt Boris.

Chris ist mit dem Vorschlag natürlich einverstanden und bestätigt ihn: »Gut, nächsten Samstag …«, er überlegt einen Moment und fährt weiter, »… im Restaurant, Schützengarten? Es ist ein schönes Restaurant mit gemütlichem Ambiente und man isst dort auch hervorragend.«

Boris nickt und sagt: »Bis nächsten Samstag im Schützengarten«, und reicht Kirchhofer die Hand, um sich zu verabschieden.

Bevor sie sich trennen, fällt Chris noch etwas ein, das ihn schon zu Beginn des Treffens beschäftigte: »Übrigens, Herr Petrow, was mich noch interessiert:

wie kommen Sie ausgerechnet auf Bad Säckingen? Kennen Sie unsere Familiengeschichte?«

»Mittlerweile ja, doch bis anhin kannte ich sie nicht. Der Vorschlag kam, weil ich weder an ihrem noch an meinem Wohnort mit Ihnen zusammentreffen wollte. Und in Säckingen kenne ich mich ziemlich gut aus. Als Sie damals dann sagten, Sie würden die Stadt Ihrer Vorfahren sehr wohl kennen, dachte ich, dass es dann ja ein idealer Platz für ein Treffen sei. Anschließend habe ich mich natürlich im Internet schlau gemacht und nach Kirchhofer in Säckingen gesucht, und so bin ich auf Ihre rühmlichen Vorfahren gestoßen.«

»Nun, Sie haben Recht, es ist ein guter Platz für ein Treffen«, bestätigt Chris.

»Noch eine einzige Sache, die *mich* noch beschäftigt, Herr Kirchhofer: ich würde gerne meinen Bruder kennenlernen.«

Chris bleibt bei diesem geäußerten Wunsch fast das Herz stehen. Das war genau die Frage, vor der er sich am meisten fürchtete, denn er weiß, dass Adrian mit allen Mitteln versuchen würde, ein Treffen zu verhindern. Er weiß, dass ihm damit die schwierigste Aufgabe bevorsteht und so sagt er: »Lassen Sie uns dafür noch etwas Zeit. Ich muss erst einmal ihn und seine Mutter vorbereiten. Jetzt sind ja erst wir gerade dabei, *uns* kennenzulernen.«

»Es eilt nicht. Ich habe dreißig Jahre nichts von ihm gewusst, ich kann nun auch noch ein paar Wochen, meinetwegen auch ein paar Monate warten, wobei ich gestehen muss, dass ich schon neugierig bin.«

»Selbstverständlich Herr Petrow … ich verstehe das … aber«, Chris lächelt bei den nächsten Worten, »Sie müssten eigentlich nur vor einen Spiegel stehen und sich selbst anschauen und dann noch Ihre Stimme ertönen lassen … dann haben Sie die Person Eric Kirchhofer optisch und akustisch vor sich«

Auch Boris lächelt. Ihn wundert diese Feststellung nicht. War nicht auch er überrascht, als er sich, zumindest in der. Zeitung, seinem Double gegenübersah.

Danach trennen sie sich endgültig und jeder geht wieder in seine Richtung davon.

›Das ist nun noch der komplizierteste Teil dieses Falles, das Kennenlernen beider Brüder untereinander. Aber, er hat das Recht dazu, verdammt noch einmal. Man kann es ihm doch nicht verwehren, auch auf die Gefahr hin, dass Angelika über diesen Schock nur schwer hinwegkommt. Na ja, in Gottes Namen.
Tamara, Erics eigentliche Mutter, hatte auch gelitten, musste viel durchstehen und dann auch noch diese vernichtende Diagnose ALS‹, denkt Chris beim Gehen und schüttelt dabei immer wieder seinen Kopf. Er beachtet nicht, dass ein rothaariger leicht untersetzter Mann eiligen Schrittes an ihm vorübergeht.

Sepp eilt hinter Boris her und sieht, dass am obersten Absatz der Treppe, die vom Rheinuferweg nach oben in Richtung Fridolinsmünster und Rathausplatz führt, eine Frau wartet. Sie hat die Webpelz besetzte Kapuze ihres Mantels über ihren Kopf gezogen. Sein Beobachtungsobjekt geht auf diese Frau zu und umarmt sie.

›Aha, also auch in Begleitung‹, denkt er hämisch. ›Nehmen die armen Kerle alle ihre Weiber zur Unterstützung mit, aber sonst immer den starken Mann markieren‹. Er folgt ihnen unauffällig. Die Dunkelheit bietet ihm genug Schutz.

Die beiden steigen in ihr Auto und Sepp positioniert sich unauffällig schräg hinter dem Auto.

»Na, wie ist es gelaufen?«, fragt Silke schon ganz ungeduldig vor Neugierde.

»Besser, als ich dachte. Er ist eigentlich ein ganz sympathischer Mann. Ich hätte es begrüßt, ihn unter anderen Umständen kennengelernt zu haben, als ausgerechnet über diese unrühmliche Geschichte«, erklärt Boris.

Silke startet ihr Auto, setzt zurück und kaum, dass sich das Auto bewegt hatte, gibt es einen dumpfen Schlag, begleitet von einem kurzen Aufschrei. Abrupt bleibt sie stehen. Ihr Herz schlägt bis zum Hals. Beide steigen sie aus und sehen den Rothaarigen, der sich mit schmerzverzerrtem Gesicht Hüfte und Oberschenkel reibt.

»Um Gottes Willen, haben Sie sich verletzt?«, ruft Silke erschrocken, »ich habe Sie absolut nicht gesehen. Ich verstehe nicht, wie das passieren konnte.«

Boris läuft zum Verletzten hin, beugt sich zu ihm hinunter und schaut auf die Stelle, die der Angefahrene reibt.

»Können wir Sie zu einem Arzt bringen?«, bietet er ihre Hilfe an.

Sepp schüttelt nur den Kopf und meint: »Ich glaube es ist nicht so schlimm. Sie sind ja noch nicht richtig gefahren und der Aufprall war nicht so gewaltig. Ich gehe jetzt nach Hause und sollte sich nachträglich etwas herausstellen, melde ich mich bei Ihnen. Wäre das o.k. für Sie?«

»Ja gut, wenn Sie meinen? Ich gebe Ihnen meine Adresse und Telefonnummer«, sagt Boris und will ins Auto, um etwas zum Schreiben zu holen.

»Warten Sie«, sagt Sepp, »ich habe hier ein kleines Blöckchen und einen Stift.«
Solche Utensilien gehören zur Grundausstattung seines Banditenlebens.

Boris schreibt seinen Namen, Adresse und Telefonnummer auf und reicht es dem Verunfallten. »Sind Sie ganz sicher, dass Sie nicht zu einem Arzt wollen?«

»Ja, ich glaube es geht schon wieder. Der Schmerz hat bereits wieder etwas nachgelassen.«

»Oder sollen wir Sie nach Hause fahren, Herr …«, fragt Boris, dem nicht wohl ist, einen vielleicht Hilfebedürftigen einfach so zurückzulassen.

»Strobel, Andreas Strobel«, stellt Sepp sich vor. »Nein, nicht nötig. Ich wohne hier gleich um die Ecke. Es ist wirklich nichts. Machen Sie sich keine Sorgen«, versucht er die beiden nochmals zu beruhigen und streckt Boris seine Hand zum Abschied entgegen.

Mit den besten Wünschen verabschieden sie sich, bevor Silke und Boris ins Auto steigen und endlich losfahren.

Sepp bleibt zurück und schaut ihnen nach. Er grinst zufrieden vor sich hin. Diese Masche hatte schon oft funktioniert. Er positioniert sich schräg hinter einem Auto. Sobald es losfährt, schlägt er mit der Faust kräftig aufs Blech und lässt einen Schmerzensschrei los. Selbstzufrieden steckt er den Zettel in seine Hosentasche und macht sich auf den Weg zurück zu Johannes.

*

Als Chris bei seinem BMW ankommt, sieht er Judith schon am Steuer sitzen. Er öffnet die Beifahrertür. Bevor er einsteigt schaut er nochmals um sich, denn plötzlich hat er ein vages Gefühl, beobachtet zu werden. Doch alles um ihn herum ist still. Nichts bewegt sich, und er steigt ein. »Ist ziemlich kalt gewesen, nicht?«, sagt er zu Judith gewandt.

»Oh ja, deshalb habe ich nicht mehr auf dich gewartet. Ich habe gesehen, dass die Situation zwischen euch beiden sehr entspannt war, also keine Anzeichen erkennbar dafür, dass es eskalieren könnte. Ich bin schließlich wieder zum Auto zurück, weil mir einfach zu kalt war. Etwas komisch war, dass da noch zwei Männer unweit von Euch standen. Sie gehörten nicht zusammen, so schien es. Doch beide standen am Rheinboard und schauten über den Strom. Liefen wieder ein Stückchen, blieben wieder stehen. Zuerst dachte ich, dass es einen Zusammenhang zwischen Eurem Treffen und den beiden Männern gebe. Aber offenbar war dem nicht so. Der eine ging bald in die andere Richtung davon.«, erklärt sie. »Doch sag mir, wie ist es bei euch gelaufen?«

»Gut, ja sehr gut, oder besser, tragisch gut.« Chris klingt jetzt nach dem Gespräch irgendwie erleichterter. »Ein sympathischer junger Mann, das Ebenbild von Eric. Seine Stimme, seine Augen, die Körpergröße, wahnsinnig. Ich hatte manchmal das Gefühl, Eric, der sich einen kurzen Bart wachsen ließ, stünde vor mir. Er ist mir ohne Groll gegenübergetreten, er war nur traurig und enttäuscht. Er konnte nicht verstehen, dass meine Liebe zu meinem Bruder größer war, als die Skrupel vor einer Straftat. Und stell' dir vor, er hat sogar gesagt, dass er mir Unrecht tat – und dafür entschuldigte er sich sogar noch – weil er mir andichtete, die Hemmschwelle zum Unrecht läge bei mir nicht sehr hoch, denn er habe im Gespräch gemerkt, dass es nicht in meiner Natur läge, Unrechtes zu tun. Dass ich es dennoch tat, auch wenn ich in dem Moment innerlich kämpfte und zweifelte, kann er nicht begreifen, weil, wie er meinte, die Vernunft dann schließlich über allem stehen und siegen sollte. Einmal hatte er Tränen in den Augen … ja, und mir ging es nicht anders, als ich seine Geschichte hörte.«

Judith ist bei diesen Worten sehr ergriffen. »Trefft ihr euch noch ein weiteres Mal?«, will sie wissen.

»Ja, nächsten Samstag, aber dann wollen wir uns im Schützengarten treffen. Oh, Judith, ich fühle mich so schäbig.«

Judith legt ihre Hand wieder auf seine, schaut ihn liebevoll an und meint: »Liebster, es ist nun mal geschehen und du bereust oder besser, wir alle bereuen. Doch wir haben jetzt die Chance, etwas gut zu machen … so gut es eben geht. Ich denke, jeder, der Reue zeigt, verdient eine zweite Chance, egal, welchen Schaden sein Handeln anrichtete«. Chris lächelt ihr zu. Sie sind schon so lange verheiratet, doch seine Liebe zu Judith ist ungebrochen. Sie ist noch so intensiv wie seit Anbeginn. Dann startet Judith den BMW und steuert ihn auf den Rückweg nach Hause.

*

Sepp erreicht strahlend sein Auto, in dem Johannes schon ungeduldig wartet. Mit dem Daumen nach oben zeigend geht er ums Auto herum, um einzusteigen. Als erstes entledigt er sich der struppigen roten Haarpracht. Hervor kommt eine sexy Telly-Savallas-Glatze. Ebenso zupft er seinen rotblonden Schnurrbart von der Oberlippe.

»Äh, das kitzelt ganz schön in der Nase«, sagt er kichernd, während er beides in einer Pappschachtel verstaut.

»Na?« Johannes ist ungeduldig. »Wie ist's gelaufen?«

»Alles paletti. Ersten Auftrag erfolgreich ausgeführt«, erklärt Sepp begeistert und zieht unter seinem Pullover das Polster, eine Leib-Attrappe, wie man sie bei Fastnachtsverkleidungen kennt, hervor, um seiner untersetzten Figur wieder den ursprünglich sportlichen Anstrich zurückzugeben.

»Du hast herausbekommen, wo er wohnt?«

»Klaro, mit Telefonnummer. Alles, was wir brauchen.« Während er alle Verkleidungsutensilien auf den Rücksitz seines Fords wirft, erklärt Sepp in kurzen

Sätzen, wie es gelaufen ist und wie er an die Adresse kam.

Johannes ist begeistert: »Bist halt doch ein ausgebuffter Profi, Sepp.« Dann sucht er in der Hosentasche nach seinem Handy. Er wählt die Handy-Nummer von Adrian. So war es abgemacht, damit Angelika von der ganzen Sache nichts mitbekommt. Er lauscht dem Freizeichen und erschrickt fast ein bisschen, als am anderen Ende ein abgehacktes, strenges, eine Spur zu lautes »JA?« ertönt.

»Hallo Addi, ich bin's, Johannes.« Er kürzte den Namen ab, weil Sepp über den Namen des Auftraggebers nichts wissen sollte.

»Ah, hallo. Kleinen Moment, ich komme gleich.« Er verlässt sein Arbeitszimmer, steigt die Treppe hinab, ruft in Richtung Salon: »Angelika, ich bin mal draußen. Bin gleich wieder zurück.« Er ist nur mit einer Strickjacke bekleidet, und die Kälte kriecht gleich durch seine Kleidung und bringt ihn zum Bibbern. Während er über den Kiesweg geht meldet er sich wieder bei Johannes: »Also, wie ist es gelaufen? Konntet Ihr etwas rauskriegen?«

»Und ob. Sepp hat Adresse und Telefonnummer erhalten. Der Typ wohnt in der Waldshuter Gegend«, erzählt Johannes nicht ohne Stolz darüber, dass sie sich in ihrem Job immer noch als gut und zuverlässig bewähren. »Mein Kumpel wird diesen Boris ab Montag täglich überwachen. Er muss sich natürlich in der Nähe von Boris' Wohnung ein Hotelzimmer nehmen. Er kann ja nicht täglich die weite Strecke von Lörrach nach Waldshut fahren. Er müsste mindestens eine Woche lang täglich dranbleiben, um ein genaues Bild zu erhalten. Tja und dazu bräuchte er natürlich einen Spesenvorschuss ... sagen wir mal 500 Euro ...«, er wirft Sepp einen fragenden Seitenblick zu, um Bestätigung für die Richtigkeit der geforderten Summe zu erhalten. Sepp nickt nur kurz, und Johannes fährt weiter im Gespräch mit Adrian. »Er wird selbstverständlich alle Ausgaben ordentlich belegen.«

»Okay, wir treffen uns morgen um zwölf Uhr Mittag im Rosenfelspark beim Affengehege, rechts hinten etwas verdeckt in der Nische. Bis dahin weiß ich auch mehr und kann Dir sagen, ob und wann ein nächstes Treffen stattfinden soll. Das Geld für die Auslagen bringe ich dir mit.«

»Ich werde da sein – ganz unkenntlich mit Mütze«, sagt Johannes wieder mit einem leicht spöttischen Unterton.

»Gut, aber sag mal. Hattest Du wenigstens etwas vom Gespräch mitbekommen?«, will Adrian noch wissen.

»Inhaltlich habe ich nichts verstanden. Dazu war ich zu weit weg. Aber dem Anschein nach war es sehr friedlich. Man hatte nie das Gefühl, sie würden sich jeden Moment an die Gurgel gehen«, berichtet Johannes.

»Also, lass' uns morgen noch ausführlich darüber sprechen. Bis morgen.« Adrian legt auf. ›Puh, ist das kalt‹, denkt er und geht zurück ins Haus.

»Yep«, sagt Johannes etwas übermütig und klappt sein Handy zusammen. Gut gelaunt machen sich die beiden Kumpels auf den Weg nach Lörrach. »Wollen wir noch in den *Wilden Mann* in Lörrach, einen Drink zu uns nehmen. Soviel ich weiß, hat Caroline heute Dienst«, schlägt Sepp vor.

»Ui, Nachtijall, ick hör dir trapsen – bagger, bagger?«, neckt Johannes ihn. »Die ist aber auch ein scharfes Weib. Wenn ich nicht meine Rosy hätte, ich glaube, die würd' mir auch noch gefallen.«

»Untersteh dich!«, warnt Sepp ihn.

»Ich sag' ja nur: hätt ich meine Rosy net, nähm' ich Caro mit ins Bett.« Mittlerweile stehen sie vor dem Restaurant. »Also, lass uns hingehen.«

Sepp wirft Johannes einen gespielten bissigen Blick zu.

*

Chris und Judith treten gerade ins Entrée ihres Hauses und vernehmen das Klingeln ihres Telefons. Chris geht noch in seinem Mantel in den Salon und meldet sich.

»Hallo Chris, würde gerne wissen, wie es gelaufen ist«, fragt Adrian ohne Umschweife, ohne irgendwelche Begrüßungsfloskeln vorauszuschicken. Sein forscher, eiskalter Ton ist unverkennbar und Chris ist es noch nie so heftig aufgefallen, wie gerade jetzt, während sie ihre Vergangenheitssünden aufarbeiten müssen. Es fröstelt ihn bei diesem scharfen Ton.

»Adrian, lass uns von Auge zu Auge darüber sprechen. Komm doch morgen zum Kaffee zu uns.«

»Muss das sein? Das fällt ja schon langsam auf, wenn ich immer alleine weggehe, und morgen ist auch noch Sonntag«, widerspricht Adrian, denn er weiß, dass es morgen Nachmittag zu spät ist, wenn er Johannes anlässlich ihres Treffens Details geben will. »Erklär' doch einfach kurz, wie es gelaufen ist und ob ihr ein weiteres Treffen vereinbart habt! Die Details können wir ja später einmal ausführlich erläutern.«

»Okay, wie du meinst. Also, es war ein sehr angenehmes Gespräch. Boris Petrow ist ein Abbild von Eric und er hat den gleich guten Anstand wie er. Ihre Stimmen kann man nicht auseinanderhalten ...« ›Aha, dann hat dieser Peters alias Petrow damals also seine Stimme verstellt‹, denkt Adrian. Dennoch versetzt ihn diese Aussage, dass es von seinem Sohn ein identisches Double gibt, das durch dessen Blut stärker mit Eric verbunden ist, als durch das seines Vaters, einen Stich ins Herz.

»... sie sind unverkennbar eineiige Zwillinge. Wir sind so verblieben, dass wir uns nächsten Samstag nochmals treffen«, bringt Chris in aller Kürze seine Beschreibung zu Ende.

»Das reicht mir schon mal. Nach dem nächsten Termin können wir uns ja nochmals bei Euch treffen. Dann erhalte ich die geballte Ladung an Neuigkeiten«, versucht Adrian nun, sich aus dem Gespräch auszuklinken.

»Gut, bis dann, tschüss Adrian.«

11

*S*epp mietet sich für 35 Euro pro Tag in der Pension Krause in der Schanzstraße in Küssaberg-Kadelburg, unweit von Boris' Wohnung ein. Es ist eine schöne, ruhig gelegene Pension. ›Hm, nicht schlecht‹, denkt er, ›schade, dass wir jetzt nicht Sommer haben‹. Er schaut sich zufrieden im geschmackvoll eingerichteten Zimmer um. Ein Blick in den Spiegel bei der Garderobe, lässt ihn anerkennend lächeln. Sein dunkler Schnurrbart und die dunkle Kurzhaarperücke kommen seiner Naturhaarfarbe am nächsten, nur dass sein ehemals dichter Haarschopf mittlerweile so schütter wurde, dass er sich einen Kahlkopf rasierte.

Abgesehen vom Zweck seiner Kostümierung nämlich der Camouflage – liebt der Narzisst Sepp es, sich zu verkleiden. Eigens dafür hat er sich verschiedene Echthaar-Perücken in allen möglichen Farben und Längen mit jeweils passendem Schnurrbart zugelegt. Er geht einen Schritt zurück und betrachtet stolz seine sportlich schlanke Figur. Er ist mit sich zufrieden.

Nachdem er seinen Koffer ausgeräumt hatte, macht er sich zuerst einmal zu Fuß auf den Weg zu Boris' Wohnung im Freudenspiel, um die Lage zu inspizieren. Er zieht sich warm an, denn es ist immer noch arktisch kalt. In der Straße ist es still. Die Leute, die nicht unbedingt raus müssen, werden sich hüten, bei dieser Kälte nur einen Fuß vor die Türe zu setzen. ›Hat auch etwas Gutes‹, denkt er sich, ›dann gibt es nicht zu *viele neugierige Blicke.*‹ Auch, wenn er gewohnt diskret operiert – er ist schließlich Profi in seinem Fach – könnte er als Fremder dennoch dem einen oder anderen auffallen und im Nachhinein Aufsehen erregen. Er haucht in seine Hände, um sie, wenn auch nur schwach, zu erwärmen. Dank Perücke friert es ihn wenigstens nicht an seinen kahlen Schädel. Er geht wieder langsam zurück, denn er verspürt Hunger. In der Hauptstraße kehrt er im Gasthaus Löwen ein. Er kann es gemütlich nehmen, denn eine Beschattung wird erst wieder am Abend aktuell, wenn die Leute von der Arbeit nach Hause kommen. Und die anstrengende Arbeit, das weiß er, steht ihm erst noch bevor, denn Morgen muss er in aller Frühe auf der Matte stehen, wenn er erfahren will, wann Boris morgens das Haus verlässt und wo er arbeitet.

*

Adrian ist seit diesem Wissen um Boris Petrow konstant schlecht gelaunt. Angelika wagt gar nicht, ihn nach den Gründen seines Missmutes zu fragen. Alleine der zaghafte Versuch brächte ihn in Rage. Seine abweisenden, bissigen, ja gar giftigen Antworten erschreckten sie schon einmal und so zieht sie es vor, sich still zu verhalten. Sie kann es sich nicht erklären. Dieses Verhalten kennt sie bei ihrem Mann nicht. Zumindest war er bisher, wenn ihm mal eine Laus über die Leber gelaufen war, nicht lange unleidlich und schon gar nicht abweisend.

Zumindest konnte sie immer mit ihm reden. Sie ist auch nicht gewohnt, dass er so oft ausgeht und sehr lange wegbleibt. Es ist ganz einfach nicht seine Art. Sie mag gar nicht daran denken, dass er eine junge Geliebte haben könnte. Schließlich sieht er trotz seiner siebzig Jahre immer noch sehr gut aus und für eine junge Geliebte, die sich gerne versorgt sehen will, ist er allemal eine gute Partie.

Nein, nein das würde er ihr und schon gar nicht Eric antun. Der würde es ihm nie verzeihen. Aber vielleicht ist er auch krank und will nicht darüber sprechen, weil er sie nicht ängstigen will. Sie macht sich allmählich Sorgen und überlegt, ob sie nicht einmal mit Chris sprechen sollte. Möglicherweise weiß der Bruder etwas. Immerhin ist er Arzt und da liegt es nahe, dass Adrian sich bei ihm vielleicht ausgesprochen hatte, wenn er um seine Gesundheit ernsthaft besorgt sein sollte. Sie nutzt die Gelegenheit, jetzt da Adrian gerade mal wieder ohne Erklärung das Haus verlassen hatte, Chris anzurufen. Sie nimmt den Hörer und wählt die Nummer.

Die feine, ruhige Art, wie Chris sich meldet, tut Angelika gut. Das sonore Timbre seiner Stimme klingt für einen Anrufer viel vertrauenswürdiger, als das scharfe, laute ›JA‹ ihres Mannes, das erst einmal abweisend wirkt und den Anrufer fast ein wenig abschreckt.

»Hallo Chris, ich bin es, Angelika.«

»Hallo Angelika. Welche Überraschung? Wie geht es dir?«

»Mir geht es eigentlich gut, außer …«, sie stockt, weil sie nicht weiß, wie sie ihr Anliegen vorbringen soll.

Chris wird für einen Moment heiß. ›*Um Himmels Willen, weiß sie etwas?*‹, durchzuckt es ihn. ›*Hat sich Boris vielleicht doch bei ihr gemeldet, weil er das nächste Treffen nicht abwarten wollte? Nein, das sieht ihm nicht ähnlich. Beruhige dich Chris. Warte erst mal ab, was Angelika auf dem Herzen hat*‹, mahnt er sich zur Ruhe.

»Na, Angelika, was bedrückt dich so sehr, dass es dir so schwerfällt weiterzusprechen«, fragt er und versucht möglichst harmlos zu wirken, was ihm äußerst schwerfällt.

»Na ja, es geht um Adrian.«

Wieder versetzt es Chris einen Stich ins Herz.

»Er ist seit etwa zwei Wochen so seltsam. Er ist gereizt, spricht nicht mit mir über die Gründe seiner schlechten Laune und er geht des Öfteren alleine weg, was normalerweise auch nicht seine Art ist. Ich kenne ein solches Verhalten nicht an ihm und mache mir allmählich Sorgen, ob er vielleicht krank ist oder ob er …«, sie stockt einen Moment und fährt schließlich unsicher weiter, »na ja, … ob es vielleicht eine andere Frau gibt«.

Chris hatte die Luft angehalten, während Angelika sprach und sichtlich erleichtert darüber, dass sie von der ganzen Sache, die sie alle so sehr beschäftigte und in Aufruhr brachte, offensichtlich keine Ahnung hatte, stößt er die Luft geräuschvoll wieder aus.

»Nein, Angelika. Adrian doch nicht. Der hat keine Freundin und krank ist er auch nicht. Er hätte es mir erzählt, wenn dem so wäre. Mach dir keine Sorgen. Ich tippe eher auf eine vorübergehende Krise – nennen wir es mal Midlife Crisis«, versucht er sie zu beruhigen.

»Na ja, ›Midlife‹ könnte man Adrian nun also wirklich nicht mehr nennen. Er ist siebzig«, widerspricht Angelika.

»Du, dein Mann ist für sein Alter sehr agil, er stand lange im Berufsleben und strotzt vor Tatkraft. Bei solchen Männern kann sich eine Midlife Crisis verspätet einstellen, zumal sie viel länger im Arbeitsleben standen als andere. ›Meine besten Jahre sind vorbei; ich will endlich fühlen, dass ich noch lebe; zum Altwerden habe ich noch Zeit‹. Das sind Gedanken, die in solchen Krisen durch den Kopf gehen, und meinst du nicht auch, dass diese genau zu Adrian passen? Lass ihm Zeit, Angelika, es wird sich von selbst wieder regeln. Du wirst sehen.«

»Ach Chris, ich möchte dir so gerne glauben. Ich möchte so gerne, dass du recht hast.«

»Ich habe recht, glaube mir«, versucht Chris noch eindringlicher, Angelika zu beruhigen.

»Nun auf jeden Fall war es gut, dass ich mal mit jemandem darüber sprechen konnte. Ich danke dir, Chris.«

Nachdem Chris aufgelegt hatte, steht er noch eine ganze Weile regungslos da. Sein Gesicht wirkt versteinert. Dieses Gespräch hatte ihn ungewöhnlich viel Anstrengung gekostet. Seit Boris Petrow sich vor gut zwei Wochen bei ihm gemeldet hatte, ist nichts mehr wie früher. Sein Leben scheint aus den Fugen geraten zu sein. Hinter jeder kleinen Bemerkung seines Gegenübers vermutet er, dass dieser Bescheid wissen könnte. Es ist so ein Gefühl als leide er unter Verfolgungswahn und es erschreckt ihn, macht ihm Angst. Er fühlt sich erschöpft, wie um Jahre gealtert. Die Erleichterung, die er direkt nach dem Gespräch mit Boris Petrow verspürte, ist wie weggeblasen.

Stattdessen sieht er im Geiste immer noch die Szene des damaligen Babytauschs, so als wäre es erst gestern gewesen. ›*Wie konnte ich mich damals zu dieser Tat hinreißen lassen?*‹, fragt er sich immer und immer wieder.

Dass diese Geschichte jetzt nach dreißig Jahren ans Licht kommen musste ... welch ein Zufall. Gibt es überhaupt Zufälle? Immerhin hatte Boris in der Zeitung rein zufällig ein Foto gesehen, das Adrians Sohn mit seiner Verlobten beim Presseball zeigte.

Und dann diese Ähnlichkeit zwischen den beiden Brüdern ... unverkennbar. Es war doch nur noch eine Frage der Zeit, bis Boris dahinter kommen würde. ›*Wenn das nur gut geht*‹, denkt er voller Sorge.

Der schlimmste Teil steht ihm ja noch bevor. Boris will seinen Bruder Eric treffen und Chris weiß noch nicht, wie er es bewerkstelligen soll, ohne dass zu viel Porzellan zerschlagen wird.

Im Moment fühlt er sich mit diesem berechtigten Anspruch total überfordert, denn Adrian sträubt sich vehement gegen ein Treffen. Doch es wird ihm nichts nutzen. Es lässt sich nicht vermeiden. Dieser Kelch wird nicht ohne Blessuren an der Familie vorübergehen. Kann gar nicht. Es geht eigentlich nur noch um Schadensbegrenzung nicht mehr um Schadenvermeidung, und das, davon ist Chris überzeugt, ist durchaus möglich, wenn die Sache mit Vernunft angegangen wird.

Er muss unbedingt mit Adrian sprechen. Der muss sich zusammenreißen. Sie alle müssen sich schließlich zusammenreißen. Auf keinen Fall darf er für jeden sicht- und spürbar ein verändertes Verhalten an den Tag legen, das Misstrauen erregen könnte.

Davon, dass Adrian auf Boris einen Ganoven angesetzt hat, hat er jedoch keine Ahnung. Dieses Wissen würde wohl den Bruch zwischen den Brüdern bedeuten.

*

*A*drian sitzt in der Bar *Notlösung* in der Marie-Curie-Straße in Lörrach. Vor ihm steht das vierte Glas doppelten Whiskys. Er starrt gedankenverloren vor sich hin.

Übermorgen findet das zweite Gespräch zwischen seinem Bruder und diesem Boris statt. Er spürt eine unendliche Wut in sich. Warum musste dieser Bursche nach so vielen Jahren in sein Leben treten und dieses in den Grundfesten so erschüttern. Er schlägt mit der Faust auf den Tresen und sagt aufgebracht und so laut, dass es für alle um ihn herum hörbar ist: »Das lasse ich nicht zu. Niemals.« Als er sich selbst reden hört, erschrickt er, schaut auf und blickt in erstaunte Gesichter. »Was glotzt ihr so?«, fragt er zornig, ähnlich einem trotzigen Kind.

»He Alter, beruhige Dich«, sagt ein Gast mittleren Alters neben ihm.

»Erstens bin ich nicht Dein Alter und zweitens wüsste ich nicht, mit Ihnen jemals auf Du und Du angestoßen zu haben«, antwortet Adrian ziemlich zornig, verursacht durch den Alkohol, mit leicht unsicherer Stimme.

»Erstens habe ich nicht *mein* Alter gesagt und zweitens, ja Sie haben recht, mit Ihnen wollte ich nicht in vertrauter Du-Ansprache verkehren«, gibt der hochgewachsene Hüne sehr überlegen zurück.

Adrian winkt verächtlich ab. Doch innerlich erschrak er selbst über sein aggressives Verhalten. Und er ist erschreckt darüber, dass er auf diesen Boris Ganoven angesetzt hat. Wie hechelnden, nach fliehendem Wild lechzenden Hunden hat er die Jagd auf ihn freigegeben.

›*Wohin bewegst du dich Adrian?*‹, denkt er wieder. Doch im nächsten Moment rechtfertigt er diesen Akt damit, dass er schließlich seine Gründe habe. Er kann doch nicht wachen Auges zusehen, wie seine Familie wegen dieses Burschen ruiniert wird.

Sein Gesicht verzieht sich zu einem schiefen, fast spöttischen Grinsen, als er sich bewusst macht, in welcher Bar er eben sitzt: *Notlösung*. Was für eine Koinzidenz? Welche Ironie?

»Notlösung«, murmelt er jetzt mit nur noch gedämpfter Stimme vor sich hin, während ihm Johannes' formuliertes ›*du meinst für den schlimmstenfalls erfolgreichen Abschluss*‹ immer noch im Kopf nachhallt, so, als wäre es eben erst gewesen. Er kramt in seiner Hosentasche, legt den Betrag für vier doppelte Whiskys mit großzügig bemessenem Trinkgeld auf den Tresen, nimmt von seiner Barhockerlehne seinen Mantel und trinkt den Rest seines Glases im Stehen leer. Dann wendet er sich zum Gehen. Er spürt, dass es ihm nach vier doppelten Whiskys schwer fällt, die Balance zu halten. Die anderen Gäste schauen ihm grinsend nach. Der Hüne murmelt, so dass Adrian es nicht hören kann: »Was ist das denn für ein komischer Kauz?«

Adrian ist in dieser Bar nicht bekannt, denn es ist nicht seine Art, in Bars herumzuhängen … oder zumindest war es bis anhin nicht seine Art.

Draußen ist es schon leicht dämmrig und obwohl es ziemlich kalt ist, trägt er seinen Mantel offen. Der Schal hängt ihm aus seinem rechten Ärmel. Er spürt die Kälte nicht. Mit unsicherem Gang geht er in Richtung Basler Straße. Nachdem er gerade in die Baumgartnerstraße eingebogen war, kommt von hinten ein weißer Mercedes Benz E350 angefahren.

»Schau mal Eric, ist das nicht dein Vater?«, fragt Agnetha etwas erstaunt, beim Anblick des schwankenden Mannes.

Eric verlangsamt das Tempo. Er traut seinen Augen nicht. Hier läuft mit unsicherem Gang sein Vater, sein Mantel hängt schief am Körper.

»Es sieht aus, als habe dein Vater zu viel getrunken«, stellt Agnetha sachlich fest.

Eric schüttelt nur den Kopf, weil er einfach nicht glauben will, was er hier sieht. Langsam rollt er den Wagen neben seinen Vater und lässt die Beifahrerscheibe herunter.

«Papa?«, ruft er zu ihm hinüber.

Adrian bleibt stehen und blickt aus trüben Augen zum Auto neben sich. Er bückt sich etwas, um durch das Seitenfenster ins Wageninnere zu sehen, kneift die Augen zusammen, als könne er so seinen Sohn besser erkennen. »Was willst du?«, fragt er schroff. Er hat seine Stimme nicht mehr ganz in seiner Gewalt.

»Wohin gehst du? Sollen wir dich mitnehmen?«, fragt Eric vorsichtig. Sein Vater ist offensichtlich betrunken. So hat er ihn in dreißig Jahren nicht erlebt.

»Nein«, gibt dieser kurz angebunden zurück.

»Wie willst du denn nach Hause kommen? Zu Fuß ist das doch viel zu weit und außerdem ist es viel zu kalt, so herumzulaufen«, versucht Eric seinen Vater zu überreden.

»Da … da vorne am Hans-Thoma-Gymnasium steht mein Wagen.«

»Papa, du willst doch in diesem Zustand nicht …«, weiter kommt er nicht, denn wild gestikulierend, während der aus dem rechten Ärmel heraushängende Schal im Schwung der Armbewegung rhythmisch mitwedelt, keift er wütend: »Ich verbitte mir deine Moralpredigten«, und schwankt weiter.

Eric gibt nicht auf. Er stellt seinen Wagen am Straßenrand ab und läuft seinem Vater hinterher. Agnetha, die im Auto sitzen bleibt, beobachtet, wie Eric auf seinen Vater einredet. Sie kann nicht verstehen, was die beiden besprechen.

Sie ist total schockiert von der Szene, die sich hier eben abspielte. Erics Vater war in ihren Augen ein respektabler, vornehmer Gentleman mit untadeligen Manieren. Dieses Verhalten passte einfach nicht zu ihm. Kurz darauf kommt Eric zurück zum Wagen, während sein Vater weitertorkelt. Dem beschleunigten Schritt, den er jetzt einschlägt, ist sein vom Whisky verminderter Gleichgewichtssinn fast nicht gewachsen, denn mehrmals strauchelt er und er kann sich nur mühsam auf den Beinen halten.

»Und? Was passiert jetzt?«, fragt Agnetha unsicher, als Eric wieder eingestiegen war.

»Mein Vater geht zu seinem Wagen und ich fahre ihn nach Hause und du fährst bitte in meinem Wagen hinterher«, gibt Eric kurz seine Anweisung.

»Wie konntest du ihn dazu überreden?«

»Ich habe ihm ganz einfach gesagt, dass ich, wenn er sich von mir nicht nach Hause fahren ließe, jetzt gleich per Handy die Polizei anrufen würde, damit diese ihn von dieser unglaublichen Dummheit abhalten könne. Tja, und die Aussicht auf eine Nacht in der Ausnüchterungszelle hatte ihre abschreckende Wirkung.«

Agnetha lächelt zaghaft, denn der Schrecken steckt noch in ihren Knochen.

*

Heute war der letzte Tag der Observierung, so dass Sepp seine Arbeit abschließen kann. Nach dieser Woche ist Boris für ihn kein Fremder mehr. Er kennt das

Beobachtungsobjekt, wie er Boris zu nennen pflegt, in- und auswendig.

Er sitzt am Tisch seines Pensionszimmers und macht im Computer die letzten Eintragungen über den heutigen Tag. Als er den Text nochmals überfliegt schüttelt er nur verständnislos den Kopf. ›*Ein langweiliger Kerl, dieser Boris. Nichts Aufregendes, keine Abwechslung in diesem kleinbürgerlichen Leben. Täglicher Gang in die Maloche, abends immer brav nach Hause, dreimal die Woche Joggen im nahe gelegenen Wald – man muss verrückt sein, bei dieser Kälte zu joggen, dennoch könnte sich dies als Vorteil erweisen – und schließlich Treffen mit der Freundin.*‹

An dieser Stelle blickt er auf und lächelt versonnen, als er seinen vorgetäuschten Unfall von letztem Samstag Revue passieren lässt. Zu gut erinnert er sich an diese gut aussehende Frau. Er vergrößert das Foto, um es genauer anzusehen. Mit Kennermiene betrachtet er Silke. ›*Geschmack hat er der Kerl, das muss man dem Langweiler lassen. Die Tussi könnte auch mir gefallen*‹, denkt er und blättert weiter durch die Bilder in seinem Computer. ›*Warum der Kerl so wichtig sein soll, dass man so viel Geld für Beschattung und … eventuell weitere Maßnahmen investiert? Der Typ kann doch kein Wässerchen trüben. Scheint viel zu brav. Na ja, mein Problem soll's nicht sein. Ich habe einen Auftrag und diesen erledige ich.*‹

Er speichert Bilder und Aufzeichnungen auf einen USB-Stick, fährt seinen Computer herunter und fröhlich pfeifend packt er anschließend seinen Koffer zusammen. Er wirft noch einen selbstverliebten Blick in den Spiegel und geht sodann die Treppe hinunter, um seine Rechnung zu bezahlen.

Als er seine sieben Sachen in seinem heiligen Blechle, dem roten 1978er Ford Capri, verstauen will, klingelt sein Handy. Mit einer Hand hält er das Handy ans Ohr, mit der anderen verstaut er schnell Koffer und Computer im Kofferraum.

»Ah, hallo Johannes«, hört man ihn sagen, während er liebevoll das Heck seines Autos mit dem Ärmel poliert. Es mutet fast wie ein Flirt an zwischen ihm und seinem liebsten Kind, dem er den liebevollen Kosenamen *Sweetheart* gab, denn seiner Meinung nach besitzt sein Auto Herz und Seele.

»Ich bin gerade im Aufbruch«, erklärt er, »und in einer guten Stunde bin ich zu Hause. Wartest du im ›Wilden Mann‹ auf mich? Dann gebe ich dir die Aufzeichnungen. Kannst deinem Auftraggeber schon mal Mitteilung machen: Auftrag *Beschattung* erfolgreich abgeschlossen.«

Sepp kennt den Auftraggeber nicht und er weiß auch nicht, dass sein Kumpel der zwielichtige Schwager des Auftraggebers ist, sozusagen das schwarze Schaf der Familie, und der Auftraggeber wiederum kennt ihn nicht. Das ist ihm recht so, denn auf diese Art können sie sich gegenseitig nicht belasten. Außerdem interessieren ihn weder Gesichter noch Namen. Für ihn ist wichtig, was bei seiner Arbeit herausspringt und das ist bei diesem Auftrag keine Kleinigkeit.

Johannes ist zufrieden und wählt nach dem Gespräch mit Sepp gleich die Nummer von Adrian. Seit

167

dem letzten Treffen hat er nicht mehr mit ihm gesprochen. In Erwartung des von Adrian gewohnten kurzen scharfen JA hält er den Hörer vorsichtshalber schon mal etwa zehn Zentimeter vom Ohr entfernt und ist überrascht, wie leise dieses Mal Adrians »Hallo« ertönt.

Doch Johannes ist nicht jemand, den man mit ungewohntem Verhalten aus der Fassung bringen könnte. Er nimmt einfach zur Kenntnis, um schließlich mit seinem begonnenen Vorhaben fortzufahren. So berichtet er kurz von Sepps Anruf und dass er in einer guten Stunde im Besitz der gesammelten Details sein würde. Adrian spricht mit gedämpfter Stimme. Es klingt für Johannes fast ein bisschen wie ein Stöhnen und er wundert sich etwas darüber, denn das passte irgendwie nicht zu seinem Schwager. Adrian schlägt Johannes vor, sich morgen Samstag um 11 Uhr am bekannten Platz im Rosenfelspark zu treffen.

*

Nachdem Adrian die Verbindung unterbrochen hatte, lehnt er sich stöhnend zurück, nimmt den zur Seite gelegten Eisbeutel wieder auf, um seinen dröhnenden Schädel zu kühlen. Er fühlt sich elend. Er kann sich nicht erinnern, je einen solchen Kater gehabt zu haben.

Und diese Peinlichkeit gestern, vor seinem Sohn und Agnetha. Wie konnte er nur so viel trinken, zumal er ja weiß, dass er nicht viel verträgt? Er mag gar nicht an diese beschämenden Szenen des gestrigen Abends denken. Als Angelika ihn sah, wie er von Eric torkelnd reingebracht wurde, weinte sie. Und er? Er ging ohne ein Wort an ihr vorbei. Eric half ihm noch die Treppe hinauf ins Bad, wo er sich erst mal kräftig übergeben hatte. Dann wankte er alleine, wohlbemerkt ins Gästezimmer, denn, soweit konnte er immerhin noch denken, er wollte an diesem Abend erstens keine Erklärungen mehr abgeben und zweitens war es ihm peinlich, dass seine Frau ihn so sah. Diesen Anblick wollte er ihr weiter ersparen. Er legte sich in voller Montur ins Bett.

Jetzt in nüchternem Zustand schämt er sich. Er, der immer so viel Wert auf Haltung und Etikette legte, gab ein solch jämmerliches Bild ab. Er blickt auf die Uhr. Es ist sechs Uhr am Abend und er hatte seit gestern Mittag nichts mehr gegessen. Allein der Gedanke an Essen kehrt in ihm den Magen um. Angelika hatte sich bis jetzt von ihm ferngehalten. Er weiß, dass er mit ihr sprechen, sich entschuldigen müsste. Doch es ist ihm nicht darum … noch nicht.

Während seiner Reflexion über sein Fehlverhalten des Vortages holt ihn plötzlich die Gegenwart wieder ein. ›*Boris Petrow*‹ … dieser Name hängt wie ein Damoklesschwert über seinem Haupte.

12

Mit einem zärtlichen Kuss in den Nacken, versucht Agnetha ihren auf dem Sofa sitzenden Verlobten aus dem Grübeln herauszuholen. »Liebling«, flüstert sie. Er dreht leicht den Kopf zu ihr und versucht zu lächeln. »Lass uns heute Abend ausgehen, damit du auf andere Gedanken kommst«, schlägt sie vor und legt ihre Arme von hinten um Eric.

»Ach meine Liebe ... ich bin so froh, dass ich dich habe.« Eric macht einen tiefen Seufzer. »Weißt du, die ganze Szene von Vorgestern spielt sich immer wieder vor meinem geistigen Auge ab. Ich mache mir solche Sorgen um meinen Vater, um meine Familie. Du hättest meine Mutter sehen sollen? Ihr bekümmertes Gesicht und wie sie weinte. Nachdem ich meinen Vater nach oben gebracht hatte und wieder zu ihr herunter kam, schaute sie mich nur hilflos an ... ihr Gesicht war eine einzige Frage und als ich sie umarmte schluchzte sie herzergreifend ... ihr ganzer Körper zitterte. Ich bin ungern von ihr gegangen.«

Eric hält einen Moment inne und fährt schließlich weiter, »das geht nun schon seit etwa zwei Wochen so. Ich erzählte dir doch letzten Samstag von Papas Misslaunigkeit. Ich frage mich, was in ihm vorgeht. Ach Agnetha, es wäre alles viel leichter zu ertragen, wenn mein Vater zu solchen Ausbrüchen neigen würde ... aber dem ist eben nicht so. Ich habe ihn noch nie so erlebt.« Er schüttelt den Kopf, als wolle er alle schlimmen Gedanken und alles Erlebte einfach abschütteln, für immer verbannen. Er würde gerne aufwachen, um sagen zu können: ›Gott sei Dank, es war nur ein Traum.‹

»Vielleicht hast du recht meine Liebe. Wir sollten heute Abend mal wieder ausgehen. Hast du eine Idee wohin?«

»Im Burghof gibt es ein Soloprogramm mit Florian Schrader: ›Gib zu, Du willst es auch!‹ Schon alleine dieser Titel macht Lust drauf«, schlägt sie vor, erfreut darüber, dass Eric Bereitschaft signalisiert, sich trotz dieser auf ihm lastenden Stimmung, ablenken zu lassen.

»Dazu braucht es doch Karten und dafür sind wir am Tag der Aufführung verdammt spät dran«, bringt er seine Zweifel hervor.

»Nicht verzagen, Agnetha fragen«, lächelt sie, greift in ihre Jackentasche und zaubert zwei Tickets hervor. »Abrakadabra, dreimal schwarzer Kater ... und dazu beste Plätze.«

»Seit wann hast du *die* denn?«

Agnetha schmunzelt und mit fast kindlicher Freude erklärt sie: »Wir hatten eine bestimmte Anzahl Karten in der Agentur, die wir zu reduzierten Preisen erwerben konnten. Und da schlug ich natürlich gleich mal zu … gnadenlos, ohne wirklich genau zu wissen, ob wir sie nutzen würden. Ich weiß natürlich, dass du Florian als Kabarettist besonders magst und ich weiß auch, dass du die Begabung, die sich bei ihm schon damals zu eurer Pfadfinderzeit herauskristallisiert hatte, schon immer bewundert hast. Deswegen ging ich dieses Risiko des Kartenkaufs mutig ein.«

Eric lächelt, stupst ihr mit dem Finger auf die Nase: »Raffiniert … doch unbezahlbar.« Dann umarmt er sie innig.

*

Als Adrian beim vereinbarten Platz im Rosenfelspark eintrifft, wartet Johannes schon sehr ungeduldig auf ihn. Er erschrickt beim Anblick seines Schwagers. Adrian wirkt blass und vergrämt.

»Die Sache scheint dir sehr an die Nieren zu gehen«, stellt Johannes fest, ausnahmsweise einmal mit dem gebotenen Ernst, den die Situation erfordert. Kein bissiger Humor, keine dummen Anspielungen auf das Kirchhofergeschlecht.

Adrian schaut ihn nur düster an. Er würde am liebsten im Erdboden versinken und nie mehr auftauchen. Kummer und Wut wechseln sich in regelmäßigem Turnus ab. Er hat seine Frau seit vorgestern, als er betrunken nach Hause kam, nicht mehr gesehen. Sie war wie unsichtbar geworden. Egal, wo er sich im Hause aufhielt … er war alleine und irgendwie fühlte er sich einsam und verlassen. Und dieses Gefühl des Verlassenseins wechselt mit jenem ab, das da heißt Hass … Hass und Wut auf den Menschen, der unerwartet in sein Leben trat und seiner Meinung nach für das ganze Dilemma verantwortlich ist. Es ist ein Hass, der so groß ist, dass er sich den Tod des anderen wünscht.

Er nimmt den USB-Stick entgegen und drückt Johannes im Gegenzug ein Couvert mit der ersten Rate in die Hand.

»Und? Wie geht's jetzt weiter?«, fragt Johannes.

»Jetzt müssen wir erst einmal abwarten. Du weißt ja, dass heute Abend das zweite Treffen in Bad Säckingen stattfindet. Ich muss erst die Details der Besprechung kennen, bevor wir irgendetwas weiter unternehmen.«

»Ja glaubst du wirklich allen Ernstes, dass die Situation zu retten ist, ohne den erwähnten ›Abschluss der Sache, schlimmstenfalls‹? Ich habe diese Illusion nicht. Es wird einen Skandal geben. Unvermeidbar.«

Adrian zuckt bei diesen Worten zusammen. Dennoch ist er sich im Moment nicht mehr so sicher, ob dieser Abschluss das Richtige sei. Er schaut Johannes fast beschwörend in die Augen.

»Gut, Adrian. Lass uns mal die ganze Sache klar umreißen. Wenn wir nichts unternehmen, dann erfährt meine Schwester, dass sie ein Kuckucksei großgezogen hat. Das wird sie dir und Chris und natürlich auch Judith niemals verzeihen. Und – das berührt mich zwar am wenigsten – auch Victoria und Björn würden sich von ihren Eltern vermutlich abwenden. Zurück bleibt ein Scherbenhaufen … ade heile Welt.«

»Ein Mord bleibt ein Mord«, gibt Adrian zu bedenken.

»Das braucht dich doch nicht zu bekümmern. Du hast damit nichts zu tun. Es wird niemand erfahren,

173

dass du einen Killer gedungen hast. Und der Killer kennt dich nicht, du ihn nicht. Außerdem, wie sagtest du zu mir damals: ›*die letzte Entscheidung liegt bei dir oder eben bei deinem Helfer.*‹ Lass also die letzte Entscheidung bei uns. Mein Kumpel ist ein Profi. Es wird kein Verdacht auf dich fallen. Auch dann nicht, wenn dieser Boris eine Mitwisserin hat. Die Gespräche zwischen Chris und ihm laufen ja … und wie man mitbekommen hat, gar nicht mal so schlecht. Wenn dann plötzlich irgendetwas passiert, wie sollte man da auf dich kommen, wo doch alles so positiv verläuft?

Wichtig ist jedoch, dass du dich mit Chris gut stellst, sonst würde er Verdacht schöpfen. Keinerlei Hassäußerungen oder Wut. Höre, was er zu sagen hat und zeige dich mit allem einverstanden. Und, vor allen Dingen, mach ein anderes Gesicht. Man sieht dir ja schon von meilenweiter Entfernung und dann noch gegen den Wind an, dass irgendetwas im Busch ist. Wenn du dich an die Regeln hältst, kann überhaupt nichts schiefgehen … tja und die Sache wäre gerettet.«

»Es wäre ein Vergehen gegen den Bruder meines Sohnes«, bringt Adrian als Einwand hervor, während ihm die Bezeichnung ›*Bruder meines Sohnes*‹ schon etwas grotesk erscheint.

»… Der Bruder deines Sohnes, den du nicht einmal kennst, der dir doch im Prinzip schnurzegal sein kann. Außerdem hättet ihr es euch vorher überlegen sollen … vor 30 Jahren«, drängt Johannes weiter, der seinem Kumpel die Tour nicht vermasseln möchte.

Sepp nimmt seinen Auftrag nämlich sehr ernst und vor allen Dingen rechnet er jetzt auch mit der Kohle.

Die wird er sich nicht entgehen lassen wollen und Johannes weiß, dass Sepp ziemlich wütend und aggressiv werden kann, wenn er nicht bekommt, womit er fest gerechnet hat. Ihn zu reizen, das weiß Johannes, ist zu riskant … auch für ihn.

»Okay, ich überlasse ihn euch und ich hoffe, dass ich euch vertrauen kann … euch und eurer Professionalität. Es darf nicht zu schnell nach einem Treffen zwischen meinem Bruder und ihm geschehen. Und … ich will nicht wissen, wo, wann und wie es passiert, klar?.«

»Du machst dir schon wieder zu viele Gedanken, Adrian. Es ist nicht mehr dein Job. Mein Kumpel weiß, wie er am geschicktesten vorgeht. Er macht das nicht zum ersten Mal. Also geh jetzt ruhig nach Hause und stelle dich gut mit deinem Bruder. Dass du im Moment nicht gut auf ihn zu sprechen bist, kann man nämlich schon gegen den Wind schnuppern.«

Adrian ist überrascht über Johannes' Spürsinn. Sie reichen sich die Hände, und um Adrian ein bisschen aufzumuntern, sagt er lachend: »Wer hätte je gedacht, dass *ich* dir einmal von Nutzen sein könnte.«

Adrian lacht nur halbherzig zurück, mit einem verbitterten Zug um die Mundwinkel.

*

*C*hris ist schon wieder im Auto auf dem Weg zurück vom Treffen mit Boris in Bad Säckingen. Dieses Mal ist er alleine gefahren. Er wusste ja, worauf er sich einließ … keine weichen Knie also.

Während der Fahrt, lässt er das Gespräch Revue passieren. Ja, es war eine gute Aussprache in angenehmer Atmosphäre und er ist zufrieden. Mit jeder Zusammenkunft mag er diesen sympathischen jungen Mann mehr.

Boris hatte ihm auch erzählt, dass er sich seit letzter Woche bei einer Fernschule angemeldet hatte, weil er erst einmal sein Abitur nachholen wollte. Um ihm nur ein klein wenig seines verpassten Lebens zurückzugeben, versprach Chris, ab sofort in seine begonnene Ausbildung zu investieren. Boris ist ein intelligenter Mann, dem es leicht fallen wird, in kürzester Zeit Abitur und anschließend ein Studium nachzuholen und es ist noch nicht zu spät.

Es könnte alles gut werden, wenn nur Adrian nicht querschlägt. Boris ist nicht an einem Skandal gelegen. Auf Chris' Bitte hin, ist er sogar bereit zu warten, bis er ein Treffen mit seinem Bruder, mit dem er immerhin neun Monate lang die Behausung teilte, endlich organisieren kann. Sie wollen es auf nächstes Jahr, nach dem Jahreswechsel verschieben.

Boris zeigte sich überaus verständig, konnte nachvollziehen, dass Erics Vater sich mit diesem Gedanken schwertut. Doch er vertraut auch darauf, dass Chris seinen Bruder überzeugen kann. Chris möchte dieses Vertrauen auf keinen Fall enttäuschen, wenngleich er auch weiß, dass dies die schwierigste Aufgabe ist, die ihm in diesem Fall bevorsteht.

Als erstes muss er jetzt mit seinem Bruder sprechen. Dieser muss einfach Vernunft annehmen, koste es, was es wolle. Außerdem will er auch, dass sie sich die Investition in Boris' Ausbildung teilen.

Doch die Gedanken an Adrian, lassen sein Gesicht verdüstern. Er macht sich große Sorgen. Vorgestern erhielt er hintereinander zwei Anrufe. Erst war es Angelika, die sich gesorgt hatte und dann Eric. Der war ziemlich aus dem Häuschen, nachdem er seinen betrunkenen Vater aufgegabelt und nach Hause gebracht hatte.

Chris ist innerlich wütend auf seinen Bruder, dass er sich so wenig in der Gewalt hat. Er würde ihn am liebsten einmal kräftig durchschütteln, dass er endlich wieder aufwacht. Glaubt er denn, dass die Lage sich bessert, wenn er sich so gehen lässt. Glaubt er denn, dass er das Unrecht im Suff ertränken kann? Er ist doch intelligent genug, um zu wissen, dass nach der Betäubung die Realität unbarmherzig wieder zuschlägt, nur mit dem Unterschied, dass sich ein zünftiger Kater hinzugesellt. Wie Eric ihm berichtete, ist mit Adrian im Moment auch kein vernünftiges Wort zu reden.

Es ist Ende November, er hat also gut einen Monat Zeit, mit Adrian eine einvernehmliche Lösung zu finden. Diese Sache muss in Ordnung kommen. Boris vertraut ihm und ihn will er nicht enttäuschen.

Mit Boris hatte er vereinbart, dass sie gelegentlich miteinander telefonieren, um in Kontakt zu bleiben. Ein weiteres Treffen in diesem Jahr ist nicht mehr geplant. Sofort am Montag will er ihm den ersten größeren Geldbetrag für seine Fernschule überweisen.

*

Gleich am Sonntagmorgen ruft Adrian bei Chris an, um sich zu erkundigen, wie es gelaufen ist. Allmählich hatte er sich von seinem Absturz erholt. Vielleicht war es gut, dass er mit Johannes gesprochen hatte. Der fängt an, ihm langsam sympathisch zu werden. Er hatte wirklich recht, dass er ihn, Adrian, einmal einer gründlichen Kopfwäsche unterzogen hatte.

»Hallo Adrian. Schön, dass du anrufst«, sagt Chris freundlich, aber dennoch ganz vorsichtig, weil er bei seinem Bruder immer mit allem rechnen muss. Schließlich sind die Erfahrungen, die er in letzter Zeit mit ihm gemacht hatte, nicht gerade in bester Erinnerung.

»Na ja, gestern war ja das Treffen und da wollte ich mich mal informieren, wie es lief«, sagt Adrian in freundlichem Ton, so dass Chris schon fast ein bisschen überrascht ist. Nach all dem, was von Angelika und Eric an ihn herangetragen wurde, scheint ihm diese unbeschwerte Stimme etwas sonderbar, ja gar befremdlich.

»Meinst du, du könntest es einrichten, heute Nachmittag bei uns in Rheinfelden vorbeizukommen, ohne dass Angelika Verdacht schöpft?«, fragt er dennoch vorsichtig.

»Ja, ja, kein Problem. Ich werde um drei bei euch sein. Angelika trifft sich heute Nachmittag mit einer alten Freundin, die zurzeit gerade in Lörrach weilt.«

Er hatte gelogen, denn Angelika ist auch heute noch immer für ihn unsichtbar und das will er seinem
178

Bruder nicht auf die Nase binden. ›*Na ja*‹, denkt er sich, ›*ich lasse Angelika Zeit. So kann ich mir zumindest zurechtlegen, was ich als Erklärung vorbringen werde.*‹

Mehr Kummer bereitet ihm das bevorstehende Gespräch mit Eric. Irgendwie muss er seinen Ruf bei ihm und natürlich auch bei Agnetha wieder herstellen.

Das Gespräch in Rheinfelden verläuft zur großen Überraschung von Judith und Chris sehr gut. Mit seinem geänderten Verhalten versetzt Adrian beide in großes Erstaunen.

Nicht, dass es ihnen ungelegen käme, aber es ist genau das Gegenteil von dem, was sie erwartet hatten, und sie begreifen im Moment nichts mehr. Wie oft hatte Chris in Gedanken durchgespielt, wie alles, was er mit Boris vereinbart hatte, Adrian zu verklickern sei; wie er mit ihm ein wirklich ernstes Wörtchen wegen seines unmöglichen Verhaltens reden wolle, dass er endlich Vernunft annehmen solle, alles solche Dinge.

Nun ist Adrian, natürlich, was niemand ahnt, nur dank Bearbeitung durch Johannes, höflich, korrekt und zur Überraschung mit allem einverstanden, was Chris ihm vorschlug, sogar damit, dass sich die Brüder im neuen Jahr kennenlernen sollen. Das *Wie* will Adrian in nächster Zeit noch mit Chris durchgehen, denn schließlich will dies gut überlegt sein, bis ins kleinste Detail. Er meinte sogar, dass das sehr feinfühlig angegangen werden müsse. Ausgerechnet Adrian spricht von Feingefühl.

Als Adrian sich von seinem Bruder und Judith verabschiedet und sie kurz darauf über die Auffahrt zu ihrem Anwesen winkend verlässt, atmen beide erleichtert auf. »Was war das denn?«, fragt Chris ganz erstaunt.

»Zu schön, um wahr zu sein«, antwortet Judith. »Ich glaube es erst, wenn das Treffen wirklich zustande kam. Bis dahin rechne ich immer noch mit einer launischen Kehrtwende deines Bruders.«

»Na, wollen wir nicht so pessimistisch sein«, hält Chris dagegen. »Nehmen wir es als gutes Zeichen eines Sinneswandels.«

Adrian nutzt die Gelegenheit, ebenfalls bei seinem Sohn vorbeizufahren, um auch da wieder reinen Tisch zu machen. Bei seinem Bruder hatte es gewirkt, das heißt also, dass er auf dem richtigen Wege ist, keinen Verdacht zu erwecken. Argwohn war das wenigste, das er jetzt gebrauchen konnte.

Auch Eric ist ziemlich überrascht, als sein Vater vor der Türe steht. »Du?«, fragt er ganz erstaunt.

»Ja ich. Warum auch nicht?«, gibt Adrian zur Antwort. »Ich nehme an, du lässt mich eintreten.«

»Ja, warum auch nicht?«, erwidert Eric im gleichen Tonfall wie sein Vater und tritt zur Seite.

Adrian geht an ihm vorbei direkt ins Wohnzimmer und bleibt wie angewurzelt stehen. Auf dem Sofa sitzt Angelika. Beim Anblick ihres Mannes wirkt ihr Gesicht gleichzeitig erschrocken und verbittert. Ihr gegenüber sitzt Agnetha mit ebenso überraschter Miene. Adrian fasst sich jedoch schnell und richtet sein Wort an Angelika: »Ah, du auch hier, Angelika? Na das trifft sich ja gut. Eine nette Familienzusammenkunft.«

Angelika schweigt bedrückt, wendet ihren Blick ab von Adrian auf ihre im Schoß gefalteten Hände und Adrian unterdrückt einen weiteren auf Angelika bezogenen Kommentar, der ihm auf der Zunge liegt. Es folgen Momente unerträglichen Schweigens.

Agnetha ist die erste die das Wort ergreift: »Kommen Sie Herr Kirchhofer, setzen Sie sich doch. Darf ich Ihnen etwas zu trinken anbieten?«

»Ja gerne … gerne etwas ohne Alkohol«, nimmt er Agnethas Angebot mit einem Schmunzeln um die Mundwinkel an und fährt weiter, »ich bin gekommen, weil … nun ich glaube ich bin eine Erklärung schuldig … eine Erklärung für mein Verhalten in letzter Zeit und … na ja, ich würde mich in diesem Zusammenhang auch gerne bei euch allen entschuldigen.«

So, der Anfang war gemacht. Alle sind aufmerksam geworden, ihre Blicke sind auf ihn gerichtet in Erwartung dessen, was er jetzt als Erklärung hervorbringen mag.

Nach einigem Zögern, Agnetha stellte ihm in der Zwischenzeit ein Glas Apfelschorle hin, beginnt er mit ernster Stimme seine Rede.

»Es begann eigentlich alles mit meinem Geburtstag. Siebzig … das war die magische Zahl … eine Zahl, die mir plötzlich Angst einflößte. Ich kann es nicht erklären … mir ist ja bewusst, dass ich im Prinzip nur einen Tag älter wurde … doch es kam wie eine Panikwelle über mich. Sie verdichtete sich und wurde unerträglich. Ich war plötzlich unzufrieden. Weiß der Teufel warum. Ich hab ja alles, mehr als sich so manch einer erträumen mag, und dennoch … na ja, was soll ich sagen … ich wurde unleidlich, ich konnte mich selbst nicht mehr ausstehen, wollte im Erdboden versinken und nie mehr wieder auftauchen. Ich kann mir die Panik jetzt so im Nachhinein einfach nicht erklären.«

Alles schweigt betreten und Adrian fährt weiter: »Und nun hoffe ich, nachdem ich euch von meinem seelischen Leidensdruck erzählte, dass ihr mir mein Benehmen, besonders das von letztem Donnerstag, verzeihen könnt. Ich bitte euch darum. Es tut mir unendlich leid und ich schäme mich so dafür, dass gerade du Eric, mich in diesem Zustand aufgabeln musstest. Und natürlich auch vor Ihnen Agnetha. Sie können mir glauben, es ist mir unendlich peinlich.«

Der letzte Teil der Erklärung war der einzig nicht gelogene Part, denn er wollte wirklich um Verzeihung bitten. Vielleicht auch noch die Sache mit dem Leidensdruck … nur halt in einem anderen Zusammenhang. Da keiner in die Geschichte Boris Petrow eingeweiht ist und für diese Geschichte niemand etwas kann, hat auch keiner ein solch ruppiges, schlechtes Benehmen verdient. Oh, wie er sich schämte, dass man ihn so erlebte … betrunken, torkelnd und lallend. Wie peinlich ihm dies jetzt noch ist.

Er schaut in die Runde. Zuerst zu Eric, der mit dem Rücken an den Türrahmen gelehnt steht und ihm als Geste des Verzeihens zunickt; dann zu Agnetha, die es Eric gleichtut und dabei sanft lächelt. Als Adrian seinen Blick auf Angelika richtet, fügt er leise hinzu:

»Und du Angelika? Kannst du mir meinen Frevel nochmals verzeihen? Können wir wieder dort weitermachen, wo wir vor meinem Absturz aufhörten? Meinst du, wir können uns nochmals ohne Vorbehalte begegnen? Es war in letzter Zeit so einsam ohne dich. Du warst im Haus und doch nicht da. Ich fühlte mich in meiner traurigen Stimmung so verlassen, so elend. Und ich beziehe das nicht nur auf mich. Ich weiß, dass auch du dich elend und verlassen fühltest, da ich so oft ohne Kommentar weggegangen bin.«

Mit dieser Beichte ihres Mannes sieht Angelika Chris' Begründung mit der Midlife Crisis bestätigt und sie fühlt sich insgeheim beschämt, dass sie schon das Schlimmste – einen schnöden Seitensprung – angenommen hatte.

Hatte ihr Mann durch diese Krise denn nicht genug gelitten und statt ihres Misstrauens eher ihres Verständnisses und ihrer uneingeschränkten Liebe bedurft? Hätte er doch nur einmal etwas zu ihr gesagt. Sie wollte ihn so gerne verstehen. Sie hätte ihn doch umarmt und getröstet.

Angelika erwidert Adrians Blick durch einen Schleier von Tränen. Ja, sie kann ihm vergeben und sie nickt, um ihm ihre Bereitschaft dazu anzudeuten. Er steht auf geht zu ihr zieht sie zu sich hoch, schaut ihr tief in die Augen, lächelt zaghaft, und als sie dieses Lächeln ebenso zaghaft erwidert, nimmt er sie in die Arme und drückt sie fest an sich. Sie lässt es geschehen. Soll der ganze Spuk jetzt wirklich ein Ende haben?

Nach all dem schrecklichen Erleben der letzten Zeit, das alle so sehr erschütterte, ist Eric über diese Szene, die sich hier vor seinen Augen abspielte sehr berührt. Er ergreift endlich das Wort: »Nun, dann wollen wir doch darauf anstoßen. Papa, wie sieht es aus? Hast Du gegen ein Gläschen guten Weins etwas einzuwenden? Apfelsaft zum Anstoßen passt irgendwie nicht so richtig. Was meinst du?«

»Nein mein Sohn, gegen ein Gläschen Wein habe ich nichts einzuwenden. Du weißt, dass ich einem guten Tröpfchen nicht abgeneigt bin«, lacht Adrian. »Bin ja wegen dieses einen Abrutschers nicht gleich zum Alkoholiker geworden. Nur von scharfen Sachen habe ich im Moment die Nase voll.«

Alle lachen, erleichtert darüber, dass eine scheinbar unbegreifliche Sache sich im Nichts aufgelöst hatte. Als die Gläser gefüllt sind, stoßen sie zufrieden auf einen Neuanfang an.

»Und, da wir nun so einträchtig beisammen sind, nutze ich die Gelegenheit und schlage vor … Mama, Papa …«, Eric schaut von Angelika zu Adrian, »dass ihr beide mit Agnetha auf Du-und-Du anstoßt. Uns beiden ist es nämlich ernst mit dem Gemeinsam-durchs-Leben-gehen. Sie ist für mich jetzt schon Teil der Familie …«, und in Richtung von Agnetha schmunzelnd fügt er hinzu: »… lange genug hat es gedauert.« Agnetha lächelt liebevoll zurück.

Der Nachmittag findet einen schönen Ausklang.

Gemeinsam verlassen Angelika und Adrian Erics Wohnung. Als sie zusammen im Wagen sitzen, schmunzelt Adrian zu seiner Frau hinüber. »Ist es dir recht, wenn ich heute Abend wieder in unser gemeinsames Schlafzimmer ziehe?«

Angelika legt eine Hand auf Adrians Oberschenkel und lächelt zufrieden zurück.

13

Mit einem weiteren Temperatursturz auf -12°C ging das Jahr 2007 zu Ende. Der strenge Winter wollte sich nochmals von seiner heftigsten Seite zeigen, bevor er nach fast acht Wochen andauernder Eiszeit gegen Ende der ersten Januarwoche einer extremen Warmluftfront wich.

Agnetha feierte mit Eric und ihren Eltern in Frankfurt, ihrer Heimatstadt, Weihnachten. Ein kurzer Besuch galt anschließend auch Erics Eltern. Eric war dankbar, dass sich die familiäre Situation wieder zum Guten gewandt hatte. Seit dem letzten versöhnlichen Treffen in seiner Wohnung, gab es keine unangenehmen Zwischenfälle mehr. Sein Vater schien die Siebzig-Krise endgültig überwunden zu haben. Die Welt war jetzt wieder wie gewohnt in Ordnung. So kannte er seinen Vater und nur so will er ihn auch kennen.

Alles andere passte nicht zu ihm. Zu Silvester fuhren Agnetha und Eric in die Schweizer Berge. Ein herrlicher Kurzurlaub zwischen den Jahren, der beiden nach diesem anstrengenden Jahr wirklich gut tat.

Am 7. Januar 2008 können sie gut erholt und mit neuer Tatkraft ihre Arbeit wieder aufnehmen.

Agnetha ist überrascht, als sie Suzanne, die nach ihrer Bandscheibenoperation inzwischen wieder genesen ist, schon an ihrem Schreibtisch sitzen sieht.

»Oh, Hallo Suzanne. Schon so früh da?«, fragt sie überrascht und umarmt sie. »Ein gutes Neues Jahr wünsche ich dir. Dann bist du also wieder ganz auf den Beinen, so wie früher. Das freut mich sehr.«

»Danke, auch dir ein gutes Neues Jahr. Und nachträglich nochmals danke für die gute Arbeit, die du so hervorragend für mich erledigt hast«, gibt Suzanne ihre Wünsche mit Dank ziemlich tonlos an Agnetha zurück. Sie wirkt seltsam abwesend. Fast ein bisschen verstört.

»Ist schon in Ordnung. Habe ich gerne gemacht … sag mal Suzanne, stimmt etwas nicht? Du wirkst bedrückt.«

»Hast du die Zeitung heute Morgen schon gelesen?«, fragt Suzanne übergangslos.

»Nein noch nicht. Wieso?«

Suzanne blättert in der Zeitung und lässt sie aufgeschlagen liegen. Unter der Headline

»30jähriger Mann vermisst *– wer kann Angaben zum Verbleib von Boris Petrow machen?*«

sieht Agnetha das Bild eines Mannes, mit schwarzem, kurz gestutztem Bart und gewellten, dunklen Haaren.

Sie hat das Gefühl, direkt in die unergründlichen dunklen Augen dieses Mannes zu schauen und dieser Anblick kommt ihr bekannt vor.

»Oh mein Gott«, stößt sie erschrocken hervor und schlägt sich die Hand vor ihren vor Staunen offen stehenden Mund. Sie überfliegt den Artikel.

»*Waldshut-Tiengen/Küssaberg (ah)* - *Seit Donnerstagabend, den 3. Januar 2008 wird der 30jährige Boris Petrow aus Küssaberg-Kadelburg vermisst, teilte die Polizei gestern mit. Petrow kehrte vom Jogging im nahegelegenen Wald nicht mehr nach Hause zurück. Er verließ seine Wohnung wie gewohnt um 16:00 Uhr und als er nicht mehr nach Hause zurückkehrte, erstattete seine Freundin eine Vermisstenanzeige bei der Polizei. Eine sofort eingeleitete Großfahndung verlief erfolglos. Die Suche, an der sich auch ein Polizeihubschrauber beteiligte, wurde gestern fortgesetzt.*

Der Gesuchte ist etwa 1,95 Meter groß, trägt einen kurzgestutzten Bart, hat schwarzes schulterlanges Haar und eine schlanke sportliche Figur. Boris Petrow trug zuletzt eine dunkelblaue Trainerhose mit Trainingsjacke, darüber einen royalblauen Anorak und eine blaue Wollmütze.

Die Kriminalpolizei in Waldshut-Tiengen hat die Suche nach Boris Petrow übernommen und bittet unter Tel. 07741 / 8316-0 um Hinweise zum Verbleib des Vermissten.«

»Oh mein Gott«, wiederholt sie nochmals. »Gibt es das wirklich, dass sich zwei wildfremde Menschen so ähnlich sehen?«

Sie blickt zu Suzanne, die nachdenklich schweigt. In ihr dreht sich ein Gedankenorkan, der die Worte mit sich reißt, sie aufwirbelt, um sie anschließend gleich in ein, wenn auch bruchstückhaftes, Gebilde zusammenfügen:

›Hallo Suzanne, Silke am Apparat. Silke Maurer ... ich möchte gerne etwas herausfinden ... ich brauche eine Zeitungsarchiv-Auskunft des Lörracher Lokalanzeigers ... es ist eine ziemlich vertrauliche, heikle Angelegenheit ... ja,

Silke, es gibt hier vier Einträge von fünf Kindern, das heißt, einmal sind es Zwillinge … Boris und Ilja … ich bin vor ungefähr zehn Jahren in die Gegend von Waldshut gezogen …Waldshut … oh mein Gott, Waldshut.‹

»Suzanne?«, unterbricht Agnetha Suzannes Gedankenstrom.

Wie aus der Trance erwacht, blickt Suzanne Agnetha verstört an. »Hm …?«, fragt sie wie abwesend.

»Was ist los? Hat dich die Ähnlichkeit zwischen diesem Vermissten und meinem Verlobten auch mitgenommen?«, fragt Agnetha ahnungslos.

»Ja, verdammt nochmal … ja.« Weiter sagt sie nichts. Sie will sich jetzt erst mal Klarheit verschaffen. *›Ich muss unbedingt Silke anrufen.‹*

Agnetha klopft leicht Suzannes Schulter, als müsse sie sie beruhigen. Dabei hätte sie Beruhigung viel mehr nötig gehabt. Mit ihrer eigenen Zeitung unter dem Arm verschwindet sie in ihr Büro. Sie hätte gerne Eric angerufen, weil sie einfach jetzt gerne seine Stimme gehört hätte. Doch der ist heute schon sehr früh zu einem Termin nach Karlsruhe gefahren, von dem er erst morgen Abend zurückkehren wird.

*

Adrian blickt von der Zeitung auf. Er stiert ins Leere. Gedankenverloren wischt er sich den Schweiß von der Stirn und rückt seine Brille zurecht, die ihm von der Nase gerutscht war. Er ist kreidebleich. Erstmals ist er mit einem Bild von Boris Petrow konfrontiert worden … den Stick mit den Aufzeichnungen und den

Fotos, die Sepp anfertigte, hatte er unbesehen in seine Schreibtischschublade gelegt. Er wollte nichts davon sehen. Doch heute bleibt es ihm nicht erspart.

Dieses Gesicht! Unglaublich. Nie hätte er gedacht, dass ihm dieser Anblick so nahe gehen würde. Von der Zeitung blickt ihm sein Sohn entgegen … sein Sohn, den er über alles liebt.

›Wie soll ich damit fertig werden? Wie soll ich dieses Wissen mit mir herumtragen können, ohne irgendwann verrückt zu werden? Es wird an mir nagen, wird mich zerfressen.‹

Er hatte seit seinem Absturz nichts Hochprozentiges mehr getrunken. Aber jetzt braucht er etwas. Er geht zur kleinen Bar in seinem Büro und schenkt sich einen Whisky ein. ›Du darfst dir nichts anmerken lassen. Nur nichts anmerken lassen. Reiß dich zusammen‹, pocht es in seinem Kopf. Er hört Angelika rufen. Schnell faltet er die vor sich ausgebreitete Zeitung zusammen.

»Ich bin hier, in meinem Büro.« Seine Stimme klingt matt, vielleicht auch etwas niedergeschlagen. Es ist ihm, als schnüre sich seine Kehle zu. Er muss sich räuspern.

In der Tür steht Angelika und erschrickt beim Anblick ihres Mannes. Er wirkt erschöpft, ist leichenblass …

»Adrian, was ist los?«, fragt sie verunsichert. Sie sieht das Glas Whisky in Adrians Hand und sie bekommt Angst, Angst, dass sich alles wiederholen könnte … die ganze Tragödie vom November letzten Jahres.

»Es ist nichts, nur dass mir gerade ziemlich heiß ist«, versucht er seinen Zustand zu erklären. »Irgendwie, glaube ich, ist der plötzliche Wärmeeinbruch schuld daran. Wochenlang diese eisige Kälte und dann ist es plötzlich, von einem Moment auf den anderen 17 Grad warm. Das sind fast 30 Grad Differenz. Das hält doch kein Mensch aus. Ich glaube, ich muss mal raus an die frische Luft.«

»Soll ich mitkommen?«, fragt Angelika.

Adrian, der eigentlich jetzt lieber alleine sein wollte, will gerade ablehnen. Doch dann besinnt er sich eines Besseren. Denn, wenn Angelika, die zwar normalerweise keine Zeitungsleserin ist, hier bleibt, nimmt sie womöglich doch die Zeitung zur Hand und … nein, diesen Anblick will er ihr ersparen. Und so stimmt er dem Vorschlag zu. »Wenn du willst, gerne.«

Sie verlassen gemeinsam ihre Villa in die gefühlte frühlingshafte Luft.

*

Chris fühlt sich wie vom Blitz getroffen, als er die Zeitung aufschlägt und Boris' Konterfei sieht. Er muss zweimal hinsehen … kann fast nicht glauben, was er hier sieht. »Judith, kommst du mal!«, bittet er seine Frau, die auf der anderen Seite des Salons im Sessel sitzt und ihre Post der vergangenen Woche durchsieht.

Sie sind erst gestern von einem Kurztrip aus ihrem Ferienhaus im Schwarzwald zurückgekehrt und da hat sich zum Jahresende einiges angesammelt. Sie legt den Brief zu den anderen auf das kleine Tischchen und geht hinüber zu Chris. Sie blickt auf die aufgeschlagene Zeitung und das Herz bleibt ihr fast stehen. »Oh mein Gott«, bringt sie nur hervor, als sie das Foto sieht. Schnell überfliegt sie die Zeilen, ist total schockiert und starrt Chris irritiert an. Er erwidert ihren Blick stumm. In seinem Kopf arbeitet es wie wild. Ein Samenkorn des Argwohns beginnt zu sprießen, gedeiht und nimmt Form an.

Judith spürt, was in Chris vorgeht. »Du denkst an Adrian, nicht wahr?«, sagt sie mit einer gewissen Vorahnung. Chris erwidert Judiths Blick düster und gleichsam traurig.

»Du denkst, dass Adrian etwas damit zu tun haben könnte?«, stellt sie vorausahnend weiter fest.

»Ich möchte an so etwas nicht glauben, aber …«, er stockt, fährt sich mit einer Hand nervös durchs Haar und erklärt schließlich weiter, »… aber die Umstände … na ja, sie lassen einen fast keine andere Wahl. Doch dann zweifle ich, ob mein Bruder zu so etwas überhaupt fähig ist.«

»Lass uns die Sache erst einmal genau analysieren«, schlägt Judith vor. »Was wusste Adrian außer Boris' Namen. Doch nichts. Ihr habt euch immer in Bad Säckingen getroffen. Nicht einmal du weißt, wo er zu Hause ist. Das einzige, das du seit dem letzten Treffen hast, ist seine Telefonnummer … na ja, mittlerweile natürlich auch seine Bankverbindung. Beides gibt natürlich Aufschluss über seinen Wohnort oder zumindest die Gegend. Aber egal. Du hast Adrian auf jeden Fall weder das eine noch das andere verraten. Er weiß also absolut nichts.«

»Judith, im heutigen Zeitalter des Internets … die globale Vernetzung … da ist es doch ein Leichtes, jemanden ausfindig zu machen.«

Wieder folgt ein Schweigen und beide überlegen fieberhaft. Ist Adrian eine solche Tat überhaupt zuzutrauen? Beide wünschen sich, dass sich alles irgendwie, den Bruder entlastend, auflösen wird … aber wie? Wie sollte sich dieser Fall denn auflösen? In dem man Boris' Leiche findet? Dann weiß man noch gar nichts. Judith läuft es bei diesem Gedanken kalt den Rücken hinunter.

»Weißt du, Judith, was mich irritiert?«, beginnt Chris wieder. »Adrian war ja anlässlich Boris' Entdeckung richtig wütend, ja gar ungehalten und ungenießbar. Mit aller Gewalt wollte er ein Zusammentreffen der Brüder verhindern. Und, wie kann man ein Treffen verhindern, wenn nicht dadurch, dass man jemanden ausschaltet? Dann plötzlich Adrians Sinneswandel. Plötzlich war er mit allem einverstanden. Weißt du noch, wie wir damals darüber ziemlich überrascht waren und wie du sagtest ›Ich glaube es erst, nachdem das Treffen wirklich zustande kam.‹? Galt dieser Sinneswandel vielleicht nur der Ablenkung?«

Judith reißt erschrocken die Augen auf. In der Tat, das sind alles Hinweise die nicht gerade entlastend wirken. Es sind Vorstellungen, die so gewaltig sind, so unerträglich, dass sie einen fast zerfressen.

»Den Fall gesetzt, nur einmal angenommen … ich spiele jetzt das Szenario der schlimmsten anzunehmenden Möglichkeit einfach einmal durch … Adrian war tatsächlich zu einer solchen Tat fähig gewesen, da stellt sich die Frage, wie die Familie damit umgehen soll oder besser kann. Wie soll sie sich verhalten? Wäre ich in der Lage meinen Bruder anzuzeigen? Wenn ja, dann hätten wir den Skandal, den wir so sehr zu vermeiden suchten, um ein Vieles potenziert. Wenn die Vernunft mir geböte zu schweigen, könnte ich meinem Bruder in Zukunft überhaupt noch begegnen? Ich glaube kaum. Oh Judith, ich bin so verzweifelt. Gott, lass' es ihn nicht gewesen sein.«

Es ist wieder Judith, die ihren Mann in die Arme nimmt und zu trösten versucht. ›Großartige Judith, starke Frau. Wie ich dich liebe.‹

*

Adrian und Angelika kommen eben die Türe herein, um gerade noch im letzten Moment das Telefon abzunehmen, das schon eine ganze Weile klingelte.

»Hallo Chris.«

»Hallo Adrian, kannst du reden?«, fragt Chris vorsichtig.

Adrian wartet einen kurzen Moment bevor er antwortet. »So jetzt, ja, Angelika ist gerade nach oben gegangen, sich umziehen. Wir kamen eben von einem Spaziergang zurück … das ist ja verrückt, diese Wärme so plötzlich«, erklärt Adrian und gibt damit gleichzeitig grünes Licht, dass Chris sprechen kann.

»Hast du die heutige Zeitung schon gelesen?«, fragt Chris und harrt der Antwort, in der Hoffnung, herauszuhören, dass Adrian mit der Sache nichts zu tun hat.

»Ja. Mein Gott … schrecklich die Sache.« Adrians Herz schlägt bis zum Hals.

›*Bloß nichts anmerken lassen. Um Gottes Willen, bloß nichts anmerken lassen*‹, kreist es in seinem Kopf.

»Ich habe erstmals ein Foto von diesem Boris gesehen … die sehen sich ja wirklich sehr ähnlich unser Eric und er.«

»Hat Angelika das Foto auch gesehen?«, will Chris wissen.

»Nein, hat sie nicht. Ich überlege, ob ich diesen Teil der Zeitung einfach verschwinden lasse, falls sie sie ausgerechnet jetzt doch einmal in die Hand nehmen will. Es wäre nicht gut, wenn sie das Bild sehen würde. Wenn das Ganze *mich* schon so sehr betroffen macht, wie muss es ihr erst ergehen. Diese Vermisstengeschichte würde sie doch gleich schmerzhaft mit ihrem Sohn in Verbindung bringen. Sie würde es sich schwer zu Herzen nehmen. Einen Moment, Chris …«, Adrian lauscht in Richtung Treppe, dann meldet er sich wieder. »Ich dachte, dass Angelika die Treppe herunterkommt. War aber nichts. Nun Chris, jetzt müssen wir einfach abwarten. Vielleicht klärt sich alles ja noch auf. Vielleicht taucht Boris wieder auf und alle Aufregung war umsonst.«

Nachdem er aufgelegt hatte, wischt er erst einmal seine schweißnassen, zitternden Hände an seinem Taschentuch ab.

Allein er weiß, dass Boris nie mehr wieder auftauchen wird. Sie hatten es versprochen Sie sagten, dass nichts schiefgehen, dass kein Verdacht auf ihn fallen würde.

Dennoch, sein Puls rast. ›*Mord, es war Mord*‹, dröhnt es immer wieder.

Er hat Angst. Zum ersten Mal in seinem Leben hat er richtig panische Angst … eine Angst, die ihn zu ersticken droht.

14

*A*uch Johannes lässt dieser Zeitungsartikel nicht unberührt. Nie in seinem Gaunerdasein ging es um Mord. Er behauptete von sich immer, ein lieber, anständiger Ganove zu sein. Wenn er mal etwas ausgefressen hatte, dann ging es nur darum, reiche Leute etwas zu erleichtern. Aber dieses Mal … dieses Mal war es Mord. Auch wenn er selbst nicht Hand angelegt hatte, so war er doch Helfer und Mitwisser. Bisher wusste er gar nicht, dass er so etwas wie ein Gewissen besaß, doch jetzt meldet es sich mit aller Macht.

Seit diesem Donnerstag schreckt er jede Nacht schweißgebadet hoch. Immer wieder sieht er die schrecklichen Bilder vor sich … wie er sich an den Wegrand gelegt hatte, und wie Boris, der sich über ihn beugte, um ihm zu helfen, durch einen Schlag auf den Hinterkopf über ihm zusammenbrach. Wie Sepp ihn grob von ihm herunterdrehte. Boris stöhnte, schaute seinem Peiniger direkt in die Augen. Sepps Kaltblütigkeit in den Augen war erschreckend, ließ ihm selbst das Blut in den Adern gefrieren.

Dann flößte Sepp Boris dieses Getränk ein. Schön langsam, Schluck für Schluck, bis die Flasche leer war. Er hat ihn nicht umgebracht … also nicht direkt.

Sepp meinte, dass er nie jemanden direkt umbringen würde … na ja, mit Messer oder Pistole oder so … er sorge nur dafür, dass die Opfer von selbst sterben.

»Und wenn nicht?«

»Er wird«, sagte Sepp nur eiskalt. »Der wird ins Koma fallen, und wenn er vorher nicht schon erfroren ist, stirbt er an der tödlichen Dosis Gamma-Butyrolacton …«

»Gamma Buti … was?«, hatte er noch nachgefragt, weil er diesen Ausdruck bis anhin noch nie gehört hatte.

»Liquid Ecstasy, damit auch du Laie es verstehst.«

Johannes hatte schon viel über die Gefährlichkeit dieser Droge, auch bekannt unter K.O.-Tropfen, gehört, hatte jedoch nie selbst damit zu tun.

Immer und immer wieder laufen diese Bilder vor seinem geistigen Auge ab. Er hatte Sepp dann geholfen, den benommenen Boris ins Auto zu setzen. Eins-Komma-fünfundneunzig laufende Meter hatten ein ganz schönes Gewicht.

Mit Boris auf dem Rücksitz fuhren sie dann nach Erzingen, um dort die Grenze zur Schweiz zu passieren. Über Neunkirch fuhren sie in den Oberholzer Wald. Als sie Boris an einer unübersichtlichen, dicht bewachsenen Stelle ablegten, hatte dieser schon sein Bewusstsein verloren. Die Kälte kroch in alle Glieder.

Und sie gingen einfach weg, ließen den armen Kerl, sich selbst überlassen, in eisiger Kälte liegen. Er hatte nochmals zurückgesehen, und Sepp hatte ihm geraten, nur noch nach vorne zu schauen. »

Vor dir liegt die Zukunft«, hatte er gesagt, »hinter dir ist die Vergangenheit und die gibt es nicht mehr.«

*

Gleichentags der Berichterstattung in der Zeitung, geht bei der Kriminalpolizei Waldshut-Tiengen ein Anruf eines Zeugen ein.

»Hier spricht Otto Zellweger. Ich möchte gerne Hauptkommissar Becker sprechen«, sagt der Anrufer, der in Küssaberg-Kadelburg im Freudenspiel gegenüber dem Block, in dem sich Petrows Wohnung befindet, wohnt.

»In welcher Angelegenheit?«, fragt ihn der Polizeibeamte freundlich.

»Ich habe eine Beobachtung zum Fall Petrow zu melden.«

»Sie können es *mir* sagen, ich werde Ihre Aussage dann gerne an Herrn Becker weiterleiten«, erwidert der Beamte pflichtbewusst, wie er es gelernt hatte.

»Ich möchte aber gerne Herrn Becker persönlich sprechen. Ich kenne ihn von früher und würde gerne fachlich mit ihm diskutieren«, fordert der Anrufer, ein seit fünf Jahren pensionierter Kriminalhauptkommissar, Vorgänger von Herrn Becker, was der junge Beamte natürlich nicht wissen konnte.

Becker lässt den Anrufer selbstverständlich auch gleich durchstellen. Dem Mitarbeiter erklärt er, dass Zellweger ein Kollege sei.

»Hallo Otto, altes Haus. Wie geht es dir? Hast du Sehnsucht nach deinem alten Job«, begrüßt Becker ihn freundlich.

»Oh nein Hermann. Habe mich zu sehr schon an das herrliche Rentnerdasein gewöhnt. Das möchte ich um nichts in der Welt eintauschen.

Doch der Grund meines Anrufs hat indirekt schon etwas mit meiner früheren Tätigkeit zu tun. Diese Sache mit Boris Petrow hat mich, wie übrigens alle hier in Küssaberg, sehr betroffen gemacht. Petrow ist ein direkter Nachbar von mir und im ganzen Ort sehr beliebt. Nun, lange Rede, kurzer Sinn, ich habe eine Beobachtung gemacht und zwar Mitte/Ende November. Ich dachte nie, dass diese Beobachtung mal von Belang sein könnte. Mir fiel ein Mann mittleren Alters auf, der sich häufig hier im Freudenspiel aufhielt.

Heute, nachdem ich von der Sache mit Petrow erfuhr, dachte ich, dass es eben doch von Belang sein könnte. Es scheint mir im Nachhinein nämlich, dass es sich um eine Beschattung gehandelt haben könnte. Ich denke, der Beschatter hatte nicht gemerkt, dass er jemandem aufgefallen war. Der ging nämlich sehr diskret vor.

Vermutlich ist er auch außer mir niemandem sonst aufgefallen. Da kommt halt immer noch mein Kriminaler-Instinkt durch, eine Berufskrankheit. Der Typ konnte natürlich nicht ahnen, dass er sich gerade vor dem Haus eines ehemaligen Kriminalkommissars postierte.«

Zellweger lacht. »Nun, zur Personenbeschreibung: er war zwischen 1.70 und 1.80 Meter groß, hatte dunkles, kurzgeschnittenes Haar und einen dunklen Schnurrbart. Allerdings, beim Haar hatte ich das Gefühl, dass es sich um eine Perücke gehandelt haben könnte. Doch das ist wirklich nur eine Intuition. Meiner Meinung nach fehlte einfach der natürliche Glanz des Echthaars.

Weißt du, ich bin nämlich ein Mal nach draußen gegangen, weil ich eine Kleinigkeit einkaufen wollte, und da bin ich ziemlich dicht an ihm vorübergegangen. Er hatte natürlich sein Gesicht abgewandt, dafür sah ich seine Haarpracht umso besser. Aber vielleicht täusche ich mich auch. Wie gesagt, das mit der Perücke war nur so ein Gefühl. Ich hatte mich dann natürlich näher für ihn interessiert, gerade weil er sich so diskret verhielt – das ist halt so mit dem Kriminaler-Instinkt«, Zellweger lachte wieder bei diesen Worten, »Ich beobachtete ihn, verdeckt von Gardinen, mit meinem Fernglas durchs Fenster, weil ich hoffte, dass er sich auch mal von der Stelle bewegen würde und ich sein Gesicht sehen könnte. Tja, und so habe ich natürlich auch das Gesicht gesehen. Besser wäre natürlich noch gewesen, wenn ich ein Foto hätte schießen können. Aber dummerweise ist meine Kamera nach einem freien Fall aus meiner Hand direkt auf felsigen Untergrund unbrauchbar geworden … sprich defekt.

Die Figur des Kerls war schlank, so gut man es durch die dicke Winterbekleidung beurteilen konnte.«

»Kannst du Angaben dazu machen, wie lange diese Beschattung ungefähr gedauert hat?«, will Becker wissen, dankbar für die Aufmerksamkeit von Zellweger, die ihn im Fall vielleicht ein Stück weiter bringen könnte.

»Eine Woche … allerhöchstens … länger nicht.«

»Und du sagst, es war Mitte/Ende November.«

»Ja.«

»Hm, das heißt also, dass zwischen vermutlicher Beschattung und Tat circa vier bis fünf Wochen liegen.«

»Ja. Das kommt hin. Aufgrund der langen Zeit, die sie verstreichen lassen, hoffen Straftäter, dass etwaige Beobachtungen verblassen oder gar ganz in Vergessenheit geraten. Die wenigsten Mitmenschen archivieren ihre Beobachtungen.«

»Meinst du, du könntest mit uns ein Phantombild anfertigen lassen?«, schlägt Becker vor.

»Ich würde es gerne versuchen. Ist halt schon ein gutes Weilchen her, so dass es ungenau werden könnte.«

»Nun, mein Lieber, da hast du eben gerade tief gestapelt. Ich vergesse nicht, dass du während deiner Zeit hier als Kriminalhauptkommissar wegen deiner Beobachtungsgabe sehr berühmt und auch angesehen warst. Damit warst du auch gleichzeig der Schreck eines jeden, der sich in deiner Gegenwart irgendwie verdächtig verhielt. Solche Fähigkeiten verlieren sich nicht mit der Pensionierung«, lacht Becker. »Also vertraue ich voll und ganz auf das Noch-Vorhandensein deiner Fähigkeit.«

Zellweger fühlt sich geschmeichelt. Hat sich sein Ruf anscheinend über die Jahre hinweg gehalten.

»Nun, dann werde ich versuchen, meinem Ruf gerecht zu werden und zu euch kommen«, sagt er nicht ohne Stolz. »Ist es dir recht, wenn ich jetzt gleich losfahre? Wollte nach der langen Eiszeit sowieso heute mal wieder rausgehen und genießen.«

»Klar, je früher desto besser.«

»Gut, ich bin in einer halben Stunde da.«

*

Suzanne hatte sich ihren ersten Arbeitstag nach langer Krankheit anders vorgestellt. Wie hatte sie sich gefreut, endlich wieder ins Büro zu gehen. Und nun hatte sie die Geschichte dieses Boris Petrow total aufgewühlt. Irgendwie war sie komplett aus dem Häuschen, konnte sich nicht richtig auf ihre Arbeit konzentrieren. Immer wieder fiel ihr das Gespräch mit ihrer ehemaligen Schulfreundin Silke ein. Konnte das wirklich alles Zufall sein? Diese Zeitungsarchiv-Auskunft, der Name Boris Petrow, ein Zwillingskind, dasselbe Geburtsdatum mit Agnethas Verlobten und schließlich diese Ähnlichkeit zwischen beiden. Was steckte hinter der ganzen Sache? Sie konnte es kaum erwarten bis es Abend wurde, damit sie endlich Silke anrufen konnte.

Silkes Stimme wirkt etwas bedrückt, als sie sich meldet.

»Hallo Silke, ich bin es, Suzanne.«

Silke durchzuckt es. Sie ahnt den Grund des Anrufes ihrer Freundin. Dennoch stellt sie sich sicherheitshalber erst mal überrascht.

»Oh, hallo Suzanne. Schön von dir zu hören«, sagt sie mit tonloser Stimme. Sie konnte nicht anders. Sie konnte nicht so tun, als wäre alles in Ordnung. Sie trauert um ihren Freund. Die Ungewissheit liegt wie ein schweres Gewicht auf ihr.

»Silke, ich spüre, dass etwas nicht stimmt. Deine Reaktion, deine Stimme bestätigen meine Vermutung.«

Silke ist klar, dass es keinen Zweck hat, so zu tun, als wäre alles in bester Ordnung. Suzanne ist ja nicht blöd. Sie kann doch eins und eins zusammenzählen. Wie es aussieht, hat sie es auch schon getan. »Ja, Suzanne, es geht mir nicht gut«, gibt sie erst einmal vorsichtig zu.

»Und ich nehme an, dass die in deiner Stimme mitschwingende Traurigkeit, mit der Geschichte um Boris Petrow, die heute in der Zeitung steht, zu tun hat. Und ebenso spielt in dieser Geschichte der Verlobte meiner Kollegin eine Rolle, Eric Kirchhofer, der am selben Tag wie Boris Petrow geboren wurde. Gehe ich recht in dieser Annahme?«, kommt Suzanne gleich zur Sache.

»Ja.«

»Meinst du nicht, dass ich jetzt das Recht habe, zu erfahren, was eigentlich los ist? Du hattest mich wegen einer Zeitungsarchiv-Auskunft angerufen. Du sagtest, dass die Sache vertraulich, gar heikel sei, und dass du sie diskret behandeln möchtest. Ich hatte das respektiert, bin nicht weiter in dich gedrungen, obwohl ich damals schon das Gefühl hatte, dass dich meine Auskünfte ziemlich berührt hatten. Heute sehe ich meine damalige Vermutung bestätigt.«

Silke kann im Moment nicht antworten. Ihre Augen füllen sich mit Tränen.

»Silke?«

Mit zittriger Stimme, ja schluchzender Stimme antwortet Silke: »Suzanne, du hast recht. Es ist so, wie du sagst. Beide, Boris als auch Eric, spielen eine Rolle in dieser Geschichte. Boris und ich … na ja, seit Anfang November sind wir ein Paar … haben damals gemeinsam geforscht. Suzanne, ich würde dir wirklich gerne alles erzählen, weil du das Recht hast, alles zu erfahren. Schließlich hast du mir mit deinen Auskünften auch weitergeholfen, aber bitte Suzanne …«, es klingt jetzt fast flehend, »bitte sprich mit niemandem darüber … noch nicht. Der Zeitpunkt ist zu früh. Boris würde es nicht wollen, wenn ich jemanden einweihen würde. Natürlich ändert sein Verschwinden die ganze Situation. Du musstest ja dahinterkommen bei diesem Zeitungsartikel. Doch ich fürchte auch, dass, wenn ich dir die ganze Geschichte mit der Prämisse absoluter Geheimhaltung erzähle, ich sehr viel von dir abverlangen würde, … dass es eine Belastung für dich werden könnte …«

»Das ist es schon jetzt«, unterbricht Suzanne. »Es wird auf jeden Fall Wirbel geben, auch ohne mein Zutun, auch wenn ich schweige wie ein Grab. Agnetha, meine Kollegin und Verlobte von Eric, war heute ebenso aufgewühlt wie ich. Jeder fragt sich, wie es nur möglich sein kann, dass sich zwei wildfremde Menschen so ähneln, sich gar wie ein Ei dem anderen gleichen.«

»Ach Suzanne, ich bin so verzweifelt. Ich weiß nicht, was mit Boris passiert ist. Ich weiß nicht, ob ich ihn je wiedersehen werde. Es weist alles auf ein Verbrechen hin. Man verschwindet doch nicht einfach spurlos. Boris hat jahrelang seine schwerkranke Mutter gepflegt. Er ist nicht der Typ, der sich mal eben aus dem Staub macht.«

»Silke, du darfst die Hoffnung nicht aufgeben. Niemals. Nicht bevor er gefunden wurde. So und jetzt bitte, Silke, erzähle mir die Geschichte, und zwar die ganze. Ich meinerseits verspreche dir, dass ich Stillschweigen wahren werde, es sei denn, das Brechen des Schweigeversprechens würde der Klärung des Falles dienlich sein ... doch ich bin überzeugt, wenn dem so wäre, würdest du von dir aus bei der Polizei auspacken.«

Nachdem Silke die ganze Story von Anfang an erzählt hatte, ist Suzanne erst einmal total geschockt. Es fällt ihr schwer zu glauben, was sie soeben gehört hatte. Die Kirchhofers, eine gut situierte Familie mit Rang und Namen ... ist das möglich? Haben die sich einer solch ungeheuerlichen Sache schuldig gemacht?

»Ich bin total perplex Silke. Das ist ein schlimmes Vergehen. Ein Kindertausch ist nicht nur ein Gentlemans-Delikt, das ungesühnt bleiben kann.«

»Boris wollte keinen Skandal. Es ging ihm nicht darum, die Familie zu ruinieren. Im Gegenteil, er hatte sogar für die Beweggründe Verständnis, wenngleich er die Tat damit nicht entschuldigt. Er meint, dass immer noch die Vernunft hätte obsiegen müssen. Suzanne, er ist ein so edler Mensch, durch und durch anständig.«

»Das glaube ich dir gerne, denn wenn er aus demselben Holz wie Eric geschnitzt ist, und das ist bei Zwillingen ja nicht unüblich, kann er gar nichts anderes sein, als ein grundanständiger Mensch ... apropos anständig. Sag mal, die Familie Kirchhofer ist absolut nicht mit Boris' Verschwinden in Verbindung zu bringen?«, fragt Suzanne mit einer Spur Skepsis in ihrer Stimme.

»Nein, nein, das glaube ich nicht. Boris und Herr Kirchhofer, der Gynäkologe, sind sich ja einig geworden. Nach den Gesprächen hatten sie sogar gegenseitige Sympathie gezeigt. Und die war echt. Da war nichts gespielt. Obwohl nur der Gynäkologe in Vertretung aller Beteiligten die Verhandlungen führte, so waren sich beide Kirchhoferfamilien einig. Sie unterstützen Boris seither auch gemeinsam, investieren in seine Ausbildung. Sie wollen ihm wirklich, so gut es geht, etwas von seinem versäumten Leben zurückgeben. Sie wollen etwas gut machen. Sogar ein Treffen zwischen den Brüdern war geplant, jetzt Anfang Januar.«

»Du hast recht, Silke. Es fällt mir schwer, so etwas zu glauben, trotz der strafbaren schwer zu verstehenden Handlung des Babytauschs ... eine Entführung ist eine andere Sache. Die wird lange im Voraus geplant, während der Babytausch eine spontane Entscheidung war. Wie Boris ja selbst sagte, kann man die Beweggründe irgendwie verstehen, wenngleich sie auch niemals zu entschuldigen sind. Was ich aber nicht verstehe: warum hat eigentlich der Gynäkologe die Verhandlungen geführt. Diese Aufgabe wäre doch eher in den Zuständigkeitsbereich von Erics Vater gefallen?«

»Nun, der Arzt hat schließlich den Tausch zu verantworten. Ohne sein Okay als Arzt, hätte er nicht stattfinden können. Somit hat er wohl auch im Auftrag der ganzen Familie die Verhandlungen aufgenommen. Außerdem hat Boris den Arzt als erstes kontaktiert.«

Silke schweigt für einen kurzen Moment, während Suzanne gerade die niederschmetternde Kost von eben zu verdauen versucht. Etwas an der Geschichte scheint ihr dennoch ungereimt: »Weißt du, was mich noch irritiert, Silke? Du sagtest, ein Treffen zwischen den Brüdern war geplant und zwar jetzt Anfang Januar. Nach der Reaktion von Erics Verlobten zu urteilen, wissen aber weder er noch sie etwas davon. Ich meine, einem Menschen, der demnächst seinem Double gegenübertreten soll, muss das doch schonend beigebracht werden?«

»Nun ich denke, dass sie es ihm jetzt in dieser Woche wahrscheinlich gesagt hätten. Zwischen den Jahren war es wohl nicht so passend, zumal ja alle irgendwo unterwegs waren. Außerdem ist diese peinliche Aufgabe einer Beichte halt auch nicht so einfach an den Mann zu bringen«, erklärt Silke. Dann bittet sie Suzanne nochmals eindringlich um Stillschweigen: »Bitte Suzanne, behältst du die Sache bei dir?«

»Ja Silke, ich behalte sie bei mir. Es wird zwar schwer, wenn man Mitwisserin ist, und um einen herum rätseln die Leute. Doch ich verspreche es dir. Dir wünsche ich, dass dein Boris bald zurückkommt.«

15

»Polizei fahndet mit Phantombild

Waldshut-Tiengen (ah) *– Nach dem Verschwinden von Boris Petrow am Donnerstagabend, den 3. Januar 2008, ging gestern bei der Polizei Waldshut-Tiengen eine Aussage eines Zeugen ein. Ein Nachbar des Entführten beobachtete Mitte/Ende November des letzten Jahres eine verdächtige Person, die sich auffällig oft in der Nähe der Wohnung des Opfers aufhielt. Nun sucht die Polizei mit einem Phantombild nach einem etwa 40jährigen Mann: Größe ca. 1.70 bis 1.80 Meter, schlanke, sportliche Figur, dunkles kurzes Haar, dunkler Schnurrbart. Beim Haar könnte es sich um eine Perücke gehandelt haben. Ebenso könnte auch der Schnurrbart eine Attrappe gewesen sein. Der Verdächtige trug verwaschene Jeans und einen dunkelgrünen Kapuzenparka.*

Wer kann Angaben zu dieser Person machen? Bitte unter Tel. 07741 / 8316-0«

Johannes versetzt es einen Schlag, als er das Phantombild sieht. ›Mein Gott‹, denkt er erschrocken, ›Was für ein Mensch hat eine solche Beobachtungsgabe? Das ist ja richtig beängstigend.‹

Ihm wird gleichzeitig heiß und kalt. Schnell greift er zum Telefon, um seinen Kumpel anzurufen: »Hast du die Zeitung schon gelesen?«, fragt er ganz aufgeregt und er ist überrascht, wie gelassen Sepp reagiert. Er lacht sogar.

»Wieso bist du so nervös, Junge? Kennst du diesen Mann auf dem Phantombild? Ich kenne ihn nicht. Die einzige Person, die von Alter und Größe her zu dem Gesuchten passt, hat blonde Gottschalk-Locken, ohne Schnurrbart und ist leicht untersetzt«, erklärt er ganz entspannt, »aber das Bild ist nicht schlecht, es gefällt mir. Der Zeuge war ein guter Beobachter, erstaunlich gut. Es zeigt mir indes, dass ich künftig noch vorsichtiger sein muss. Habe gar nicht gemerkt, dass jemand so genau hingesehen hatte. So etwas fällt mir normalerweise auf. Nur eines finde ich schade; dass ich mein *Sweetheart* umspritzen muss, denn wenn man mich so gut beschrieben hat, wird es nicht lange dauern, bis man auch auf meine auffällig hübsche Oldtimer-Lady kommt. Dabei gefällt mir die rote Farbe doch so gut. Der Schorsch wird sicher eine Idee haben, welche Farbe am besten zu meiner Schönen passt. Vielleicht schwarz? Mal sehen, was er vorschlägt. Das Angenehme ist, dass ich, wenn ich hier in Deutschland bin, bei Schorsch wohne. Ich brauche mein Auto zum Umspritzen nicht mal aus der Garage zu fahren. Praktisch, nicht wahr?«

Sepp bringt alles so humorvoll, so beiläufig hervor, als ginge es um nichts … zumindest nicht um etwas, worüber man sich den Kopf zerbrechen müsste.

Johannes ist einerseits wütend darüber und andererseits beneidet er Sepps fröhliche Gleichgültigkeit. Er selbst kommt sich dagegen vor wie ein Anfänger, was er in Sepps Augen auch ist.

Doch dann wird Sepp gefährlich ernst: »Johannes, ich warne dich. Versau nicht alles. Deine aufgeregte, nervöse Art wirkt verräterisch. Ich kann das nicht ab. Du hast deinen Job getan und ich meinen … und wir haben dabei nicht schlecht verdient. Also bitte, kümmere dich nicht um meine Sache. Es ist vorbei. Ich sagte dir doch, blicke nach vorne, da liegt die Zukunft.«

Johannes ist verwirrt, zerknirscht, als er auflegt. Er merkt, dass er der ganzen Sache nicht gewachsen ist. Für ein solches Ding fehlt ihm einfach die Kaltblütigkeit des Gangsterroutiniers. Wie soll er damit leben können? Auch wenn er für diesen Mord nicht in den Knast geht, so ist das Verfolgen in seine Träume Strafe genug. Was ihm am meisten ins Herz trifft, ist die Tatsache, dass die Ähnlichkeit mit seinem sympathischen Neffen Eric so frappierend ist … ihm tut diese Tat im Nachhinein unendlich leid.

*

»Polizeidirektion Waldshut-Tiengen, Polizeiobermeister Schwarz, was kann ich für Sie tun?«, meldet sich der Diensthabende freundlich.

»Hier spricht Krause, Regina Krause. Mein Mann und ich betreiben in Küssaberg-Kadelburg eine Pension. Ich habe in der Zeitung heute das Phantombild gesehen und habe den Typen gleich erkannt. Auch die ganze Beschreibung passt auf ihn zu. Er heißt Severin Vollmer und mietete sich bei uns vom 19. bis 23. November ein. Er trug auch immer einen grünen Kapuzenparka. Er war eigentlich immer sehr höflich. Ein ganz netter, freundlicher Gast. Der Eindruck, den er machte, lässt fast nicht zu, dass er eine Straftat begangen haben sollte. Zumindest kann ich es mir nur schwer vorstellen. Aber vielleicht löst sich die Sache auf, und er ist womöglich ganz unschuldig … einfach nur dummerweise Opfer einer zufälligen Gleichzeitigkeit.«

»Nun, Frau Krause, das lässt sich überprüfen. Sollte jemand als ungerechtfertigt verdächtigt werden, wird er nicht weiter verfolgt werden. Keiner wird bei uns unschuldig bestraft. Können Sie noch nähere Angaben machen? Zum Beispiel, ist er mit dem Auto gekommen? Wenn ja, können Sie Angaben zum Typ und Autonummer machen?«

»Es ist in meinen Augen so ein Oldtimer-Auto gewesen, ein rotes. Ich habe ja keine Ahnung von Autos. Doch es gefiel mir. Sah irgendwie sportlich aus. Mein Mann sagte es war ein Ford Capri aus den Siebzigern, so ein Liebhaberauto. Die Autonummer wissen wir beide nach so langer Zeit natürlich nicht mehr, nur dass es ein Lörracher Kennzeichen hatte.«

»Sie haben uns sehr geholfen Frau Krause. Vielen Dank für Ihren Anruf. Wir werden der Sache nachgehen.«

»Keine Ursache. Wir sehen es als unsere Bürgerpflicht, unseren Beitrag zur Aufklärung eines Verbrechens zu leisten, wenn wir können. Boris Petrow ist sehr beliebt in unserem Dorf, müssen Sie wissen. Ich hoffe nur, dass er wieder auftaucht … unversehrt auftaucht.«

*

»*H*allo Darling«, ruft Eric, der gerade von Karlsruhe zurückgekehrt war. Agnetha erwartet ihn schon

212

voll Ungeduld in dessen Loft-Atelier-Wohnung. Es ist schon sehr spät und sie ist froh, dass er endlich zurück ist. Sie sehnte sich so sehr nach ihm. Die Sache mit diesem Boris hatte sie zu arg mitgenommen.

Eric spürt, dass mit Agnetha etwas nicht stimmt.

»Was ist los Liebes? Du wirkst bedrückt«, fragt er besorgt.

»Eric, es ist etwas Schreckliches passiert. Etwas, das mich in meine Träume verfolgt.«

»Um Gottes Willen Agnetha, was ist geschehen? Etwas mit deiner Familie oder deinem Job?«

»Nein, nein, weder Familie noch Job sind betroffen. Etwas, das eigentlich gar nichts mit mir zu tun hat, nicht direkt halt«, versucht sie Erics Sorge zumindest in diese Richtung abzumildern. »Bei Waldshut wird ein 30jähriger Mann vermisst und dieser Mann … nun, sieh einfach selbst.« Sie legt ihm die Zeitung des Vortags hin.

Eric betrachtet natürlich zuerst intensiv das Bild, bevor er den Bericht liest. Er ist sehr ruhig, fast beängstigend ruhig. Dann schaut er mit ernstem Blick zu Agnetha auf.

»Siehst du Eric, so erging es mir auch. Das ist es … genau dieser Blick … so wie du mich jetzt anschaust. Dieser Blick, den ich so an dir liebe. Dieser Mann hier hat genau deine dunklen, geheimnisvollen, tiefgründigen Augen, den gleichen Blick. Kannst du dir vorstellen, wie mich diese ganze Sache mitnimmt?«

Eric schweigt nachdenklich. Wieder schaut er das Bild in der Zeitung intensiv an. Er ist tief bewegt, und langsam beginnt er zu sprechen.

»Es kommt mir vor, als wäre er meine andere Hälfte. Es ist so seltsam. Ich kann es nicht erklären, weil ich es selbst nicht verstehe. Und schau mal: mein Alter, meine Körpergröße. Kann das ein Zufall sein?«

Agnetha umarmt Eric und drückt sich fest an ihn: »Ich bin total verwirrt Eric ... nein, erschüttert.« Eric erwidert die Umarmung. Neben ihrem Ohr sagt er mit einer Stimme, die so leise ist, dass Agnetha nur noch ein Flüstern wahrnimmt: »Ich muss wissen, wann und wo er geboren ist. Morgen werde ich bei der Polizei in Waldshut anrufen.«

Diese Nacht können weder Eric noch Agnetha richtig schlafen. Die Geschichte um Boris Petrow hatte sie so sehr erschüttert. Sie sind aufgewühlt, die Gedanken kreisen immer wieder um den Vermissten und vor allen Dingen um die Ähnlichkeit zwischen ihm und Eric. Eric ist froh als es morgen ist. Er will gleich bei der Polizei anrufen.

Nach dem dritten Klingelton meldet sich auch schon Polizeiobermeister Schwarz.

»Guten Morgen Herr Schwarz. Kirchhofer mein Name, Eric Kirchhofer. Ich habe leider erst gestern in der Zeitung die Vermisstenanzeige dieses Boris Petrows gesehen und ... nun was soll ich sagen ... die ganze Sache hat mich aus persönlichen Gründen etwas betroffen gemacht. Könnten Sie mir eine Auskunft über die Person Boris Petrow erteilen?«

»Nun, Herr Kirchhofer, eigentlich sind *wir* es, die Auskünfte einholen, die zur Lösung des Falles beitragen könnten, nicht umgekehrt. Abgesehen davon, am Telefon machen wir sowieso keine Angaben. Sie verstehen, es könnte ja der Täter sein, der die Dreistigkeit besitzt, bei uns anzurufen.«

»Natürlich, ich verstehe. Doch mit der Auskunft, die ich benötige, kann ein Täter nicht viel anfangen. Mich interessiert eigentlich nur das Geburtsdatum des Opfers. Dürfen Sie mir dieses verraten?«

»Ich mache Ihnen einen Vorschlag, Herr Kirchhofer. Kommen Sie doch persönlich bei uns vorbei, dann können wir über diese Angelegenheit und auch Ihre – ich gehe jetzt mal davon aus – berechtigten Beweggründe diskutieren.«

»Ich würde nichts lieber tun als das; doch dafür ist mir der Anfahrtsweg zu weit, nur um eine Information zu erhalten. Ich lebe und arbeite hier in Lörrach.«

Der Beamte wird bei dieser Bemerkung hellhörig.

»In Lörrach sagten Sie?«

»Ja, in Lörrach und da können Sie sich sicher vorstellen, dass …« Doch der Beamte unterbricht ihn.

»Das macht den Fall allerdings etwas verzwickter. Ich habe ein paar Fragen, die wir jetzt gleich am Telefon klären könnten. Haben Sie die Person auf dem Phantombild der gestrigen Zeitung schon einmal gesehen?«

»Nein, diesen Mann kenne ich nicht.«

»Nun, halten Sie sich bei der Beurteilung nicht unbedingt an Haarfarbe und Schnurrbart. Beides könnte eine Verkleidung sein.«

»Ich habe es gelesen. Aber … nein, ich kenne ihn nicht. Aus welchem Grund sollte ich ihn denn kennen? Ausgerechnet einen Verdächtigen, der im Zusammenhang mit einer Entführung erwähnt wird.«

»Er fuhr ein Auto mit Lörracher Kennzeichen – darüber wird in der heutigen Zeitung berichtet – und da Sie von Lörrach aus anrufen und sich für den Fall interessieren, machte mich das natürlich nachdenklich«, antwortet der Beamte ehrlich.

Agnetha, die neben Eric sitzt, verfolgt das Gespräch mit wachsender Spannung. Sie beide haben heute noch nicht in die Zeitung geschaut. Dieser Anruf war für sie heute das Wichtigste und erster Akt dieses Tages.

»Diese Nachricht ist allerdings neu für mich«, erklärt er dem Beamten.

»Nun, es handelt sich um einen roten Ford Capri – so ein Liebhaberauto – das beobachtet wurde«, fährt der Beamte fort. »Kennen Sie jemanden, der ein solches Auto fährt? Seinen Namen gab der Fahrer mit Severin Vollmer an. Vermutlich, wenn es sich wirklich um den Täter handelt, ist aber auch der Name falsch.«

»Nein, ich kenne weder den Mann auf dem Phantombild, noch sagt mir dieser Name etwas, noch kenne ich jemanden der ein solches Auto fährt.«

»Können Sie mir bitte Angaben zu Ihrer Person machen. Vollständiger Name, Geburtsdatum und -ort, Wohnadresse und berufliche Tätigkeit.«

Eric zögert zwar einen Moment, schließlich wollte er ja nur das Geburtsdatum des Opfers erfahren und nicht sich einer erkennungsdienstlichen Behandlung unterziehen. Er blickt zu Agnetha, die nur ihre Schultern hochzieht und mit dem Kopf hin und her wiegt. Ihr Gesichtsausruck signalisiert ein ›*na ja, warum nicht?*‹

Ja, warum eigentlich nicht … so beantwortet sich seine eingangs gestellte Frage vielleicht von selbst, nur einfach in die andere Richtung. Er gibt dem Beamten die gewünschten Daten. Geburtsdatum und -ort behält er sich bis zum Schluss auf, damit sie gleich daran anknüpfen könnten.

Der Beamte stockt einen Moment als er Erics Geburtsdatum hört. Er stößt gut hörbar seinen Atem zwischen den Zähnen aus. Es gleicht fast einem pfeifenden Zischen, was Eric natürlich nicht entgeht.

»Hm«, sagt der Beamte, »ich verstehe.«

Eric schaut mit hochgezogenen Augenbrauen zu Agnetha. Man könnte fast ein zaghaftes, siegesbewusstes Lächeln um die Mundwinkel ausmachen. Agnetha weiß noch nicht, ob diese Mimik der Tatsache gilt, dass Eric auf anderem Weg nun doch noch zu seiner Auskunft kommt oder ob es die Bestätigung des Verdachts als solches ist.

»Sie verstehen *was*?«, fragt Eric scheinheilig. Doch der Beamte ist nicht von dummen Eltern. Er ist geschult in Fragetechnik und auch darin, Reaktionen psychologisch zu beurteilen. Außerdem hat Kirchhofer sicher nicht aus Jux und Tollerei nach dem Geburtsdatum des Vermissten gefragt.

»Herr Kirchhofer, Sie müssen mir jetzt keine Komödie vorspielen«, sagt der Beamte sehr überlegen und Eric fühlt sich ertappt. »Dieser Fall hat mit diesen Fakts natürlich eine neue Wendung erhalten, und das wissen Sie so gut wie ich. Diese Wendung macht es erforderlich, dass sie persönlich bei der Polizei vorsprechen. Ich schlage vor, wenn es für Sie einfacher ist, dass Sie bei unseren Kollegen in Lörrach vorstellig werden.«

»Nun, da der Fall, wie sie es sagen eine neue Wendung erhalten hat, bin ich natürlich gerne bereit, zu Ihnen nach Waldshut zu kommen. Diese Wendung war eine Vorbedingung. Ich wollte nicht einfach aufs Geratewohl überstürzt losstürmen.«

Er überlegt einen Moment, zieht dann seine elektronische Agenda hervor und fährt weiter, mehr zu sich als in den Hörer: »Ich habe morgen nur zwei wichtige Termine. Einen um zehn Uhr und einen um dreizehn Uhr. Ich könnte … sagen wir mal …«, er zählt murmelnd an seinen Fingern ab und schlägt dann laut vor »… sagen wir mal, ich könnte um circa fünfzehn Uhr dreißig bei Ihnen sein. Bei wem muss ich mich melden?« Nachdem er genaue Anweisung erhalten hatte, verabschiedet Eric sich von Polizeiobermeister Schwarz.

Wieder einmal lässt ein Gespräch total verblüffte Menschen zurück. Eric und Agnetha schauen sich nur

218

fragend an. Der Beamte lehnt sich in seinem Stuhl zurück, schüttelt den Kopf, dann nimmt er das Telefon wieder und wählt eine interne Nummer. Er fordert die standesamtlichen Nachrichten vom 10. September 1977 an. Danach informiert er Hauptkommissar Becker über diese neue Situation.

»Das ist ja interessant! In der Tat eine ganz neue Wendung. Sieht aus, als müssten wir in eine ganz andere Richtung recherchieren. Wurden eigentlich unsere grenznahen Schweizer Kollegen auch schon informiert?«

»Ja, die Mitteilung ging heute raus.«

»Gut. Vielleicht sollten wir auch nochmals mit Silke Maurer sprechen.«

»Ich werde sie auf morgen aufbieten, bevor Herr Kirchhofer da ist. Dann können wir im Vorfeld schon mal mit ihr sprechen. Wenn dann Herr Kirchhofer auftaucht, wissen wir vielleicht schon ein bisschen mehr.«

*

»Sag mal, was war denn da für ein Stümper am Werk«, schreit Adrian ziemlich wütend ins Telefon. »Du sagtest mir doch, dass der ein Profi sei. Die Polizei hat keine drei Tage gebraucht, um herauszubekommen, wie der Täter aussieht, wie er heißt, welches Auto er fährt und schließlich, woher er stammt. Jeden Tag kommt ein neues Detail heraus und an drei aufeinanderfolgenden Tagen erfahren wir sie über die Zeitung. Der will ein Profi sein? Fährt ein Auto, das jedem Kind auffällt … Liebhaberauto und auch noch in Rot.«

»Beruhige dich Adrian«, sagt Johannes, obwohl er selbst alles andere als die Ruhe ist. »Sein Auto dürfte mittlerweile schon eine andere Farbe haben und …«

»… und schon hat er den nächsten Fehler begangen«, unterbricht ihn Adrian. »Was glaubst du, wie schnell die Polizei die Autowerkstatt herausgefunden hat, bei der er diese Arbeit vornehmen ließ.«

»Adrian, glaube mir, er ist ein Profi. Glaubst du vielleicht, dass der zu einer öffentlichen Autowerkstatt gehen würde? Der hat doch ne Menge Leute an der Hand. Die arbeiten zusammen … unsichtbar, im Untergrund. Da tut jeder jedem immer wieder mal einen Gefallen, wenn es nötig ist. Mittlerweile dürfte er auch wieder seine eigene Autonummer haben und die lautet nicht auf Lörrach. Er ist nämlich Franzose und sein Auto ist auch in Frankreich zugelassen. Schwarze Haare und Schnurrbart … nun beides stand ihm gut, aber es ist nicht sein Haar. Ein andermal hat er rote oder blonde Haare. Er ist wie ein Chamäleon. Und den Namen? Den kannste vergessen … glaubst du, der ist so blöd, sich mit seinem Namen irgendwo einzumieten? Severin Vollmer, haha, dass ich nicht lach'. Adrian, glaube mir. Der ist ein ausgekochter Fuchs. Er hat Erfahrung, denn er ist schon viele Jahre im Business tätig. Bis heute ist ihm noch nie jemand auf die Schliche gekommen. Der hat noch nie gesessen und will, dass es auch so bleibt. Und – das kannste glauben – obwohl er schon einiges auf dem Kerbholz hat. Er ist ein Profi … wirklich.«

Adrian beruhigt sich langsam. »Aber sag mal, dieses Phantombild, ohne dunkle Haare und Schnurrbart

… sieht es ihm nun ähnlich oder nicht?«

»Es ist schon ziemlich gut getroffen. Also dieser Zeuge, der die Angaben machte, war schon ein ziemlich guter Beobachter. Doch, Adrian, du brauchst dir keine Sorgen zu machen. Mein Kumpel hat einen Wohnsitz in Lörrach und in Frankreich, während er in Lörrach gar nicht gemeldet ist. Und der wird jetzt erst mal für eine Weile in Frankreich untertauchen und du kannst sicher sein … weit, weit weg von der deutsch-französischen Grenze.«

»Komm, erzähl mir nicht zu viel … keine Details, bitte. Ich will's nicht wissen … so wie wir es abgemacht haben.«

Weder Adrian noch Johannes will vor dem anderen zugeben, wie sehr diese Sache ihn überfordert. Keiner der beiden ist ihr gewachsen. Daher verfallen auch beide nach dem Gespräch wieder in dieses zermürbende Grübeln.

16

»Vielen Dank Frau Maurer, dass Sie so spontan vorbeikommen konnten«, sagt Herr Becker, der bei der Vernehmung anwesend ist. Er nimmt sehr Rücksicht auf die blasse, bedrückt wirkende Frau vor ihm. »Wir können uns gut vorstellen, Frau Maurer, was sie jetzt durchmachen. Diese Ungewissheit ist zermürbend. Doch Sie können versichert sein, dass wir alles Menschenmögliche veranlassen werden, Ihren Freund zu finden«, versucht er Silke zu trösten. »Es gibt seit gestern eine Wendung, die uns in der Sache vielleicht etwas weiter bringen könnte, und deswegen haben wir Sie nochmals hergebeten«, fährt er weiter und gibt dann das Wort an Herrn Schwarz.

»Frau Maurer, es gibt in Lörrach einen Mann namens Kirchhofer, Eric Kirchhofer.«

Silke steigt das Blut plötzlich in den Kopf und ihr Gesicht färbt sich fast dunkelrot. Sie senkt ihren Blick.

»Sie kennen diesen Mann?«, fragt er, obwohl für ihn diese Reaktion schon Antwort genug war.

Mit leiser Stimme sagt sie: »Nein, ich kenne ihn nicht … nicht persönlich.«

»Was heißt ›nicht persönlich‹? Heißt es, dass Ihnen der Name etwas sagt?«

Silke räuspert sich. »Ja, der Name sagt mir etwas.«

»Frau Maurer, gibt es etwas, das Sie uns sagen müssten. Wir sind auf Ihre Unterstützung angewiesen, wenn wir erfolgreich ermitteln sollen. Jedes Detail ist für uns wichtig.«

»Mein Freund, also Boris Petrow, hatte Mitte Oktober eine Entdeckung gemacht«, beginnt sie leise mit ihrer Geschichte und fährt dann weiter, während sie immer wieder ins Stocken gerät. »In der Zeitung, da war dieser Eric Kirchhofer abgebildet und … ja die Ähnlichkeit … nun die war so groß, dass es fast nicht möglich sein konnte, dass es sich um … nun, sagen wir mal, dass es sich um einen bloßen Zufall handeln könnte.«

Sie wischt sich mit einer Hand eine Haarsträhne zurück, die ihr ins Gesicht fiel und an der schweißnassen Haut festklebte. Ihr ist heiß geworden. Sie ist sichtlich nervös. »Boris und ich haben dann Recherchen angestellt«, fährt sie schließlich weiter, »und haben herausgefunden, dass vor dreißig Jahren zwei Babys vertauscht wurden. Eine Archivauskunft, die ich bei einer befreundeten Journalistin einholte, gab uns letzte Bestätigung.«

Polizeiobermeister Schwarz legt die standesamtlichen Nachrichten, die er am Vortag angefordert hatte, vor Silke auf den Tisch. Sie zuckt zusammen und starrt den Beamten hilflos an.

»Es ging wohl um diese beiden Familien hier – Petrow und Kirchhofer?«, fragt Schwarz, in einem Ton, der eher feststellend denn fragend ist, und deutet auf die entsprechenden Zeilen, die er mit dem Marker gelb markiert hatte.

»Haben Sie, Frau Maurer, eine Ahnung, warum dieser Tausch hätte sollen begangen worden sein?«

»Ja. Dieser Ilja, der eigentliche Kirchhofersohn, war mongoloid.«

Becker zieht seine Augenbrauen hoch und reibt sich das Kinn. Dann richtet *er* wieder das Wort an sie: »Was heißt hier war?«

»Nun, er starb vor zehn Jahren.«

»Also zwanzigjährig.«

»Das ist bei Down-Syndrom keine Seltenheit«, erklärt Silke.

»Kam es zum persönlichen Kontakt zwischen den Kirchhofers und Ihrem Freund«, will Becker weiter wissen.

»Ja, der Gynäkologe, Dr. Christoph Kirchhofer, hatte sich im November zweimal mit Boris in Bad Säckingen getroffen.«

»Aha, der Gynäkologe ... also der Vater des Kindes mit Down-Syndrom«, stellt er sachlich fest.

»Nein, er ist nicht der Vater, sondern der Bruder des Vaters und er war der damalige Geburtshelfer bei beiden Frauen gewesen«.

»Aha«, sagt Becker wieder, dem die Verwicklung um den Namen Kirchhofer langsam einen Reim gibt, »ein Dienst unter Verwandten also.«

Wieder reibt er sich sein Kinn. »Ging es beim Treffen um Geldforderungen?«, will er wissen.

»Nein, wenngleich, die Familie Boris Unterstützung zusagte.«

»Glauben Sie, dass die Entführung mit der Familie Kirchhofer etwas zu tun haben könnte?«, fragt er ohne Umschweife.

»Nein, absolut nicht«, insistiert sie mit allem Nachdruck. »Wenn ich nur einen vagen Verdacht gehegt hätte, hätte ich bei meiner Vermisstenanzeige etwas verlauten lassen. Aber sie waren sich einig, empfanden gar Sympathie füreinander. Die Kirchhofer Familie ist eine feine Familie. Die ist nicht zu so etwas fähig.«

»Dennoch, Frau Maurer, hat sich diese Familie zu einem Babytausch hinreißen lassen. Nun, wie auch immer, Sie hätten uns diese Sache nicht vorenthalten dürfen.«

Wieder senkt Silke ihren Blick. »Boris hätte es nicht gewollt.«

»Warum nicht?«, will Becker wissen.

»Boris ging es nicht darum, die Familie zu ruinieren. Immerhin geht es ja um eine Straftat. Die Bestrafung oder der Ruin der Familie hätte ihm keine Zufriedenheit gebracht. Er meinte, dass es genug Leid gab und eine Bestrafung, würde sein Schicksal, also seine Vergangenheit, auch nicht mehr ändern.«

»Wenn dem so ist, warum hat er sich denn dann überhaupt bei der Familie gemeldet? Dann hätte er die ganze Sache doch eigentlich auf sich beruhen lassen können«, bohrt Becker weiter.

»Boris hatte nur einen Wunsch: er wollte seinen richtigen Zwillingsbruder kennenlernen. Können Sie das denn nicht verstehen?«

»Doch, das kann ich verstehen.«

»Ein Treffen hätte jetzt im neuen Jahr stattfinden sollen. Das wurde Boris zugesagt.«

»Und warum erst im neuen Jahr, wenn sie sich doch schon im November getroffen hatten?« ›November‹, schoss es Becker durch den Kopf, ›Da fand doch auch die Beschattung statt. Wenn da kein Zusammenhang zwischen der Entführungs-Straftat und der Babytausch-Familiengeschichte besteht, fresse ich einen Besen mitsamt der Putzfrau.‹

»Dr. Kirchhofer brauchte noch Zeit, um die Familie, vor allen Dingen Eric und dessen Mutter, die ja auch nichts wusste, darauf vorzubereiten. Und Boris hatte es nicht eilig. Er meinte, er habe dreißig Jahre warten müssen, da käme es ihm auf einen Monat mehr oder weniger auch nicht mehr an. Möglicherweise hatte er selbst auch noch ein bisschen Respekt davor, plötzlich seinem Bruder gegenüberzustehen und war über den Aufschub vielleicht sogar froh. Er musste sich doch innerlich auch darauf vorbereiten. Plötzlich seinem Ebenbild, von dem er dreißig Jahre nichts wusste, gegenüberzutreten ... das ist nicht gerade einfach, oder?«

»Natürlich, klar ... dennoch, so kurz vor dem Treffen verschwindet Ihr Freund. Ist doch schon irgendwie seltsam? Finden Sie nicht auch?«, meldet Becker seine Zweifel an, »und seltsamerweise, fand zur gleichen

Zeit des Treffens zwischen Ihrem Freund und dem Gynäkologen auch eine Beschattung statt.«

»Dass es eine Beschattung gewesen sein soll, ist ja noch nicht definitiv sicher, es ist ja nur mal eine Vermutung, wie ich gehört habe. Die Familie hat damit auf jeden Fall nichts zu tun. Ich sagte Ihnen doch schon. Sie sind sich einig geworden«, bestätigt Silke nochmals ihre Aussage mit allem Nachdruck.

»Ja, klar, mag sein, wie sie sagen: *die* Familie. Doch wir wissen ja, dass es zwei Familien sind, die in diese Geschichte verwickelt sind«, stellt Becker lapidar fest, während er Silke ziemlich intensiv mustert.

Die Tür öffnet sich, und eine uniformierte Beamtin tritt ein. Sie flüstert Becker etwas zu. Becker nickt, und die Beamtin verschwindet wieder.

»Frau Maurer, wir bitten Sie, hier einen Moment zu warten. Sie werden dann gleich geholt.« Silke nickt. Sie ist verunsichert. ›Nein‹, denkt sie überzeugt, ›keine Kirchhoferfamilie kann mit einer solchen grausamen Tat etwas zu tun haben‹.

Eric sitzt mit dem Rücken zur Tür in einem angrenzenden Büro. Vor ihm steht eine Tasse Kaffee. Becker und Schwarz treten ein. Sie wollen Eric gerade begrüßen, als dieser, durch das Öffnen der Türe aufmerksam geworden, aufsteht. Wie er sich zu ihnen umdreht, bleiben beide abrupt stehen. Auch ihnen hat die Ähnlichkeit mit dem Vermissten für einen Moment die Sprache verschlagen. Während Schwarz seinen Mund noch immer nicht zukriegt, fasst Becker sich schnell, geht auf Eric zu, reicht ihm die Hand und begrüßt ihn freundlich, indem er sich und Herrn Schwarz vorstellt.

Was Eric anschließend zu hören bekommt, erschüttert ihn bis tief ins Mark. Er sitzt zusammengesunken im Stuhl. Wie ist es möglich, dass seine Welt so plötzlich von einem Tag auf den anderen erschüttert wird. Sein Onkel, der rechtschaffene Gynäkologe. Er hatte schon als Junge immer zu im hochgeschaut. Der Onkel war seit jeher sein großes Vorbild, viel mehr als sein Vater. Chris der ruhige, geduldige und sachliche Gesprächspartner mit unendlich großem Wissen, ein Mann der sein Gegenüber immer respektvoll behandelt, nie abfällig wird. Mit ihm zu diskutieren ist eine Freude. Wie ist es möglich, dass dieser Mann sich vor dreißig Jahren zu einer solchen Tat hinreißen ließ? Und jetzt das Verschwinden seines Bruders. Nein ... Eric will nicht glauben, dass er etwas damit zu tun haben soll. ›Reiner Zufall‹, denkt er sich. ›Es wird sich alles aufklären.‹

Wieder geht die Türe auf. Jetzt kommt Silke mit der Beamtin ins Büro. Als sie Eric sieht, weint sie.

»Oh mein Gott«, stammelt sie mit erstickter Stimme. Sie steht vor Eric und schluchzt, so dass es sein Herz berührt. Sein Beschützerinstinkt wird angesprochen und er nimmt Silke in die Arme, um sie zu trösten, dabei hätte er selbst so sehr des Trostes bedurft. Die beiden Beamten stehen tief gerührt daneben, trauen sich nicht, sich zu bewegen. Für beide steht jetzt schon fest, dass sowohl Frau Maurer als auch Herr Kirchhofer absolut integer sind.

Nachdem sie den Polizeiposten verlassen hatten, sitzen Eric und Silke im Caféhaus Ratsstüble in der Kaiserstraße in Waldshut. Eric lässt sich von Silke die ganze Geschichte erzählen. Er erfährt viel über seine leibliche Mutter. Er ist schmerzlich berührt, als er von ihrer traurigen Geschichte erfährt. Er möchte am liebsten weinen. Wie konnte man dieser Frau so etwas antun? Kann man eine solche Tat überhaupt je verzeihen?

Umso mehr bewundert er Boris' Großmut, den er der Familie Kirchhofer entgegenbringt. Er, der Geschädigte, will eine gute Einigung erwirken. Er will sie nicht bestraft sehen, hegt keinen Hass. Er hatte nur einen einzigen Wunsch, ihn Eric, seinen Bruder kennenzulernen. Dass Boris und sein Onkel Chris dabei waren, gute Freunde zu werden, dass beide große Sympathie füreinander hegten, gibt ihm Trost, wenn auch nur einen kleinen. Er möchte nicht glauben, dass seine Familie etwas mit Boris' Verschwinden zu tun haben könnte, obwohl alles seiner Meinung nach dafür spricht. Warum verschwand Boris gerade jetzt – jetzt da ein Treffen kurz bevorstand? Warum wusste er noch nichts von dem geplanten Treffen? Man hätte ihn doch längst darauf vorbereiten sollen. Warum hat das noch niemand getan? Und immer wieder spukt ein Name in seinem Kopf herum: Tamara – seine Mutter. Eine schöne, hochgewachsene Frau, soll sie gewesen sein, so zumindest erzählte Silke. Von einem Tag auf den anderen wurde sein Leben über den Haufen geworfen. Er empfindet es wie ein Erdbeben, das alles erschütterte.

Gegen sechs verabschiedet Eric sich von Silke. Beide treten wieder ihren Heimweg an, nicht ohne sich das Versprechen gegeben zu haben, in Kontakt zu bleiben.

Auf dem Weg zum Auto ruft Eric Agnetha an, die zu Hause wie auf heißen Kohlen sitzt.

»Endlich, ich bin schon ganz ungeduldig«, meldet sie sich, »na, wie war es?«.

In kurzen Sätzen umreißt Eric, was bei seinem Besuch hier in Waldshut alles aufgedeckt wurde. Er spricht von seinem Bruder, als hätte es ihn in seinem Leben schon immer gegeben. »Und er hat eine sehr sympathische Freundin. Silke heißt sie. Silke Maurer.«

»Silke Maurer?«, wiederholt Agnetha nachdenklich. »Silke Maurer ... irgendwie kommt mir dieser Name bekannt vor.«

Sie überlegt. »Ja natürlich, jetzt hab ich's. Silke Maurer. Sie hatte sich bei ihrer Recherche an meine Kollegin Suzanne Heller gewandt. Die beiden sind zusammen zur Schule gegangen. Jetzt ist mir auch klar, warum Suzanne wegen des Zeitungsberichts am Montag so aus dem Häuschen war.«

»Suzanne hat etwas gewusst?«, fragt Eric erstaunt.

»Nein, das glaube ich nicht. Silke hatte damals gesagt, dass sie noch nicht darüber sprechen könne. Nein, Suzanne hatte nur das Bild von Boris gesehen, und da hatte sie vermutlich eins und eins zusammengezählt. Deshalb, hatte es sie wahrscheinlich auch gefühlsmäßig so aufgewirbelt. Das geht ja jedem so, wenn er ein Ebenbild eines bekannten Menschen vor sich sieht und dann noch in einem solchen schlimmen Zusammenhang wie eine Entführung oder gar Mord.«

»Um Gottes Willen, Agnetha, sprich mir nicht von Mord. Ich will daran nicht glauben.«

Eric ist zwischenzeitlich bei seinem Auto angekommen.

»Agnetha, wir werden zu Hause weitersprechen. Ich bin in etwa einer Stunde bei dir.«

Bevor er aber losfährt, wählt er noch kurz die Nummer seines Onkels. Er erzählt ihm nichts von den Dingen, die er heute erfahren hatte. Er erklärt ihm nur, dass er, da er morgen geschäftlich in Rheinfelden zu tun habe, ihn gerne wieder einmal besuchen würde. Eric ist wichtig, wenn er mit seinem Onkel spricht, in dessen Augen schauen zu können.

Chris, der seit Boris' verschwinden innerlich aufgewühlt ist, ahnt die Hintergründe dieses plötzlichen Besuchs. Doch er will sich dieser Sache stellen. Früher oder später hätte Eric es sowieso erfahren, spätestens dann, wenn das Treffen zustande gekommen wäre.

17

Die Begrüßung ist herzlich, wie immer, wenn sie sich nach längerer Zeit wieder treffen. Eric nimmt im Sessel gegenüber Chris Platz, während Judith den Tee eingießt und anschließend ebenso Platz gegenüber Eric einnimmt. Etwas hängt fast greifbar in der Luft. Man braucht dazu kein Psychologe zu sein. Chris erkennt an Erics bedrücktem Gesicht, dass ihm etwas schwer auf dem Herzen lastet, so wie ihm selbst auch … seit Boris' Verschwinden. Deswegen kommt er auch gleich zur Sache.

»Eric, deiner ernsten, bedrückten Miene nach zu urteilen, ist es für uns nicht schwer, den Grund deines Besuchs heute zu erraten. Es ist gut, dass du gekommen bist. Ein Gespräch ist längst überfällig.«

Eric blickt Chris offen in die Augen. Erneut liegt ein bedrückendes Schweigen zwischen den dreien.

»Ich weiß nicht, Eric, wo ich anfangen soll. Sage mir, was du weißt, damit ich dir weitere Details erklären kann«, versucht Chris erneut das Gespräch in Gang zu bringen.

»Eigentlich weiß ich alles. Gestern war ich bei der Polizei in Waldshut und da kam so einiges ans Licht.«

Als Chris vernimmt, dass die Polizei inzwischen so weit in diese Geschichte vorgedrungen ist, durchzuckt es ihn.

Eric, der über eine gute Beobachtungsgabe verfügt, entgeht diese Regung natürlich nicht. Er hätte darauf eingehen können. Doch er tut nichts dergleichen und fährt weiter: »Ich kenne auch die Beweggründe für eine solche Tat … ich weiß jedoch nicht, was in Euch und auch in meinen Eltern vorgegangen ist: damals zum Zeitpunkt des Babytauschs und während der folgenden dreißig Jahre. Und dann, meine Mutter … wie konnte sie einer anderen Mutter das antun? Und schließlich …«, Eric mag es fast nicht aussprechen, denn der Gedanke schmerzt ihn unendlich, »… und schließlich möchte ich wissen, ob ihr etwas mit dem Verschwinden meines Bruders zu tun habt. Ich möchte Boris' Freundin gerne glauben dürfen, denn sie sagte ›nein‹. Sie sagte mir, dass ihr beide, Du und Boris, in gutem Kontakt gestanden und eine Einigung gefunden habt, zum Beispiel dass wir uns treffen sollten; dass sogar wachsende Sympathie mit im Spiel war. Doch, warum waren meine Eltern bei den Verhandlungen nicht dabei? Sie betraf es doch auch.«

Chris erwidert Erics Blick standhaft, denn er weiß, wie wichtig dieser direkte Blickkontakt für ihn jetzt ist.

»Ich beginne mit meinen Antworten am Ende deiner Rede. Ja, ich hatte Boris ins Herz geschlossen, vom ersten Tag unserer Begegnung an. Vielleicht, weil er mich so sehr an dich erinnerte. Er hat deine Stimme, deine Größe, deine Augen, deine Art … kurz, er ist wie du. Ich erzähle dir da nichts Neues, wenn ich dir sage, wie sehr ich dich schon immer mochte. Deswegen tut mir das, was wir auch dir damit angetan haben, außerordentlich leid ... ein Bruch in unserer Beziehung, als Folge dieser Geschichte, könnte ich aus deiner Sicht zwar verstehen, doch würde es uns sehr schmerzen.«

Chris seufzt kurz, hofft, dass die Sympathiebezeugung an der richtigen Stelle angekommen ist und berichtet schließlich weiter. »Außer mit mir hatte Boris mit niemandem Kontakt aufgenommen, auch nicht mit deinen Eltern. Ich war der Geburtshelfer und er wollte von mir wissen, was mich als ...«, er stockt einen Moment und fährt schließlich fort »... was einen renommierten Arzt zu einer solchen Tat veranlasste. Deswegen war bei den Treffen, außer mir, sonst niemand dabei. Und ich kann dir sagen, der Gang zu diesem ersten Treffen war ein äußerst schwerer ... für uns beide. Indes, wie seine Freundin richtig gesagt hatte, sind wir uns einig geworden, wobei ich betonen muss: Boris hatte nie eine Forderung gestellt, also ich meine eine Geldforderung. Er wollte einzig und allein dich treffen. Das war sein größter, wichtigster Wunsch ... seinen Bruder kennenzulernen und ...«, er senkt seine Stimme. Sie wirkt hilflos und traurig zugleich. »... und ich hoffe nur, dass es dazu noch kommen kann.«

Eric berührt dieses Wissen, dass sein Bruder nur eines im Sinn hatte, nämlich ihn zu treffen, sehr tief. Er kämpft gegen Tränen.

Die Echtheit der Gefühle, die Chris ihm und seinem Bruder entgegenbringt bezweifelt Eric bei diesen Worten nicht. Auf jeden Fall spricht alles dagegen, dass die beiden mit der Entführung etwas zu tun haben könnten. Eric möchte es so gerne glauben.

»Dass ich Boris Geld angeboten hatte«, erklärt Chris weiter, »hängt nicht nur mit meinem schlechten Gewissen zusammen und dass ich mich nur von einer Schuld reinwaschen möchte, sondern damit, dass ich für ihn etwas tun wollte – ein kleiner Tropfen der Wiedergutmachung. In seinem Leben musste er so viel entbehren. Deshalb habe ich begonnen, in seine Ausbildung zu investieren und das nahm er dann auch dankend an. Doch Eric, ich versichere dir, dass wir mit der Entführung nichts zu tun haben …«, fast unmerklich stockt er für einen Moment, weil ihm dabei gerade Adrian wieder in den Sinn kommt. Wissen tut er nämlich nichts, er kann nur hoffen.

Doch dieses kaum merkbare, subtile Stocken fiel Eric natürlich auf. Er unterbricht seinen Onkel aber nicht, der mit seinen Erklärungen fortfährt: »Deine Mutter weiß von all dem nichts. Nur wir drei, dein Vater, Judith und ich wissen davon. Deine Mutter ist, wie du es auch warst, ahnungslos. Nach vier missglückten Schwangerschaften endlich ein gesundes Kind zu haben, machte sie unendlich glücklich und sie gab dir ja alle erdenkliche Liebe. Diese Tatsache, dass deine Mutter nichts wusste … immer noch nichts weiß … machte diese ganze Sache auch so kompliziert. Wie sollten wir es ihr beibringen?«

Chris steht auf, geht ins angrenzende Zimmer – sein Büro – und holt unter der Schreibmatte das Schreiben, oder besser gesagt, die Todesanzeige von Ilja Petrow hervor. Er reicht es Eric mit den Worten: »Mit dieser Anzeige trat Boris mit mir in Kontakt. Mein Herz blieb damals fast stehen. Ich konnte nicht mehr schlafen, nicht mehr essen … glaube mir, ich habe für diesen Frevel jetzt schon genug gebüßt. Dazu braucht es kein Gefängnis. Da reicht schon die Achtung vor mir selbst, die einen Knick bekam und die Scham Boris gegenüber und jetzt natürlich auch vor dir.«

Eric nimmt das Blatt entgegen und beim Blick auf die Anzeige bleibt ihm fast das Herz stehen: »Oh mein Gott, ist das der Sohn meiner Eltern?« Es war mehr eine rhetorische Frage, denn die Ähnlichkeit mit Johannes war nicht zu übersehen.

»Ja, das wäre der echte Eric gewesen.

Eric konnte seine Augen nicht von diesem jungen Mann lassen. Sein Gesicht hatte zwar den unverkennbaren Ausdruck des Down-Syndroms, doch es wirkte fröhlich und sympathisch. Was hatte Boris alles ertragen müssen? Er musste für seinen geistig behinderten Bruder da sein, und er war für ihn da, mit all seiner Liebe, die Geschwister einander entgegenzubringen vermögen. Was muss er, Eric, noch alles ertragen? Irgendwie fühlt er sich auch mit Ilja verbunden.

Erics Augen drücken alle Enttäuschung und den Kummer der letzten beiden Tage aus, als er wieder Blickkontakt mit Chris aufnimmt, um ihm zu bedeuten, dass er mit seinen Erklärungen fortfahre. Chris durchläuft ein schmerzhafter Schauder, doch dann fährt er mit der Beantwortung der Fragen fort.

»Und nun zu deiner eingangs gestellten Frage: wie haben wir dreißig Jahre mit dieser Lüge leben können? Wir hatten es verdrängt. Niemand hätte nur im Traum daran gedacht, nachdem dreißig Jahre alles gut ging, dass plötzlich alles aufgedeckt würde. Und zum Schluss: warum habe ich es vor dreißig Jahren fertiggebracht, eine solche Entscheidung zu treffen? Ja, das fragte ich mich auch … immer und immer wieder. Aber immer, wenn ich die damaligen Ereignisse vor meinem geistigen Auge Revue passieren lasse, sehe ich die hilflosen Augen deines Vaters. Die stumme Bitte: ›*tu etwas, Chris, bitte tu etwas*‹. Es war wie ein inbrünstiges Flehen ohne Worte … ich weiß nicht, ob ich, erneut vor diese Wahl gestellt, es nicht wieder tun würde. Ich weiß es wirklich nicht, Eric.«

Die Beichte seines Onkels berührt Eric tief im Innern. Er ist hin und her gerissen zwischen der Liebe zu ihm und dem Unverständnis und einer Wut, wie er sie bis anhin nicht kannte.

»Du hast einen Moment gestockt, als du mir versichert hattest, dass ihr mit Boris' Verschwinden nichts zu tun habt. Wolltest du mir damit andeuten, dass zumindest du nichts damit zu tun hast, aber nicht weißt, ob mein Vater dazu im Stande gewesen wäre?«, fragt er ganz unverblümt.

Wieder gibt es Chris einen Stich mitten ins Herz. Er fühlt sich ertappt. Seine Augen schauen bedrückt. Er kann im Moment nicht antworten.

»Wir wissen es nicht, Eric«, meldet sich nun Judith zu Wort. »Wir haben erlebt, wie dein Vater sich in der Zeit, als alles ans Licht kam, verändert hatte. Du hast es ja selbst erlebt, wie er betrunken war und du ihn nach Hause brachtest. Und dann plötzlich wieder die Kehrtwende von einer Stunde zur anderen. Nichts mehr von der Aggressivität der vergangen Wochen.

Und schließlich die Vermisstenanzeige, die uns einen Schock versetzte. Plötzlich schien uns im Nachhinein die Kehrtwende in Adrians Verhalten suspekt. Unser Telefongespräch mit deinem Vater beförderte jedoch nichts Verdächtiges zutage, so dass wir hätten zweifeln müssen. Er schien von Boris' Verschwinden ebenso schockiert gewesen zu sein wie wir.«

Eric möchte losschreien, so sehr schmerzen ihn all diese Offenbarungen. Er ist mit einer Lüge groß geworden … ein halbes Leben lang eine einzige Lüge … einschließlich der letzten – jetzt nachdem die Geschichte aufgeflogen war – die Siebziger-Krise-Lüge seines Vaters.

Er durfte zwar behütet aufwachsen, seine Eltern ließen es ihm an nichts fehlen, doch er hatte einen Bruder, von dem er nichts wusste und mit dem ihn schon jetzt starke Gefühle verbinden. Ein Bruder, der nur die Schattenseiten des Lebens kennengelernt hatte. Wie oft hatte er selbst das Gefühl, nur ein halber Mensch zu sein. Er konnte es sich nicht erklären. War es das? Hatte er tief im Innern gespürt, dass er die ersten neun Monate seines Lebens mit einem Bruder die Behausung teilte? Ist es möglich, dass vorgeburtliche Erfahrungen im Unterbewusstsein verankert sind und weiterleben und immer mal wieder an die Oberfläche drängen, sich diffus zu Wort melden? Und jetzt? Womöglich ist sein Bruder tot, bevor er je die Möglichkeit gehabt hätte, ihn kennenzulernen. Er vergräbt sein Gesicht in beide Hände. Chris und Judith sehen sich nur hilflos an. Plötzlich hebt Eric seinen Kopf, sein Blick ist düster, seine Gesichtszüge wirken hart – die

Enthüllungen der letzten Stunden haben ihn gezeichnet.

Er steht auf. »Ich gehe jetzt gleich zu meinem Vater«, sagt er mit kalter, wütender Stimme. Er zieht sein Handy hervor und will ihn gleich anrufen, um sich anzukünden, als Chris, der auch aufgestanden war, seine Hand auf die seine mit dem Handy legt. Chris blickt flehentlich: »Bitte Eric, gehe nicht überstürzt vor. Ich verstehe deine Wut, aber bitte, tu das deiner Mutter nicht an. Wenn du jetzt in deinem ganzen Kummer, der ganzen Enttäuschung, die dir ins Gesicht geschrieben steht, zu ihnen hineinplatzt und sie mit einer solchen Nachricht konfrontierst, sie würde zusammenbrechen.«

Er sieht in Erics Gesicht den wütenden Ausdruck nun einem gramvollen weichen.

Mit leiser Stimme, in der starke Besorgnis mitschwingt, sagt Chris schließlich: »Ich kann dir nichts vorschreiben, doch bedenke Eric: Angelika war dreißig Jahre für dich die Mutter. Eine Mutter, deren bedingungslose Liebe ihrem Sohn galt. Sie verdient es nicht, bestraft zu werden … nicht für eine Sache, von der sie keine Ahnung hatte.«

Eric lässt resigniert seine Arme sinken. Mit bebender Stimme verspricht er: »Ich werde zuerst mit meinem Vater alleine sprechen. Doch früher oder später wird es meine Mutter auch erfahren müssen. Wir können es nicht für den Rest unseres Lebens von ihr fernhalten.«

Chris blinzelt dankbar und legt eine Hand auf Erics Schulter. »Es tut mir so leid Eric. Es tut mir unendlich leid«, bringt er nur noch geknickt hervor. Dann nimmt er das Telefon und wählt Adrians Handy-Nummer.

*

Jetzt ist der Moment gekommen, vor dem sich Adrian so sehr gefürchtet hatte. Alles ist aufgeflogen, Eric weiß Bescheid, bald wird es auch Angelika erfahren.

Dann denkt er wieder an die Szene mit Johannes, wie sie einen Deal eingegangen sind. ›*Oh mein Gott, was habe ich getan? Der von Chris eingeschlagene Weg wäre der richtige gewesen. Warum sehe ich das erst jetzt ein, da es zu spät ist? Warum habe ich mich nicht diesem Vorschlag gefügt? Alles wäre besser gelaufen*‹, denkt Adrian voller Jammer.

Sicherlich, ganz ohne Blessuren wäre es nicht abgegangen, aber er hätte keine noch größere Schuld auf sich geladen, mit der zu leben es für ihn in alle Ewigkeit die Hölle auf Erden bedeuten wird. Wie oft wacht er nachts schweißgebadet auf, sieht Boris – tot. ›*Warum habe ich mich gegen jede Vernunft gewehrt? Warum? Warum nur?*‹

Mittlerweile ist er bei Erics Wohnung angekommen. Er zögert einen Moment, bevor er den Klingelknopf betätigt. Er atmet nochmals tief durch und geht langsam die Treppe hinauf … Schritt für Schritt, schleppend, als könne er die Tragödie, die auf ihn zurollt, damit noch etwas hinauszögern. Als er Eric dann vor sich sieht, dieser kummervolle Blick, schnürt es ihm die Kehle zu.

Sie sitzen sich im geräumigen Wohnzimmer gegenüber.

»Vater, du musst mir nichts mehr erzählen … nichts mehr darüber, wie vor dreißig Jahren alles angefangen hatte. Nichts mehr darüber, wie ihr dreißig Jahre mit dieser Lüge gelebt habt … das weiß ich alles. Ich will nur wissen, und ich frage dich auf den Kopf zu: Hast du etwas mit der Entführung oder gar der Ermordung meines Bruders zu tun?«

Das war zu viel. Mit dieser Frage hatte Adrian nicht gerechnet. Er hatte sich in Gedanken schon auf das Gespräch vorbereitet; er wollte erklären, wie es damals abgelaufen ist; er wollte die Verzweiflung und die Sorge um Angelika schildern, die schließlich zu dieser Tat führten.

Und nun, diese Frage. Er sitzt in seinem Sessel, wie ein Häufchen Elend. Er braucht eine Weile bis er sich von der Sprachlosigkeit wieder erholt. Eric fixiert ihn derweilen sehr genau.

›Nur das nicht. Nichts zugeben. Man kann mir nichts nachweisen. Mein Sohn könnte mir wohl alles verzeihen, doch niemals den Mord an seinem Bruder. Wie ich damit werde leben müssen, ist meine Sache. Ich muss damit fertig werden. Ich habe es nicht besser verdient, als den Rest meines Lebens von schlimmen Träumen heimgesucht zu werden. Aber nicht mein Sohn, niemals.‹

»Vater?«, vernimmt er wieder Erics Stimme. Wie aus einem Traum erweckt, schreckt er auf und schaut seinem Sohn direkt in die Augen. Diese ehrlichen Augen. Ach Gott, wie er ihn liebt, seinen Sohn.

»Nein, Eric, damit habe ich nichts zu tun«, lügt er. »Ich weiß, dass ich … dass wir alle große Schuld auf uns geladen haben, aber das nicht. Ich selbst bin tief erschüttert über Boris' Verschwinden.«

Es klingt sehr überzeugt und er möchte es selbst gerne glauben. Doch die Wahrheit lässt ihn vor sich selbst schäbig und falsch erscheinen.

Er überlegt einen Moment. Er möchte gerne das Gespräch auf die Schuld von vor dreißig Jahren hinlenken, weil er mit dieser Geschichte seinem Sohn nicht direkt ins Gesicht lügen muss.

»Es ist damals passiert, ja ... wir dachten in dem Moment nicht an die Frau, der wir dieses Unrecht zufügten. Es ging im Moment nur um Angelika. Ich dachte, dass sie es seelisch nicht verkraften würde, nach vier Fehlgeburten ein behindertes Kind zur Welt gebracht zu haben. Es war eine schwere Geburt. Deine Mutter lag viele Stunden in den Wehen, war am Ende ihrer Kräfte ...«

»Du meinst meine Stiefmutter?«, unterbricht Eric ihn scharfzüngig.

Diese schneidende Bemerkung versetzt Adrian einen, wie durch ein Schwert verursachten, stechenden Hieb mitten ins Herz. Mit trauriger Stimme entgegnet er: »Sie war dir eine gute Mutter, die es dir an nichts fehlen ließ. Vergiss das nicht Eric.«

»Ja, ich weiß. Tut mir leid. Diese Bemerkung war unüberlegt, ja ungerecht. Meine Wut ließ mich dazu verleiten. Selbstverständlich, bleibt auch meine Liebe ihr gegenüber uneingeschränkt.«

Bevor sie weiterreden können, klingelt das Telefon. Eric nimmt ab, während Adrian in sich zusammengesunken auf dem Sofa sitzt.

Eric lauscht in den Telefonhörer und reist plötzlich die Augen auf. »Was?«, ruft er erschrocken. Adrian wird plötzlich aufmerksam und versucht herauszuhören, worum es geht. Doch er vernimmt nur Bruchstücke eines augenscheinlich sehr aufgeregten Gesprächs: »Ehrlich? … Um Himmels willen. … Wo? … Er lebt? … Wie stehen seine Chancen? … Oh mein Gott. … da können wir also nur noch abwarten und hoffen … Wirst du mich auf dem Laufenden halten? … Danke, dass du mich gleich informiert hast … Tschüss.«

Eric legt auf. Nach einem Augenblick des Zögerns schaut er zu seinem Vater und verkündet nur kurz: »Man hat ihn gefunden, oder besser, man hat ihn schon vor einer Woche gefunden, in der Nacht als er verschwand, aber man wusste da noch nicht, wer er war. Man fand ihn in einem Wald in der Schweiz. Er lebt …«, Eric zögert einen Moment, »… lebt noch. Zweimal musste er reanimiert werden und fiel ins Koma. Er hatte Glück, denn der plötzliche Wärmeeinbruch in der Nacht seines Verschwindens sorgte dafür, dass er nicht erfroren ist, und er hat eine gute Konstitution, sagen die Ärzte. Dennoch, er ist noch nicht über den Berg. Wir können nur beten und hoffen.«

Adrian atmet auf. War es ein Seufzer der Erleichterung? ›*Wenn Boris lebt, wenn er durchkommt, dann bin ich kein Mörder mehr. Mein Gott, wollen wir es hoffen. Mit dieser Schuld zu leben ist eine schlimmere Strafe als ausgepeitscht zu werden oder ein Aufenthalt im Zuchthaus*‹, denkt er und laut sagt er: »Gott sei Dank. Das ist eine gute Nachricht. Wo ist er jetzt?«

»Er liegt in der Intensivstation des Kantonsspitals Schaffhausen.«

»Wer war das eben am Telefon?«, will Adrian weiter wissen.

»Silke Maurer, Boris' Freundin.«

»Ich hoffe, dass alles einen guten Ausgang nimmt. Irgendwie werde ich es jetzt deiner Mutter beibringen müssen. Darum komme ich wohl nicht herum«, sagt Adrian ernst, dennoch erleichtert über diese Nachricht.

»Papa, ich möchte jetzt gerne alleine sein.«

»Ja, ich verstehe«, gibt Adrian Erics Wunsch nach, begreifend, dass das eine Aufforderung zum Gehen war. Doch er ist beruhigt darüber, dass Eric ihn jetzt wieder ›Papa‹ statt des harten ›Vater‹ nannte.

Eric machte da schon immer genaue Unterschiede. Stets, wenn er enttäuscht oder wütend war, nannte er ihn ›Vater‹.

18

*P*olizeiobermeister Schwarz lauscht sehr aufmerksam in den Telefonhörer. Von Zeit zu Zeit antwortet er kurz, nickt, bestätigt, ohne dass Eric und Silke, die ihm gegenüber sitzen, einen Zusammenhang daraus erkennen könnten.

»Gut, danke Herr Kollege. Ich werde den Faxbericht abwarten. Einen schönen Tag noch«, dann legt er auf und blickt zu den beiden auf der gegenüberliegenden Seite seines Schreibtisches Sitzenden. Vor ihm auf dem Tisch liegen ausgebreitet zwei Lokalzeitungen und ein Lokalanzeiger mit den aktuellsten Schlagzeilen zum Fall Boris Petrow.

›Vermisster Boris Petrow wiedergefunden!‹ – ›Ist Babytausch vor dreißig Jahren der Hintergrund für Entführung?‹ – ›Hat renommierte Familie mit Entführung zu tun?‹

Eric starrt die Headlines, die er nur auf dem Kopf sieht an. Langsam beginnen sie vor seinen Augen zu verschwimmen. Ihm wird übel.

»Nun, Herr Kirchhofer«, sagt der Beamte, dem dieser starre Blick und die Gefühlsregung bei Eric nicht entgangen war, »so etwas lässt sich halt nicht vermeiden. Für die Medien ist so ein Fall natürlich ein gefundenes Fressen.«

Wie aus einer Betäubung erweckt, schaut Eric auf, dem Beamten direkt in die Augen.

»Aber was soll's? Das wird morgen schon wieder Schnee von gestern sein. Ich danke Ihnen jedenfalls, dass Sie beide gleich kommen konnten. Was Boris Petrow anbelangt, wissen wir jetzt einiges mehr. Doch leider sind wir bei der Suche nach dem mutmaßlichen Täter noch nicht weiter gekommen. Die Fahndung läuft auf Hochtouren, doch der Verdächtige scheint wie vom Erdboden verschluckt. Nach Zeugenaussagen wurde hin und wieder ein roter Ford Capri in den Straßen von Lörrach gesichtet. Er fiel natürlich jedem Autoliebhaber auf. Doch niemand konnte genaue Angaben zum Fahrer geschweige denn zum Kennzeichen machen. Bei der Kraftfahrzeug-Zulassungsstelle in Lörrach sind indes nur zwei solche Autos registriert. Eines davon ist blau und das andere weiß mit schwarzem Dach. Die Halter beider Fahrzeuge, einer in Weil am Rhein, der andere in Grenzach-Wyhlen wurden aufgesucht und befragt.

Keiner der beiden kommt für diese Tat in Frage. Das nicht registrierte rote Auto und das Untertauchen des ominösen Fahrzeughalters verstärken natürlich die Verdachtsmomente gegen diese Person. Doch auf ein Tatmotiv gibt es nach wie vor keinerlei Hinweise. Boris Petrow war … ähm ist beliebt, sowohl in Küssaberg als auch bei seiner Arbeitsstelle. Wir konnten in seinem täglichen Umfeld kein Motiv eruieren, außer … na ja, außer diese Sache mit dem Babytausch. Diese Entdeckung und die Aktivitäten, die sich daraus ergaben, heben sich vom Alltagsleben des Opfers ab. Und

es bleibt immer noch die Tatsache, dass das Auto gemäß Zeugenaussage ein Lörracher Kennzeichen trug.

Ausgerechnet Lörrach, der Heimatort seines Zwil-
lingsbruders und dessen Vater. Das ist die einzige
Verbindung, die es zu Lörrach gibt ... und diese Verbindung ist so bedeutend, dass sich daraus ein Motiv
herleiten lässt. Kein Wunder sind die Medien auf diese
Spur äußerst scharf. Sie wittern eine skandalträchtige
Story um eine renommierte Familie.«

Schwarz legt eine kurze abwartende Pause ein,
während er die beiden genau fixiert. Eric lässt sich
dadurch nicht beirren. Er hat dazu keine Aussage
mehr zu machen. Er hatte mit seinem Vater gesprochen und dieser verneinte eine Beteiligung an diesem
schweren Verbrechen. Er möchte ihm glauben ... wobei ... sicher sein kann er sich nicht.

Denn noch bleibt offen, warum seine Mutter bis
jetzt nichts gewusst hatte. Warum hatte man sie nicht
davon unterrichtet, dass es ein Treffen zwischen ihm
und Boris geben soll, so kurz vor dem Termin? Und
warum hatte man ihn selbst noch nicht vorbereitet?
Worauf wartete man denn eigentlich noch? Wartete
man vielleicht darauf, dass sich das Problem von selbst
löst, indem Boris verschwindet? Fragen über Fragen,
Zweifel über Zweifel. Ja, und diese letzten Zweifel
werden wohl immer bestehen bleiben, das ist ihm bewusst. Doch wie dem auch sei, auch für ihn gilt der
Grundsatz ›*in dubio pro reo*.‹

»Was Sie natürlich interessieren wird: wie geht es
Ihrem Freund respektive Ihrem Bruder?«, fährt
Schwarz weiter, nachdem keine Reaktion von der an-
deren Seite seines Tisches folgte. »Sie wissen ja, dass er

in einem Wald im Kanton Schaffhausen gefunden wurde. Nun, was hat man zwischenzeitlich über den Tathergang herausgefunden? Erstens erhielt er eine lebensbedrohliche Dosis Liquid Ecstasy, sogenannte K.O.-Tropfen. Eine Verletzung am Hinterkopf weist darauf hin, dass dem unfreiwilligen Genuss der Droge vermutlich ein Schlag aufs Haupt vorausging. Es müssen zwei Täter am Werk gewesen sein, denn Tatort und Fundort sind nicht identisch und so einen Riesen von Mann in ein Auto zu hieven, schafft einer alleine kaum, schon gar nicht der Täter mit der beschriebenen Statur. Er war mit sagen wir mal 1.75 Metern eher klein.

Doch Boris Petrow schien gleich drei Schutzengel gehabt zu haben. Dank seiner guten körperlichen Verfassung war die Wirkung der Droge für ihn zwar gefährlich aber nicht tödlich, was normalerweise der Fall ist. Ein weiteres Glück war der Wärmeeinbruch in dieser Nacht. Die Kälte, die bis zu diesem Zeitpunkt herrschte, hätte er nicht überlebt. Als er aus seiner Ohnmacht erwachte, muss er sich aufgerafft haben und auf allen Vieren auf eine kleine Lichtung gekrochen sein, denn die Spuren deuten auf einen anderen Platz hin, auf dem er zuvor gelegen hatte. Sein dritter Schutzengel zeigte sich ihm in der Gestalt eines Försters aus Guntmadingen. Dieser ging spät nochmals in den Wald, weil er seinen Feldstecher auf dem Hochsitz vergessen hatte. Er entdeckte Petrow, der ihn wirr anschaute, bevor er in weitere Bewusstlosigkeit versank.

Der Förster reagierte intuitiv richtig. Er alarmierte gleich das Kantonsspital in Schaffhausen und berichtete, dass es um Leben und Tod gehe. Er beschrieb den

Zustand des Opfers sehr gut und sein Verdacht, den er hegte, war so überzeugend, dass der Notdienst des Spitals gleich erkannt hatte, eine Verzögerung sei nicht zu verantworten. Man schickte einen Hubschrauber.

Das Opfer musste auch zweimal reanimiert werden und fiel schließlich erneut in Bewusstlosigkeit. Der Kollege aus der Schweiz hatte mir aber eben erklärt, dass Petrow jetzt aus dieser wieder erwacht sei. So wie es aussieht, hat er wohl das Schlimmste überstanden. Leider konnte er noch nicht befragt werden. Ob er sich überhaupt je wird an etwas erinnern können, ist fraglich. Wir müssen abwarten.«

Silke fällt ein Stein vom Herzen. »Heißt das, dass er jetzt wirklich über dem Berg ist und keine Lebensgefahr mehr besteht?«

»So wurde es mir gesagt, ja. Leider muss ich aber erwähnen, dass dennoch abzuwarten bleibt, ob er bleibende Schäden zurückbehalten wird. So wie es jetzt aussieht, kann er Morgen schon ins Kreiskrankenhaus Waldshut verlegt werden. Ich empfehle Ihnen, sich beim Krankenaus zu erkundigen.«

Silke stößt einen Seufzer der Erleichterung aus. Sie schließt ihre Augen und spricht ein stilles Dankgebet.

Schweigend laufen Silke und Eric nebeneinander her, als sie das Polizeigebäude verlassen, froh, dass Boris lebt. Nachdem sie sich voneinander verabschiedet hatten, mietet sich Eric in Waldshut ein Hotelzimmer, denn er will seinen Bruder gleich besuchen, sobald er hierher verlegt sein wird. So wie der Beamte ja erklärte, könnte das schon morgen der Fall sein. Gut hat er im Auto immer seinen Einsatzkoffer mit allen nötigen Utensilien, die er braucht, wenn er einmal überraschend auswärts übernachten muss. Vom Hotelzimmer aus ruft er zuerst Agnetha an, um ihr zu sagen, dass sie für den Rest der Woche nicht auf ihn warten solle.

»Du bleibst die ganze Woche in Waldshut?«, fragt sie erstaunt, da sie ja weiß, dass Eric meist eine Menge Termine wahrzunehmen hat.

»Ja, ich werde meine Termine verschieben. Es ist kein brisanter Fall darunter, der nicht verschoben werden könnte. Hast du eigentlich mit Suzanne gesprochen?« will er noch wissen. »Ja. Suzanne war ganz aufgelöst, untröstlich, als sie die ganze Tragweite der Geschichte erfuhr. Und die Zeitungen tun natürlich das Ihrige. Die hätten jetzt gerne eine richtige Schmutzkampagne. Manchmal hasse ich meinen Beruf.«

»Na ja, deine Berichterstattung ist schließlich ganz etwas anderes. Du kümmerst dich ja um aussterbende Sprachen«, verweist Eric mit einer subtilen Spur von Ironie auf Agnethas Projekt 2008. »Aber sag Agnetha, ist Suzanne nun wütend auf Silke?«

»Nein. Sie hatte ja, nachdem Boris verschwand und sie Verdacht geschöpft hatte, bei ihr angerufen. Als Silke ihr die Beweggründe für ihre Vertraulichkeit gegenüber der Sache erklärte, nämlich, dass Boris keinen Skandal wollte, war sie versöhnlich. Sie sagte, dass sie es nachvollziehen könne. Die beiden sind also immer noch Freundinnen.«

Eric lächelt seit Bekanntwerden dieser unrühmlichen Familienstory zum ersten Mal wieder.

Eric will sich gerade auf dem Hotelbett ausstrecken, um im Fernseher die Nachrichten zu verfolgen, als sein Telefon klingelt. Das Display zeigt ihm, dass es sein Vater ist. Er zögert, will eigentlich gar nicht abnehmen, denn er möchte jetzt nicht mit seinem Vater sprechen. Er braucht einfach Zeit und Distanz. Doch das hartnäckige Klingeln lässt ihn schließlich dennoch abnehmen. Er meldet sich ziemlich kurz angebunden. »Hallo Eric, ich bin's«, meldet sich Adrian. Die Stimme seines Vaters klingt sehr besorgt, dramatisch besorgt.

»Was ist los Papa?«, will Eric jetzt doch wissen.

»Mama liegt im Krankenhaus.«

»Was? Wieso liegt sie im Krankenhaus?«

»Sie hat eine Überdosis Schlaftabletten genommen.«

»Oh mein Gott. Warum denn das?«

»Nachdem sich gestern die Schlagzeilen in den Medien überschlugen, habe ich versucht, ihr die Geschichte schonend beizubringen. Sie konnte sich nicht beruhigen, hat den ganzen Nachmittag geweint. Als ich sie in meine Arme nehmen wollte, um sie zu trösten, um ihr zu sagen, wie leid mir alles tut, hat sie mich von sich weggestoßen … hat ihr Gesicht von mir abgewandt. Sie wolle mit mir, Chris und Judith nichts mehr zu tun haben, hatte sie gesagt. Sie könne es uns niemals verzeihen, dass wir sie so lange getäuscht hatten. Dann verschwand sie in ihr Privatzimmer.«

Adrian räuspert sich. Das Sprechen fällt ihm schwer. Auch Eric hat es für einen Moment die Sprache verschlagen. Er sitzt geknickt auf seinem Bett. Als von seinem Sohn nichts kommt, fährt Adrian weiter:

»Als ich eine Zeit nichts mehr von Mama hörte, bin ich nach oben gegangen. Ich klopfte an die Zimmertür. Doch ich erhielt keine Antwort. Zumindest hätte ich erwartet, dass sie gesagt hätte, ich solle verschwinden oder irgendwas dergleichen. Doch alles war still und sie hatte das Zimmer von innen abgeschlossen. Irgendwie hatte ich eine böse Ahnung und habe die Tür dann mit einem Stemmeisen aufgebrochen. Und da lag sie … regungslos. Neben ihr auf dem Tischchen lag das leere Tablettenröhrchen und stand ein halb geleertes Glas Wasser. Ich habe gleich den Notarzt gerufen, und man hat Mama sofort ins Krankenhaus gebracht.«

»Und wie geht es ihr jetzt?«, fragt Eric sehr besorgt, denn er hat plötzlich Panik, dass er nun seine Mutter verlieren könnte.

»Sie haben ihr den Magen ausgepumpt. Im Moment ist sie noch nicht ansprechbar. Vor Morgen kann auch niemand zu ihr.«

Adrian ist geknickt, verzweifelt, während Eric erleichtert seufzt. »Sie lebt … Gott sei Dank … sie lebt.«

»Ach Eric, alles ist zerstört. Alles. Unser Leben ist ein Scherbenhaufen. Wie können wir das je wieder gutmachen. Wird es mal eine Zeit des Vergessens geben?«

»Vergessen? Papa, da verlangst du viel. Vielleicht wird die Zeit irgendwann mal die Wunden, die so brutal geschlagen wurden, heilen. Doch es wird nur eine dünne Kruste sein, die bei der nächsten Gelegenheit wieder aufbrechen könnte. Sollte die schützende Kruste irgendwann einmal abfallen, bleibt immer noch eine Narbe. Das heißt, dass der Schmerz allgegenwärtig bleiben wird.«

»Ich weiß, Eric, ich weiß. Es braucht wohl erst einmal viel, viel Zeit«, stimmt Adrian dem eben Gesagten wie ein reuiger Sünder zu und dann bittet er: »Eric, kannst du bitte vorbeikommen? Ich brauche dich.« Seine Stimme klingt flehend.

»Papa, das geht nicht, ich kann jetzt nicht mal eben vorbeikommen. Ich bin im Moment in Waldshut und eigentlich plante ich, die ganze Woche hier zu bleiben«, erklärt Eric, der jetzt auch Mitleid mit seinem Vater hat.

»Was machst du denn in Waldshut?«, fragt Adrian ganz erstaunt.

»Eventuell wird morgen im Laufe des Tages Boris nach Waldshut ins Krankenhaus verlegt. Ich möchte ihn gerne besuchen. Ich möchte bei ihm sein bei der Rückkehr in seine Heimatstadt. Und ich möchte, dass er sieht, dass seine Bemühungen nicht umsonst waren. Hör Papa, heute ist es eh zu spät, zu kommen. Außerdem würde ich, wenn ich schon mal nach Lörrach komme, auch gerne Mama besuchen, wenn sie ansprechbar ist und das ist ja vor morgen nicht der Fall.«

»Ja, Eric, du hast recht. Wenn *DU* sie besuchst, ist sie vielleicht auch versöhnlicher. Sie liebt dich doch. Sie wird dich nicht wegschicken.«

Adrian atmet schwer. Mit einem tiefen Seufzer macht er der Enge, die sein Herz umklammert, Luft.

Dieser noch vor kurzem stolze, aufrechte Mann, ist heute geknickt und verzweifelt – ein Schatten seiner selbst. Und er weiß, dass *er* alleine alles zu verantworten hat. Die letzte Tat, der Mordauftrag, wofür er sich wohl zeitlebens vor sich selbst schämt, bleibt eine Bürde, die ein Leben lang schwer auf ihm lasten wird.

Nach dem Gespräch sitzt Eric noch eine Weile still auf dem Bett. In seinem Kopf jagen sich die Gedanken. Es ähnelt dem Tosen eines Sturms. Tausend Bilder erscheinen vor seinem geistigen Auge. ›*Dreißig Jahre*‹, denkt er, ›*dreißig Jahre heile Welt, glückliche Familie. Dreißig Jahre eine einzige Lüge.*‹

Die Bilder wechseln sich. Er sieht sich als Jungen auf dem Schoß seines Vaters, die Liebkosungen seiner Mutter, die schöne Villa … alles erscheint ihm in strahlendem Licht und dann sieht er den exakt gleichen Jungen. Er lebt in bescheidenen Verhältnissen zusammen mit seinem Bruder Ilja, der Sohn seiner Eltern, das Ebenbild von Angelikas Bruder.

Er sieht eine schöne, hochgewachsene, schwarzhaarige Frau; eine Frau nach deren Muster Boris und er geschnitten sind – seine Mutter Tamara.

Silke hatte ihm von dieser genügsamen tollen Frau erzählt, sie ihm genau beschrieben, so dass er sie sich förmlich vorstellen kann. Und dann sieht er wieder seine Mutter – Angelika … im Krankenhausbett, blass und verhärmt, von einem Suizid im letzten Moment gerettet.

Plötzlich empfindet er großes Mitleid mit ihr. ›*Ich kann sie nicht hängen lassen. Auch sie ist Opfer einer gro-*

ßen Lüge.› Es wird ihm schmerzlich bewusst, dass die beiden Mütter die wirklichen Opfer dieser Täuschung sind. Der Vater hat recht: innerhalb kurzer Zeit mutierte ihr Familienleben zu einem Scherbenhaufen.

19

*E*s ist noch dunkel, als Eric von einem schrecklichen Traum aufschreckt. Sein Blick auf die Leuchtziffern des Radioweckers zeigt ihm, dass es erst fünf Uhr am Morgen ist. Auf dem Rücken liegend schaut er in die Dunkelheit des noch jungfräulichen Morgens.

Dass seine Mutter einen Selbstmordversuch beging, bedrückt ihn schwer. ›*Als erstes werde ich mich im Krankenhaus erkundigen, wann mein Bruder eingeliefert wird. Vielleicht schaffe ich es noch, vorher nach Lörrach zu fahren, um meine Mutter zu besuchen.*‹

Vier Stunden später befindet er sich auf der Schweizer Autobahn in Richtung Basel. Sein Bruder, so erfuhr er, wird erst gegen Abend in Waldshut ankommen. So bleibt ihm also noch genügend Zeit für einen Besuch bei seiner Mutter in Lörrach.

Mit mulmigen Gefühlen betritt er das St. Klara-Krankenhaus in Lörrach, wo Boris, Ilja und er vor dreißig Jahren das Licht der Welt erblickten. Im Flur vor Angelikas Zimmer stehen Judith, Chris und sein Vater. Sie diskutieren leise. Als Eric näherkommt blickt sein Vater ihm erleichtert entgegen. »Ich danke dir, Eric, dass du gekommen bist.«

»Es ist ja schließlich meine Mutter, also Grund genug zu kommen«, erwidert Eric mit gemischten Gefühlen seinem Vater gegenüber. »Mein Bruder wird erst gegen Abend eingeliefert. Bis dahin bin ich wieder zurück. Wie geht es Mama?«

»Der Arzt sagt, dass deine Mutter im Moment psychisch sehr labil ist und wir ihr Zeit lassen müssen. Als Judith und ich bei ihr drinnen waren, hat sie ihr Gesicht abgewandt. Sie wollte uns nicht sehen«, erklärt Chris traurig. »Wir müssen respektieren, dass sie jetzt erst einmal Distanz braucht. Wir hoffen, dass sie es irgendwann einmal verschmerzt haben wird.«

»Ich werde jetzt hineingehen und mit ihr sprechen«, verkündet Eric energisch. Leise betritt er das Krankenzimmer.

Seine Mutter sieht in den weißen Kissen des Krankenhausbettes so schmächtig und zerbrechlich aus. Ihr Gesicht hat sie zum Fenster weggedreht. Ihr Anblick macht ihn traurig. Nie hatte er seine Mutter in einem solch jammervollen Zustand gesehen.

»Mama?«, sagt er mit leiser Stimme.

Angelika dreht langsam ihren Kopf zu ihrem Sohn. Ihre Augen schauen unendlich traurig. Als sie Eric gewahr wird, weint sie.

»Mama, bitte weine nicht.« Er tritt an ihr Bett, beugt sich über sie, um ihre Stirn zu küssen. Mit der einen Hand hält er die ihre und drückt sie sanft.

»Lass uns reden, Mama.«

»Was sollen wir noch reden? Es ist doch alles gesagt. Dreißig Jahre lang wurde ich an der Nase herumgeführt«, sagt sie verbittert.

»Mama, waren es denn nicht dreißig schöne Jahre, die wir zusammen hatten? Sind wir nicht dreißig Jahre in Liebe und Glück miteinander verbunden gewesen? Bedeutet das alles jetzt nichts mehr?«

Liebevoll blinzelt sie ihren Sohn an. ›Ja, du warst immer ein guter Junge, aber du bist der Sohn einer anderen‹, denkt sie und mit diesem Gedanken verfinstert sich auch gleich wieder ihr Gesicht.

»Ich hoffe nur Mama, dass du jetzt nicht denkst, dass ich gar nicht dein Sohn sei«, sagt er, als hätte er ihre Gedanken gelesen. »Es stimmt, man hatte dich getäuscht. Jeder versteht, dass du dich betrogen fühlst. Aber bedenke auch, dass der Babytausch kein Eigennutz von Schwager, Schwägerin und Gatten war, sondern dass man in erster Linie an dich dachte. Alle hatten sie Angst, Angst um dich. Sie befürchteten, dass du nach vier missglückten Schwangerschaften ein behindertes Kind psychisch nicht verkraften könntest. Und bedenke, Mama, ich lebe noch, aber dein leiblicher Sohn ist vor zehn Jahren gestorben.«

Eric staunt über sich selbst, wie sachlich er jetzt darüber diskutieren kann, nachdem er als ebenfalls Betrogener doch auch allen Grund hätte, enttäuscht zu sein. Er ist überrascht, dass er darüber hinaus sogar noch eine Verteidigerrolle einnehmen kann, er der er doch wütend sein müsste nach all dem, was er in letzter Zeit an Enthüllungen ertragen musste. Auf der anderen Seite ist ihm trotz allem auch bewusst, dass er am wenigsten Leid zu tragen hatte, denn er durfte ein unbeschwertes Leben in gut bürgerlicher Familie genießen, musste nichts entbehren. Genauso seine Mutter, die gerade wegen des Babytauschs ein glückliches Leben mit einem gesunden Kind führen durfte. Und genau diese Gedanken bewegen ihn als er erklärt: »Wenn du Tränen vergießt, Mama, dann vergieße sie nicht für dich oder für mich. Vergieße sie für deinen zu früh verstorbenen Sohn. Vergieße sie für Boris, meinen Bruder, der in seinem Leben viel entbehren musste und sich im Moment gerade von einem Mordanschlag erholt … und vergieße sie für Tamara, meine leibliche Mutter. Ihnen allen wurde nicht so viel Glück zuteil, wie wir es hatten. Wir haben einen Schmerz erlebt, in dem Moment, als wir von dieser Tat erfuhren. Ja, und wir müssen jetzt nach dreißig Jahren damit fertig werden. Das stimmt auch. Doch Tamara hatte dreißig *lange* Jahre, also ein halbes Leben voller Schmerz erdulden müssen. Sie wurde mit zwei Kindern, wovon eines behindert war, von ihrem Ehemann allein gelassen und schließlich diese schlimme Krankheit, genannt ALS, die sie langsam dahinsiechen ließ – und das mit erst sechzig Jahren. Bedenke auch dies Mama und …«, Eric stockt einen Moment, bevor er den begonnenen Satz beendet, »… und wirf dein Leben nicht einfach so achtlos weg!«

Er schaut in ihre Augen, um zu sehen, ob seine Worte vielleicht auf fruchtbaren Boden fielen und möglicherweise die Chance erhalten zu keimen. Ihre Tränen sind mittlerweile wieder getrocknet. Vielleicht haben sie diese Worte wieder zurückgeholt – zurück ins Leben.

»Eric, ich liebe dich, ich liebe dich wie einen Sohn«, beteuert sie mit schwacher Stimme.

»Mama, ich bin dein Sohn«, er lächelt liebevoll, »oder hast du das vergessen?«

Ganz sachte lächelt Angelika zurück und Eric hat das Gefühl, dass der erste Schritt in eine gute Richtung getan war. Nun wurde es Zeit, die Mutter in Richtung ›Akzeptanz‹ für eine nicht mehr rückgängig zu machende Sache zu lenken und damit den Anstoß zu geben mit der neuen Situation fertig zu werden ... und zwar im besten Sinne.

»Mama, darf ich dir einen Vorschlag machen?«

Sie blickt ihn erwartungsvoll an.

»Ich werde heute erstmals meinem Bruder begegnen. Darf ich ihm sagen, dass er wieder eine Mutter hat? Die Mutter, die auch meine Mutter ist? Ich kann dir versichern, du wirst deine Freude haben. Du wirst zwei Söhne im Doppelpack haben, denn wir gleichen uns wie ein Ei dem anderen. Ich erinnere mich nämlich noch sehr gut, wie du früher einmal sagtest: ›von so einem Sohn könnte es meinetwegen noch mehrere geben.‹«

Glücklich über diese Äußerungen, lächelt Angelika nun so richtig gerührt und blickt liebevoll in Erics dunkle Augen. Sie nickt. »Ja, das habe ich immer gesagt. Mein Gott, dass du dich daran noch erinnerst.«

»Aber hallo, ich vergesse doch nichts, und schon gar nicht, wenn es so etwas Positives ist, das mich als deinen Sohn betrifft.« Er lächelt. »So und jetzt habe ich eine große Bitte ...«

»Die da wäre?«, fragt Angelika neugierig geworden.

»Draußen stehen Papa, Onkel Chris und Tante Judith. Dürfen sie reinkommen?«

Angelikas Gesicht verdüstert sich wieder für einen Moment.

»Gib ihnen diese Chance Mama. Ich sagte dir doch, dass sie zwar wider besseres Wissen, doch in bester Absicht handelten. Sie haben sich daraus keinen eigenen Vorteil verschafft. Sie hatten nur Angst … Angst um dich.«

»Haben sie dich vorgeschickt?«, fragt Angelika misstrauisch.

»Nein. Sie standen vor der Türe, als ich gekommen bin. Und ich bin gekommen, weil ich dich sehen wollte, nicht weil ich sie reinwaschen wollte. Auch ich bin schließlich angelogen worden. Aber ich dachte, das Leben geht weiter, Mama, es geht weiter … so hoffe ich. Und, ob es wirklich ein riesiges, schwerwiegendes Vergehen war, die Babys zu tauschen und nichts zu sagen, das wissen wir nicht wirklich; zumindest nicht, was unsere Familie betrifft. Nur eines ist sicher: hätte der Tausch nicht stattgefunden, hättest du seit zehn Jahren keinen Sohn mehr, und jetzt hast du sogar zwei Söhne. Überleg mal Mama, wie wäre es dir ergangen, wenn du damals erfahren hättest, dass dein Sohn behindert war? Hättest du es verkraftet oder wärst du daran zerbrochen?
Oder hättest du dich, so wie Tamara, ins Schicksal hineingefügt? Wie wäre es dir wohl ergangen, als dein behinderter Sohn dann nach 20 Jahren verstarb? Vermutlich nicht besonders gut, denn ich bin überzeugt, dass du ihn genauso geliebt hättest wie mich. Schau,

egal, wie es gelaufen wäre. Irgendjemand musste das Opfer sein, und Tamara war damals jung, wusste nichts vom Babytausch und du hattest vier missglückte Schwangerschaften hinter dir und warst nicht mehr so jung.

Ich will nichts beschönigen oder entschuldigen, nur einfach verstehen, Mama. Und ich bitte dich, versuch auch du, zu verstehen. Denn rückgängig machen können wir nichts. Wir müssen mit den Begebenheiten fertig werden und lernen, damit umzugehen … damit zu leben … und du sogar jetzt mit zwei Söhnen.«

Mit liebevollen Augen schaut Angelika ihren Sohn an. Das Eis scheint gebrochen. Sie hat verstanden und für ihren Sohn … nein für ihre Söhne … will sie leben.

»Ich danke dir Eric. Du hast mir die Augen geöffnet«, lächelt sie zaghaft. »Ich freue mich, wenn du mich mit deinem Bruder das erste Mal besuchen kommst. So, und nun kannst du die anderen reinschicken.«

»Danke Mama.« Eric küsst seine Mutter nochmals auf die Stirn, bevor er das Zimmer verlässt, um die Wartenden draußen hereinzubitten.

20

*E*ric ist fast ein bisschen beflügelt, als er die Fahrt nach Waldshut wieder antritt. Das Zwiegespräch mit seiner Mutter lief immer wieder vor seinem geistigen Auge ab. Er ist froh, dass er sie sozusagen wieder ins Leben zurückholen konnte, und er lächelt vor sich hin.

Ihm ist erneut bewusst geworden, dass er sie beide liebt … seine Mutter wie auch seinen Vater. Sie hatten nur das Beste für ihn, ihren geliebten Sohn, gewollt und alles für ihn getan. Ihm fehlte es an nichts und vor allen Dingen … es fehlte ihm nie an Liebe und Zuwendung. Das hatten sie ihm immer wieder gezeigt. Er hat allen Grund dankbar zu sein, und er ist dankbar.

Doch jetzt ist er erst einmal gespannt auf seinen Bruder. Er kann es kaum erwarten. Um 18:00 Uhr trifft er im Kreiskrankenhaus in Waldshut ein. Unten im Eingangsbereich trifft er auf Silke, die nervös auf und ab geht.

»Bist du schon lange hier?«, fragt Eric, während er Silke mit Küsschen links und rechts auf die Wange begrüßt.

»Seit ungefähr zehn Minuten«, sagt sie nach einem kurzen Blick auf die Uhr.

»Und? Ist Boris schon angekommen?«

»Ja, man sagte mir, vor circa zwanzig Minuten. Er wurde in ein Zimmer gebracht, wo jetzt ein Arzt bei ihm ist.«

Sie gehen zusammen in den zweiten Stock, auf dem sich Boris' Zimmer befindet. Es geht auch nicht lange, da kommt der Arzt heraus.

Er bleibt für einen Moment wie angewurzelt stehen und starrt Eric überrascht an. Es ist, als wäre er eben einem Gespenst begegnet. Als er sich gefangen hatte, sagt er »Na, ich brauche sie nicht zu fragen, wer sie sind. Diese Ähnlichkeit ist ja frappierend.«

Er lächelt, und Silke amüsiert sich darüber, zu erleben, dass es jedem gleich ergeht, der Eric zum ersten Mal begegnet, nachdem er Boris schon zuvor kennengelernt hatte.

»Der Zustand des Patienten ist gut, sein Kreislauf stabil. Er ist auch wieder ganz da. Sie können also zu ihm gehen«, erklärt der Arzt. »Besuchen Sie mich danach in meinem Büro. Es liegt oben im vierten Stock, ganz am Ende des Flurs. Es ist angeschrieben: Dr. Bernhard Rysser. Dann können wir alles Weitere besprechen«, sprach's und verschwindet.

»Ich würde sagen, Eric, dass du erst einmal alleine hineingehst. Der Moment des ersten Treffens soll ganz euch gehören. Ich komme dann, wenn du mich rufst«, schlägt Silke vor.

»Du bist einfach wunderbar, Silke. Wie viele Menschen haben so viel Feingefühl wie du«, sagt Eric bewundernd und dann, nach nochmaligem tiefen Durchatmen, gesteht er: »Mir ist ganz mulmig zumute.«

Silke blinzelt ihm Mut machend zu.

»Bis nachher, Schwägerin«, lächelt er und verschwindet im Zimmer. Langsam tritt er an Boris' Bett. Er erwartete einen Bärtigen mit langen Haaren anzutreffen. Doch beides wurde Boris abgeschnitten, respektive abrasiert, vermutlich unter anderem wegen der Verletzung am Hinterkopf.

Boris liegt auf dem Rücken. Er ist blass, seine Augen sind geschlossen. Die Strapazen der letzten knappen zwei Wochen haben ihn gezeichnet. Er wirkt ziemlich erschöpft.

Erics Herz schlägt wie wild. Er hat das Gefühl, dass sein Herzschlag in der Stille dieses Zimmers wie ein dröhnender Hammer zu hören sein müsse. Prompt öffnet Boris auch seine Augen und blickt seinem Bruder erstmals direkt ins Gesicht.

»Hallo Bruder«, sagt Eric verschmitzt.

»Hallo Bruder«, lächelt Boris zurück.

12. August 2009

Kriminalhauptkommissar Becker ist mit dem Offcier de Police, Jean-Paul Pinot, ein Kollege in Belfort, verbunden. Ihm gegenüber sitzt Polizeiobermeister Schwarz.

»Ich danke dir Jean-Paul für die Unterstützung in dieser Sache. Wir haben die Leute befragt. Das damalige Entführungsopfer kann sich leider nicht mehr an das Gesicht des Täters erinnern. Nun, die Täter hatten ihm damals ja auch eine solch hohe Dosis Gamma-Butyrolacton eingeflößt, dass es kein Wunder ist, wenn ihm die Erinnerung an diese Zeit fehlt. Einzig, dass es zwei Täter waren, weiß er, aber das ist auch alles. Doch unsere Zeugen Zellweger und Krause identifizierten das Unfallopfer eindeutig als die gesuchte Person, die sich eine Woche lang in der Nähe von Petrows Wohnung aufhielt. Die Untersuchung des Unfallautos zeigte ja auch, dass das ursprünglich rote Auto schwarz umgespritzt wurde. Nur schade, dass man damals beim Fundort wegen des gefrorenen Bodens keine Gipsabdrücke der Reifenspuren anfertigen konnte. Nur ein paar Stunden später wäre es möglich gewesen. Die Wärme kam leider etwas zu spät. Doch alle Indizien sprechen dafür, dass Josef Arnauld eindeutig der Täter ist. Allein vom Komplizen fehlt jede Spur ... leider. Wenn wir da einen Anhaltspunkt hätten, könnten wir auch den Auftraggeber ausfindig machen. Den Komplizen würde ich nämlich triezen bis er singt.«

»Du glaubst also an einen Auftraggeber?«

»Ja, eindeutig. Für Arnauld fehlt jedes Motiv, außerdem wissen wir ja jetzt, dass er meist im Auftrag handelte.«

»Hat je jemand im Umfeld der Familie diesen Arnauld, wenn auch nicht gekannt, doch vielleicht gesehen?«, fragt der französische Kollege.

»Nein absolut niemand. Im ganzen Kreis Lörrach scheint sich niemand an diesen Mann zu erinnern, zumindest niemand, der sich gewöhnlich nicht in zwielichtigen Kreisen bewegt. Dieser Bursche war auch nie in Deutschland gemeldet, obwohl er zeitweise, vermutlich unter falschem Namen, im Kreis Lörrach gewohnt haben muss. Wie es aussieht, scheint der Kerl auch ein Verwandlungskünstler gewesen zu sein … und vermutlich bewegte er sich nur in der Welt des Verbrechens und aus dieser Ecke verpfeift keiner den anderen. Welcher seiner zwielichtigen Kumpels würde schon freiwillig auf dem Polizeiposten erscheinen, um eine Aussage zu machen? Die haben doch alle etwas auf dem Kerbholz und werden sich hüten, auf sich selbst aufmerksam zu machen. Auf jeden Fall handelte es sich um einen absoluten Profi, das ist sicher. Was seinen roten Ford Capri angeht … nun der trug ein deutsches Kennzeichen, was aber auch nichts heißen muss … in Deutschland zugelassen war das Auto auf jeden Fall nie.«

Becker schüttelt den Kopf: »Unglaublich diese Dreistigkeit. Erstaunlich, dass niemand in Lörrach dieses Auto kannte. Keine Autospenglerei in Lörrachs

Umgebung, wie auch in Frankreich, hatte letztes Jahr ein Umspritzen vorgenommen.«

»Du hast recht Hermann, bei Arnauld fehlt eindeutig das Motiv für die Entführung ... ähm für den Mordversuch ... immerhin ein glücklicher Zufall, dass das Opfer überlebt hatte.«

»Nun«, Becker schaut gleichzeitig Zustimmung heischend zu Polizeiobermeister Schwarz, »ich werde den Gedanken nicht los, dass die Familie etwas damit zu tun haben könnte, weil allein hier erstens ein klassisches Motiv zu erkennen ist und zweitens zeitlich alles zusammenfällt:
- die Beschattung mit dem Zeitpunkt der ersten Begegnungen zwischen dem Opfer und dem Gynäkologen, und
- dann die Entführung mit dem bevorstehenden Treffen zwischen den Brüdern.

Das ist doch alles suspekt, oder nicht? Doch fehlt uns der letzte endgültige Beweis. Und Arnauld gehört nun nicht gerade in die Kategorie der Kirchhofer-Familienkontakte ... die Kirchhofers sind eine renommierte Familie mit Tradition ... ein altes Säckinger Geschlecht. Schwer, hier Kontakte zum Täter nachzuweisen. Tja und das damalige Opfer scheint auch kein Interesse zu haben, dass man jetzt noch in diese Richtung weiter herumstochert, zumal der mutmaßliche Täter tot ist.«

»Na ja, Kollege, dann könnt ihr die Akte ja schließen, während wir hier noch etwas Feinarbeit zu leisten haben. Die Aufklärung der langen Liste aller Verbrechen, die im Zusammenhang dieses Kriminellen und seiner Komplizen begangen wurden, ist noch ein ganzes Stück Arbeit. Diese Verfolgungsjagd unter Verbrechern hatte ja schließlich seinen Grund.«

Die beiden Kollegen beenden ihr Gespräch und verabschieden sich freundlich. Zu Schwarz gewandt sagt Becker zufrieden: »Die Zusammenarbeit mit den französischen Kollegen war wie immer sehr effizient. Es war mal wieder ein Hand-in-Hand-Wirken.«

Schwarz nickt und meint: »So, dann werden wir die Angelegenheit als ungelöst oder halb gelöst zu den Akten legen.«

»Tja sieht wohl so aus«, bestätigt Becker etwas unwillig, denn er hätte die Sache am liebsten bis ins letzte Detail aufgeklärt. Da ist er seinem Vorgänger Zellweger sehr ähnlich.

»Nun, zumindest hat die Geschichte in Bezug auf den Babytausch doch noch ein gutes Ende gefunden«, meint Schwarz zufrieden. »Dieser Boris Petrow wohnt jetzt nicht mehr hier im Kreis Waldshut. Er ist kurz nachdem sich die Zwillingsbrüder kennengelernt hatten mit seiner damaligen Partnerin nach Lörrach in die Nähe seines Bruders gezogen.

Der Petrow ist ja ein hoch intelligenter Mann. Innerhalb eines Jahres hat er sein Abitur nachgeholt und jetzt studiert er an der Fern-Universität Hagen Betriebswirtschaft. Er arbeitet jetzt schon mit seinem Bruder zusammen, der ihn neben dem Studium in sein Geschäft als Partner einführt. Und das Schönste und Romantischste an der ganzen Sache: es gab dieses Jahr im Mai eine Doppelhochzeit ... tja und ein Nachwuchs-Zwillingspärchen hat sich bei den Petrows auch angemeldet. Und die Mutter von Eric Kirchhofer ist froh, dass ihr Selbstmordversuch vereitelt wurde. Sie fühlt sich jetzt schon als Großmama bei den Petrow-Zwillingen.«

Schwarz schmunzelt bei den letzten Worten und fügt hinzu: »Diese Geschichte – Babytausch – wird sich dieses Mal ja sicherlich nicht wiederholen.«

»Was Sie alles wissen!«, lacht Becker mit vor Staunen hochgezogenen Augenbrauen.

»Na ja, ich musste schließlich immer noch Zeugen vernehmen und da treten meist auch Begleitumstände zu Tage. Auf jeden Fall freue ich mich für diesen Petrow, dass für ihn alles doch noch zu einem guten Ende kam. Die ganze Familie hat sich mit der neuen Situation abgefunden ... Ende gut, alles gut.«

»Na, dann will auch ich zufrieden sein und nicht noch, getrieben von Polizistenehrgeiz, einen Schuldigen in der Familie ausfindig machen«, schmunzelt Becker, »wollen wir uns einen Kaffee genehmigen?«

Beide verlassen das Büro. Zurück bleibt, obenauf auf der Akte der ins Deutsche übersetzte Le Monde-Zeitungsausschnitt vom 29. Juli 2009

»Verfolgungsjagd auf kurvenreicher Straße endete tödlich

Monte Carlo/Belfort – *In der Nacht vom 27. auf den 28. Juli 2009 kam es auf der Avenue Olivula zwischen Saint Michel und La Condamine zu einem folgenschweren Unfall, bei dem der aus Belfort (Elsass) stammende Lenker eines* schwarzen Ford Capri zu Tode kam. Dem Unfall ging eine wilde Verfolgungsjagd einer Verbrecherbande voraus. Für den 41jährigen in eine ganze Liste krimineller Handlungen verwickelte Josef A. kam jede Hilfe zu spät.«

Danksagung

Meine liebe Familie hat sich bereit erklärt, das Manuskript vor Veröffentlichung zu lektorieren: mein Mann Dieter, meine Tochter Ute. Vielen Dank auch für die hilfreichen Tipps.

Ebenso danke ich Christopher Allen, dass er mir seine Bilder für das Cover, zur Verfügung stellte.

Danke!

Weitere Bücher von Ellen Heinzelmann

Der Sohn der Kellnerin

ISBN 978-3-7448-0099-0 **NEU** ab 07.2017

Seiten, Paperback

Das Leben der Studentin Hannah nimmt eine überraschende Wendung. Unerwartet wird sie schwanger und ein schwerer Schicksalsschlag trifft sie. Doch tapfer stellt sie sich dem Leben mit ihrem Kind, einem ganz besonderen Jungen. Bald stellt sich nämlich heraus, dass der Kleine anders ist, als andere Kinder seines Alters. Er zeigt klare Merkmale eines Genies. Was eigentlich Anlass zu großen Erwartungen und Hoffnungen sein könnte, fordert die junge Mutter auf nicht alltägliche Weise heraus. Sprachlosigkeit und Verwirrung bestimmen ihr Leben. Es gibt sogar Zeiten, da hegt sie Zweifel und fragt sich, wo wohl die Grenze zwischen Genialität und Irrsein zu ziehen sei.

Wir seh'n uns in der Hölle

ISBN 978-3-7448-1374-7 **NEU** ab 07.2017

264 Seiten, Paperback

Mit dreißig Jahren entdeckt Boris Petrow zufällig, dass sein verstorbener Zwillingsbruder Ilja gar nicht sein Bruder war. Sein wirklicher Zwillingsbruder mit Namen Eric wuchs 60 km entfernt in einer anderen Familie auf und er lebt. Durch seine Recherchen gerät Boris in große Gefahr, denn Adrian, Erics Vater, setzt einen Berufsverbrecher auf ihn an.

Maurice

ISBN 978-3-7386-3651-2
240 Seiten, Paperback

Während eines Workshops in Montpellier hatte Dr. Norman Falcon eine kurze aber sehr intensive Affäre mit einer Französin, einer außergewöhnlichen Frau. Dass dieses Abenteuer nicht ohne Folgen blieb, erfährt er erst acht Jahre später, nachdem er längst eine Familie mit zwei Kindern gegründet hatte und in sorgenfreiem Wohlstand in der Schweiz lebt. Diese Folgen haben einen Namen: **Maurice**.

Es geschah in der Wolfsschlucht
Der Markgräfler Krimi

ISBN 978-3-7392-4803-5
300 Seiten, Paperback

In der Wolfsschlucht ist so einiges los, wovon niemand etwas ahnt … und dann geschieht auch noch ein Mord. Der Täter, Heiko Thomasin, ein Gymnasiallehrer aus Lörrach, ist schnell gefunden, denn alle Spuren führen ganz klar zu ihm. Doch, ist er wirklich der Mörder?
Seine Schwester, Doris Wendtland, zweifelt daran. Sie möchte die Wahrheit herausfinden und engagiert eine Rechtsanwältin mit Partner.

Verhängnisvoller Deal
Der Markgräfler Krimi

ISBN 978-3-7386-0352-1
248 Seiten, Paperback

Joachim Winterstein, Geschäftsführer einer renommierten Firma in Lörrach, war ein erfolgreicher, aber auch ausgekochter Geschäftsmann, dessen Nebengeschäfte und sonstige Aktivitäten vor dem Auge des Gesetzes nicht immer auf Wohlwollen gestoßen wären. Daher sah er sich auch immer wieder mal genötigt, ungeliebte Mitwisser durch großzügige Vereinbarungen zum Stillhalten zu bringen. Doch einer dieser Deals stellte sich als verhängnisvoll heraus.

Reise in den Tod
Aus der Markgräfler Buchreihe

ISBN: 978-3-7431-8188-5
168 Seiten, Paperback

Es sollte ein Ausflug von sieben ehemaligen Schülern der damaligen Abiturklasse nach Fuerteventura werden. Sie waren die besten Schüler des Jahrgangs 2005 im Markgräfler Gymnasium Müllheim und ein eingeschworenes Team.
Doch die Reise endete in einem Albtraum. Bilanz dieses Ausflugs: zwei Tote, zwei Verletzte davon einer schwer.
Frederik Hartl zerbricht unter der Last des damaligen Geschehens, denn er alleine fühlt sich verantwortlich. Doch, was ist wirklich geschehen? Frederiks Vater und auch Frederiks Verlobte möchten es in Erfahrung bringen, und engagieren einen Detektiv, Friedhelm Kulau.